ERAY HACIOSMANOĞLU

"İnsanlar uykudadır,
Ölünce uyanırlar"

KANLI DÜŞ

Tek Dünya, Büyük Ortadoğu
ve Yeni Roma, kanlı bir düştür!

Hayykitap - 1032
Bize Söylenmeyenler - 69

Kanlı Düş
Eray Hacıosmanoğlu

Hayykitap Genel Yayın Yönetmeni: Rauf Baysal
Editör: Canan Öztürk
Kapak Tasarımı: Eray Hacıosmanoğlu
Sayfa Tasarımı: Turgut Kasay

ISBN: 978-625-8222-79-1
1. Baskı: İstanbul, Ekim 2023

Baskı: Yıkılmazlar Basım Yay.
Prom. ve Kağıt San. Tic. Ltd. Şti.
15 Temmuz Mah. Gülbahar Cad. No: 62/B
Güneşli - İstanbul
Sertifika No: 45464
Tel: 0212 630 64 73

Hayykitap
Anadolu Hisarı Mah. Sine Sk. No: 45/1
Beykoz 34810 İstanbul
Tel: 0212 352 00 50 Faks: 0212 352 00 51
info@hayykitap.com
www.hayykitap.com
facebook.com/hayykitap
twitter.com/hayykitap
instagram.com/hayykitap
Sertifika No: 12408

KANLI DÜŞ

İÇİNDEKİLER

1 - "KÜFÜR TEK MİLLETTİR"

2 - KÜRESELLEŞME ve ROMA TUZAĞI

3 - DEPREM İLE GÖRÜNEN BÜYÜK ORTADOĞU ve YENİ ROMA İŞGALİ

4 - GÖLGE HANÇER

5 - DİN İLE ALLAHSIZLAŞTIRMA

6 - TÜRKSÜZLEŞTİRME

7 - İKLİM ve ÖLÜM

1

"KÜFÜR TEK MİLLETTİR"

Hadisi şerif

"İman ile küfür kesin olarak birbirinden ayrılmıştır."

Bakara, 256

Allah, insanlığı iman edenler yani hakikate göre yaşayanlar ile kafir olanlar, yani gerçeği gizleyenler olarak ikiye ayırmıştır. Allah, iman gerçekliğinin karşısında yer alan ve bu hakikatleri gizleyen herkesi ve her şeyi tek millet olarak sınıflandırıyor.

"Şüphesiz ki kafirler, yani gerçeği örtenler,
sizin apaçık düşmanınızdır."

Nisa, 101

Ülkemizin ve dahi tüm dünyanın içene çekildiği, maskelenmiş belaların ardındaki gerçeklerle hak için savaştıkça; meselenin yalanlar ile ne denli köklü bir dönüşüme itildiğini hayretle izliyorum. Hatta bütün bu olanların, iyi görüp peşinden gittiğimiz birçok kavramın aslında bir yıkım için kurgulandığını görmek bambaşka bir şaşkınlık. İçimdeki derin acının en büyük sebebi, görüyor olduklarım ile aktarabiliyor olduklarım arasındaki devasa fark.

Ruhun hızıyla bedenin birbirine senkronize olamaz ve dünyaya hapsolmuş hissedersin ya hani. İşte öyle bir şey. Savunup tutunduğunuz birçok tarihi kalıbın nasıl ustaca kurgulanmış bir oyun olduğunu gördükçe ve hangi tür amaçlar için insan kötü bir örgüye hapsedilmiş ise işte bu, her şeyin anahtarı. Kişiler, isimler, ekranlar ve atılan tüm adımlar aslında 'bugününün yıkımını sen anlama' diye.

George Soros'un 99 yılında; "Beklenmeyen bir kaos büyük sıfırlanmanın önünü açacaktır. Karşı çıkanların sınırları değişecektir," dediği tehlike, şimdilerde sadece karşı çıkanları değil, Türkiye başta olmak üzere tarafı olanların bile karşısında duran bir mesele.

İngiltere kralı Prens Charles, Kasım 2020"de, "İnsanlık, tarihin bundan daha önemli bir döneminde olamazdı" derken, devamında "Yeşil düzeltme bize resetlenmemiz için görülmemiş fırsatlar sundu" demişti. Tarihi yalanların, salgından sonraki kilit ismi iklimdir. Bu öyle bir tiyatro ve yalan ki ülkelerin ulus devlet özelliklerini yok edip şehir hükümetler modeliyle parçalara ayırırken bile halkı buna inandırmak için 'iklim' vurgusu kamuflaj olacak. Bu parçalara ayırma işleminde başta iklim, sonra göçler, ardından, tetiklenen depremler ve propagandası ve sonra da çözümün yeni 'teklik' arayışları, işgalin en büyük gizli bahaneleri olacak. Sınırları ve demografik yapıları değiştiren göç akımları bir savaş silahı olarak ülkelere iklim yalanıyla saldırırken, yönetimler bunu halka inandırmak için her türlü maskeyi takmak zorunda kalacak.

Bütün bu sürecin adına, 'Büyük Sıfırlanma' ismini vermişler. Ancak bu öyle bir sıfırlanma ki birden yüze kadar olan her şeyin sıfıra indiğinde, tekrar bire bile çıkmasına müsaade edilmeyecek bir süreç. En azından niyetleri bu ve sonuna kadar deneyecekler. Tabi ki buna müsaade etmeyeceğiz. Ancak her iki taraf da çıkılan bu savaşın sonuçlarının ne olduğunu kestiremiyor. Çünkü her şey, halkın uyanışıyla doğru orantılı bir savaş.

Dördüncü Sanayi Devrimi, daha önce hiç hayal edilmemiş bir ölçekte küresel kapitalist bir darbe girişimidir. Ultra zengin ezoterik bir tarikatın dünyayı ve yaşamları dönüştürürken, insan bedeni üzerinde hâkimiyeti her yönüyle ele geçirme girişimidir. Yönettiğimizi düşündüğümüz her şeyi elimizden almak için her türlü kılığa girecekler.

Bu öyle bir oyun ki insanlığa ve ülkemize saldıran çetelere karşı gibi duranların bile birçoğu, gerçek anlamda halkın gazını almak için oralara onlar tarafından çok önceden konmuşlar. 'Bizim kimliğimiz', 'bizim inancımız' ve 'bizim söylemimiz' en büyük kamuflajlarıyken, ihanete karşı duruşun içine sızmış gerçek bölünme zehirleri mevcuttur. Yıllardır; yazdıkları kitaplar, savundukları kanaat önderliği duruşları, ekran simaları, yetkili yerlerdeki duruşları ve hatta unvanları dahil hepsi, aslında bugünün iklim yalanlı işgal hareketine insanları hazırlamak içindir. Bu kişiler, yeri gelir şehirlerden köye gitmenin hayırlı olduğunu iddia eder, yeri gelir yatırımlarınıza yön verir. Ancak arka planda uygulanan ise şeytanın çizmiş olduğu haritadır.

Bu kitap ile; kapıdan içeri girmiş esas tehlikenin, ekranlar ve birçok isim tarafından dile getirilmeyen, konuşulmasına cesaret edilemeyen ve birçok ideolojinin de kamufle ettiği bir işgal hareketini açmak istiyorum. Bu konuları açtıkça bazı isimler bizden korkup uzak duracak. Bir kısmı söylemlerimizi tehlikeli bulup adımıza endişelenecek. Bazıları anlayıp hayretler içinde kalarak dua edecek ve birçoğu da bu davanın yanında yürüyecek. Bilinmesini isterim ki ben bir davayı temsil etmiyorum. Var olan ve temsile değer bir davanın aslına kendimi dahil etmeye çalışıyorum. Hakkın bize değil bizim ona ihtiyacımız var. Tabi bir de kimleri yanımda götürürüm ve sonsuz alemde kayıtlara ne geçtik, ona bakıyorum.

İşler ilerleyip yıktığımız putların yankıları yükseldikçe, sonuçlarının ne olacağını izlediğimiz bir sürece gireceğimizi bilerek alıyorum bu sorumluluğu. Savunduğumuz işgalin gerçek yüzünü ortaya serdikçe, perdenin en tehlikeli sahnesi açılacak ve halk, dönen dolapların çok daha fazla farkında olacak. Onlar bu denli tehlikeli sularda yüzerken, uşaklığını yaptığı güce güvenip bizim akıbetimizi izlediğini sanırken, biz de onların sürüklendiği cehennemin kaçınılmaz ahengini seyrediyor olacağız. Hakikatin değişmez yasası; yalanın ve ihanetin tarafı olanlar şimdiden yenilmeye mahkûm kalabalıklardır.

"Onlar, orada çeşitli bölüklerden oluşmuş, bu durumda şimdiden yenilmeye mahkûm bir kalabalıktır." Sad 11.

Bu ayetle harekete geçmeyip risk almayan hiç kimse boşuna umutlanmasın. Bütün vaatler yalnızca Allah yolunda savaşan ve sonucu sadece Rabbinden bekleyenler için yazılmıştır.

Türkiye'nin içinde bulunduğu tehlikeyi anlatmak tehlikenin boyutuyla ilgili değil, saklanma biçimiyle ilgili, izahı zor durum. Derslerine fena çalışmışlar. Hatta 'Tek Dünya Devleti Sapkınlığı' diye ifade ettiğim, global gibi duran büyük sıfırlanma süreci tam da bu kılıf ile Türkiye'yi Roma adına işgal etme derdinde gibi duruyor. İşgalin şeklini ve biçimini açmadan önce dünyanın 2030 yılına kadar nasıl bir yere dönüşmesini istediklerini onların takvimlerinden açarak başlayalım meseleye. Siz ise insanlığa ihanet olan bu takvimin kimler tarafından savunulup uygulandığını bir düşünün. Haklı çıktığımı görmek istemezsiniz. Ben de istemiyorum. Size ağır gelen şeyleri söylüyor olmak, ağrısıyla geçen uykusuz geceler yaşamamı gerektiriyor. "Hiçbir şey eskisi gibi olmayacak" diyenlerin güzel olan her şeyi kastedeceğini nasıl düşünebilirdik? O yüzden meydanı onlara bırakacak değiliz.

AJANDASI 2030

"Mesih'in yaşadığı günlerde Roma İmparatorluğu'nun büyüklüğü binlerce km alana ulaştı. Kan ile beslenip varlığını korkuyla sürdürüyor. Sahip olduğun her şeyi alıyorlar. Seni oyunlara davet edip acı çekenleri seyrettirerek kaybettiğin şeyleri unutturuyorlar. Elinde yalnızca ümitsizlik ve yalnızca bir intikam arzusu bırakıyorlar." Ben-Hur isimli bir sinema filminden aldığım bu ifade, şimdilerde insanlığa dayatılan takvimin birebir aynısını içeriyor. Sahip olduğun her şeyi elinden alan aynı yapı, karşına iklim maskeli bir takvim koyuyor ve sosyal medya hipodromuyla sana bambaşka bir arena sunuyor.

Sosyal medyanın, Roma hipodromlarıyla aynı görevi gördüğü günümüzde halk aynı şekilde bir oyalanış ile köleliğin son versiyonuna sürükleniyor.

Üstelik filmde geçen yapı ile bu işleri planlayıp insanlığa dayatan çetenin aynı çete olduğunu ileride daha geniş açacağım. Şimdilik siz bunu; Birleşmiş Milletler ve Dünya Ekonomik Forumu 2030 ajandasının ilk maddesindeki soygunu bir anlayın.

1. Senaryo: ***"Hiçbir şeyin sahibi olmayacaksınız ve mutlu olacaksınız. Her ne istiyorsanız kiralayacaksınız ve sizlere drone'lar ile getirilecek."***

İşte bu madde, 'İklim' yalanının ne denli köklü bir işgale hizmet ettiğini ucundan kıyısından açıklıyor. Çünkü ülkelerin 'şehir hükümetler' modeline parçalanması ve 'mülkiyetsizlik' saçmalığı ile insanlığın tüm malına çökülmesi bu maddede gizlidir. Gördüğünüz her şey ve tutunduğunuz tüm dünyevi ipler, saplandığınız her ideoloji, aslında sizi bu maddenin girdabına kandırarak sürüklüyor. Peki, bir metre arazi veya küçücük çıkarlar için birbirini kesip doğrayan insanların yaşadığı bir dünyada sağlam yalanlar uydurmadan mülkiyete nasıl çökebilirsin?

ÖZEL MÜLKE EL KOYMA TEŞEBBÜSÜ?

JPMorgan CEO'su Jamie Dimon, gezegeni kurtarmak için(!) 'özel mülke el koyma' çağrısında bulundu. "Dünya hükümetleri, iklim değişikliğiyle mücadele etmek amacıyla vatandaşların özel mülklerine el koymaya başlamalı" diyor. Bu açıklama, Eylül 2023'te yapıldı. Yani iklim tiyatrosunun; vatanları işgal eden, kiralanabilir parçalara ayrılmış 'şehir hükümetler' modeli denen zalim bir süreç olduğunu daha nasıl anlatsın? Niyetleri bu. Kaybedecekleri çok şey var ve bunun için her türlü zalimliği, korku yaratacak gerçek saldırıları yapabilirler. Ancak yine de kandırılıp yem olmayan herkes bu sürecin her aşamasını tersine çevirebilir ve Rabbinin korumasıyla imanlı bir mücadele verebilir.

ARAÇ SAHİPLİĞİ SONA MI ERİYOR?

Klaus Schwab, 2023 yılındaki bir konuşmasında, araç sahipliğinin sona erdiğini duyurdu.

"Uber gibi bir uygulama kullanacaksınız ancak artık herhangi bir sürücüyü aramayacaksınız. Otelinize veya nerede olursanız olun, sürücüsüz araç gelecek. 2030 yılına gelindiğinde, artık özel arabalar kalmayacak. Karayolları park olacak" Bunu diyen Klaus Schwab, 'Büyük Sıfırlanma' kitabında ise açık veriyor. Yani, 'kendin sürmek istiyorsan daha fazla öde' diyerek, meselenin aslında mülkiyetsizlik değil, bu kavramın insanların malına çöküp fakirleştirildiğinde, onlar için 'bir model kavram' olarak üretilmiş olduğunu görüyoruz.

Peki dünya mülkiyetsiz bir yer olacak ise var olan her şeyin sahibi aslında kim olacak? Kendi devletin mi yoksa bu planı kuran küresel bir tarikat mı? Roma kulübü olarak kendini bugüne kadar şahane bir şekilde saklayan yapı, artık deşifre olmuş bir yapı. 'Tek Dünya' kılıfı ise Roma işgali için şahane bir maske. Peki, bu çetenin, insanlığın malına çöküp mülkiyetsizliği dayatmak için nelere ihtiyacı var? İklim krizi gibi global bir yalanın dünyayı sürüklediği iddia edilen bir tehlike maskesine.

Tabi ki bu maddeyi tam olarak uygulamaları imkânsız. Ancak salgında olduğu gibi, bu belaya en çok; inanıp teslim olanlar ve önlem almayıp kendini güncellemeyenler düşecek. Bundan 50 yıl önce bile bugünün ekonomik çöküntüsünü oturup konuşan bu çete, finansal çöküş ile birlikte yeni bir işgale giriştiklerini gizlemek için bütün kaosları 'iklim veya benzeri felaketler ile' gizleyecekler. Örneğin Türkiye'de finansal çöküşün tam olarak tüm evlerden içeri girdiği bir anda; bir deprem, darbe veya terör saldırısıyla bunun kamufle edilmeyeceğini kim garanti edebilir?

'AKILLI' ADI ALTINDA 'HAYSİYETSİZ' ŞEHİRLER

Mülkiyetsizliğin başını iklim yalanı çekse de bunun için çok kapsamlı projeler sunulup 'sizden sandığınız' ekranlar ile karşınıza konacak. İlk olarak, "15 dakikalık şehirler" orijinal ismiyle Smart City masalı gelecek. Kentlerin sera gazı salınımında rolünün büyük olduğu vurgusuyla, ihtiyaçların karbon ayak izini küçülten bir unsur olduğuna dayandırarak, arabalar yerine bisiklet gibi araçlardan bahsedilecek. 'Karbon ayak izi' denen saçmalığın 'bütün hayatınızı ele geçirip kontrol etmek' için tasarlanan bir silah olduğundan tabi ki kimse bahsetmeyecek.

Kentlerin sera gazı salınımlarını azaltma hedefi kılıfına sokulan bu yalanın en çok yoksul insanları ezeceğinden de bahsedilmeyecek. Büyük şehirlerde, trafikte kaybedilen zamanlar gibi haklı şikayetlerinize çözümmüş gibi sunulan bu uygulamaların; 'sizi kendi devletinizden koparıp BM denen küresel bir ihanete bağladığını' kendi devletiniz bile demeyecek. Harcamalarınızın dahi 'sosyal kredi sistemi' veya 'vatandaşlık puanı' denen bir kölelik sistemiyle entegre olacağı da söylenmez mesela. Kuş sesleriyle uyanıp yeşil bir dünyada bisikletle gezdiğin rüya bir şehir olarak anlatılır her şey. Ne güzel bir kılıf öyle değil mi?

Smart City'ler aslında ulus devletlerin yıkılıp şehir hükümetler modeline ülkelerin parçalandığı, mülkiyetsiz, 15 dakikalık şehirler modelidir. Böyle bir ihanet bu saatten sonra halkın kendi uyanıklığıyla baş kaldırıp hakkını arama mücadelesiyle ancak engellenebilir.

On beş dakikalık mesafelerin dijital veya bildiğin türden bariyerler ile sınırlandığı, dışarıya çıkmanın -yıllık, sınırlı sayıda- uygulandığı bir yeni dünya hapishanesi. Hani Tek Dünya Devleti deyince sana bazı dinciler, 'Seccadeni serdiğin yer vatanındır' gibi sinsi uydurmalar ile global bir özgürlük vaat ediyordu, ne oldu? İnsanın ezikliğinden faydalanan bir söylem olan 'dünya vatandaşı' söylemi tıktı mı seni 15 dakikalık bir alana? Evreni mi kurtardın sen şimdi yoksa keklendin mi? Allah'ın sana sunduğu mis gibi havayı, ormanı ve özgürlüğü, vatan toprağını sen bu yalanlara nasıl sattın? Neyse...

Bu hapishanelerin en beter özelliği; herhangi bir mülkiyet, memleket, aidiyet ve sahip olduğun herhangi bir şeyin olmadığı bir yer olması. Haliyle yöresel özelliklerin, memleket kavramın, millet ve ulus olma özelliklerin, mahremiyet algın, cinsiyetin, aile ve akraba yapıların, toprak ile bağın ve hatta dini inancın gibi hiçbir değerin yok! Geçmiş olsun.

Mesafeler 15 dakika olduğu için bir garip sapkınlık. Arabalar yok, çünkü iklime dayalı karbon yalanıyla elinden alınmış. Bisiklet ve sağlık masalları, kaybettiğin her şeyin avuntusu olarak önünüze konuyor. Hatta burada sana çok bir seçme hakkı da verilmiyor. "İklim değişikliği dünyada yaşamı tehdit eden sorunların başında geliyor" diye sunacakları reklamlar, en başından yalandır. Çünkü olmayan bir sorunu var gibi anlatıp tüm malına çökmek için seni buna inandırmayı hedefleyen, dünyayı kuşatmak isteyen bir tezgâh. İklim değişikliğinin tıpkı salgın gibi nasıl tiyatro olduğunu başka bir bölümde açacağım.

Türkiye'de Yeni Roma (BOP) planına dahil olarak patlatıldığını düşündüğüm Kahramanmaraş depremi sonrası, Hatay acil olarak BM Smart City ile anlaşma sağlıyor ve bir anlamda ülke sınırlarından kopan 'sözde' ilk akıllı şehir oluyor. Akıllı şehirlerin bir aptal işi olduğunu söylemeden edemeyeceğim. Halk akıllı ve uyanık olmaz ise başta İstanbul, büyük şehirler ve hatta 'akıllı köyler' sapıklığıyla her alan tehlike altında.

Sakın zalimlerin yanında olmayın; sonra ateş sizi de yakar. Allah'tan başka dostlarınız olmadığına göre bir yerden yardım da göremezsiniz! Hud, 113

"Akıllı kentsel dönüşümün hızlandırılmasında yeni bir model olarak da duyurulacak olan 'Akıllı Şehir Projesi' alanında, Avrupa Komisyonu'ndan 5 milyon Euro hibe alan Eskişehir Tepebaşı Belediyesi, Türkiye'de ilk ve tek yerel yönetim olarak proje alanında çalışmalarını başarı ile yürütürken, uluslararası alanda da önemli kuruluşların gündeminde yer alıyor."

15 dakikalık şehirler sisteminin nasıl bir sapkınlık olduğunu daha iyi anlayın diye size dünyada uygulanan buna benzer bir projeden bahsedeyim:

HZ. PEYGAMBER'E AÇILAN SAVAŞ: "NEOM"

Sonuna dikkat. Suudi Arabistan'da NEOM adında 170 km uzunluğunda ve 500 metre yüksekliğinde, sadece 200 metre genişliğinde, organik olarak genişleyemeyen sabit bir çizgi şeklinde şehir tasarlanıyor. Dış duvarlarının devasa aynalar ile kaplı, 9 milyon kişinin yaşayabileceği, yapay zekayla yönetilen ve aklınıza gelen her şeyin buranın içinde yürüyerek ulaşabileceğiniz mesafede insanlara sunulması planlanıyor. Tıpkı cezaevindeki gibi, her şey bir arada. 3 boyutlu olarak organize edilecek sistem, yapay zekâ ile her ânınızı izleyip otomatik hizmetler sunuyor. Düşüncelerinizin dahi takibi zaten aşılar ile hayatınıza zorla sokulmuş bir sistem olduğu için; atacağınız tüm adımlar önceden bilindiği gibi, onların istedikleriyle sınırlı.

Bir ucu Kızıldeniz'den başlayıp ülkenin içine doğru çizgi şeklinde, uzaydan da görünebilir bir şehir kuruluyor. İçinde hiçbir araba veya yol olmayacak. Hızlı tren bir uçtan diğer uca 20 dk.'da gidebilecek. Kentte yaşayanlar tüm gündelik işlerini 5 dakika yürüyerek yapabilecek. Kulağa hoş geliyor, öyle değil mi?

Bu şehrin uzmanları, yapılması her türlü paraya ve imkâna rağmen 50 yılı bulur dese de yönetim, meşhur 2030'a kadar bitirilmesini hesaplıyor. Proje, Arabistan'ın veliaht Prensi Muhammed Bin Selman tarafından 2021 Ocak ayında lanse edildi. Ulaşım için havaalanı yapıldı ve inşaat başlamış durumda. Enerji verimliliği, sürdürülebilirlik ve benzer hikâyeler burası için de geçerli ve tabi ki bu, gerçekte tamamen bir masal. New wonders fort he World yani, 'Dünya için yeni harikalar' yapma masalıyla duyuruluyor.

İnsanlığın şehir hayatlarındaki kaosuna muhteşem bir çözümmüş gibi sunulan bu projenin dışında ve asıl güzel noktasında ise kraliyet ailesine ait devasa saraylar bulunuyor. Hepsi de geleneksel mimari ile yapılmış, araziyi de bir güzel yayıla yayıla kullanmış. Havaalanı ve araç kullanımı gibi özgürlükler burası için tabi ki serbest. Ancak, istihbaratların eline geçmiş ekranlar ve haberler size bundan bahsetmez. İşte mülkiyetsiz bir dünyanın hain kralları sizi böyle yerlere tıkıp, gösterilmeyen yerlerde ise kendileri yaşarken, yeni tip şehir hapishanelerini size şirin göstermekten de asla utanmazlar.

Bu arada, projenin adı NEOM'du değil mi? Resmî web sitesindeki açıklamaya göre anlamı ne biliyor musunuz? M harfinin birinci anlamı; gelecek anlamı taşıyan 'mustaqbal' yani yeni. İkinci anlamı ise Muhammed'in M'si. M'yi bulduğumuza göre NEO'nun Matrix ile bir ilgisi var mı diye bir düşündük. Neo, İngilizcede seçilmiş kişiler için kullanılan one'ın yer değiştirmiş haliydi. Seçilmiş kişi buradaki yeniliğin de öncüsü olunca, adı da Yunancadaki 'yeni' anlamına gelen NEO oluyor. Sonuçta bu isme göre anlam; yeni gelecek yani 'Yeni Muhammed' olarak karşımıza çıkıyor. Dünyanın geleceği için bu tür şehirlerin bir tür kurtarıcı olduğunu iddia etmelerindeki sapkınlığın temelinin burada hangi isme çıkarıldığını görüyor musunuz? Dünyadaki en önemli yüz ismin değişmeyen bir numarası, Kur'an'ın en büyük savaşçısı ve İslam ordularının gelmiş geçmiş en kutlu komutanı: Hz. Muhammed! Adeta Resûlullah'a meydan okurcasına adına 'Yeni Muhammed' diyorlar, öyle mi?

Bu ismin Peygamberimiz ile ilgili olduğunu kesinleştirdiğim detay ise; seçilen yerin Kızıldeniz'e sıfır Tebük olması. Tebük; yani Peygamberimiz'in İslam ordularının baş komutanı olarak Doğu Roma'ya yani Bizans'a karşı 30 bin kişilik ordusuyla meydan okuyup hücuma geçmesi sonucu Ahzap ve Tevbe Suresi gibi ayetlere konu olan yer! Bu muharebe öyle bir meydan okumadır ki Bizans ordusu çatışma başlamadan geri çekilmiştir.

Bugünün Roma Kulübü, işte bu Bizans ordularının devamıdır. Bu ezoterik cemaat bütün bunları tesadüfen mi yaptırıyor? Aynı düşmanın hortlamış yeni versiyonu değil mi kendileri? Kızıldeniz'e gömülen firavunun anısına mı çizgi olarak gönderme var bilinmez ancak bu çete Peygamber'e ve İslam'a yeniden savaş açtı! Ne yer olarak Tebük'ün seçilmesi ne de adının 'Yeni Muhammed' olarak konulması asla tesadüfün konusu olamaz. Merak etmeyin, Peygamber'in şanını arkama alarak ve olayı zoraki bir ilişkilendirmeyle buraya bağlamadım. Tam tersine, dahil olduğum davanın sapkınlığına karşı Kur'an ile yürürken, ayetlerdeki manzaraların önüme düşmesiyle Peygamberimiz'in kutlu savaşına dahil buldum kendimi. İşte senin Peygamber'in anlatıldığı gibi açlıktan karnına taş bağlayıp hamlesiz dua eden bir çadır evliyası değildi. Dünyadaki tüm sapkınlığa karşı ömrünü savaşlara adamış ve Kur'an'ın en büyük uygulayıcısı olarak bu sapıklara kök söktüren, insanlık tarihinin de baş komutanı olmuş bir liderdir. Bunu böyle bilesin. Bunlar sana, birçoğunu Mossad'ın fonladığı tarikatlar veya cemaatler veya peşinde koştuğun uydurma din adamları tarafından söylenmez. Bu yüzden tıpkı o zamanda olduğu gibi bu zulme dur demeli ve İslam adına insanların rızkına, malına mülküne ve namusuna çöken bu çeteye tıpkı Peygamberin gibi kafa tutmalısın! Bugün, olanlar karşısında Peygamber'in değil, kendi ideolojilerinin dayattığı din üzerinden gidenlerin, yattığı yerden kurtarıcı bekleme alışkanlığı -her türlü dini kullanan kesim de dahil- insanlığın üzerine pislik yağmasına sebep oluyor.

Ancak, zor şartlara rağmen 50 gün süren Tebük seferine çıkıp haksızlığa meydan okuyan bu kutlu Peygamber, Ramazan ayında Medine'ye geri döndüğünde şehirde kasideler ile karşılanıyor. Önce iki rekât namaz kılıyor. Ardından, bu haksızlığa meydan okumaya gelmeyen 80 kişi Mescid-i Nebevî'ye gelerek sözde mazeretlerini bildiriyor. Resûlullah onların söylediklerini esas alıp kalplerinde gizledikleri şeyleri Allah'a havale ettiği sırada bir ayet geliyor:

"Sefer dönüşü kendileriyle karşılaştığınız zaman o münafıklar size özür beyân edecekler. De ki: "Boşuna özür dilemeye kalkmayın; size asla inanacak değiliz. Çünkü Allah mazeretlerinizin geçersizliği ile alakalı olarak nifak ve yalanlarınızı bize haber verdi. Bundan böyle de Allah ve Resûlü, ne yapacağınıza bakacak." Tevbe, 94

Sadece buradaki bu tutum bile bugün size anlatılan din ile Peygamber'in savaştığı dinin asla aynı şey olmadığını gösteriyor. Bu arada Bizans'a yani Doğu Roma'ya karşı bu müthiş meydan okumanın nedeni ile günümüz zulümleri elbette benzer bir haksızlıktı. Aynı Roma çetesi yeniden devrede! Kur'an, bu olay üzerine; savaşmaktan geri duran, bahane üreten ve caydırmaya uğraşanları münafık diye yorumlar. O yüzden etrafınızdaki münafıklara dikkat edin ve siz de bu hataya düşmeyin.

Tebük dönüşü bazı münafıklar, Peygamber'e suikast düzenleneceği üzerine tuzakların ayetler ile Peygamber'e iletilmesi sonucu halkın arasına kaçarlar. Ona zarar vermek isteyen gruplar bildiğin namaz için mescitler yaptırıp kendilerini orada namaz kılmaya davet ederler. Ancak bu yapıların bile aynı davaya kurulan bir tuzak olduğu anlaşılması çok sürmez.

Bir de şunlar var ki, zararlı eylemler gerçekleştirmek, inkârcılıklarını pekiştirmek, mü'minlerin arasına ayrılık sokmak ve daha önce Allah ve Resûlü'ne savaş açmış kişi lehine fırsat kollamak üzere bir mescid yapmışlardır. "Amacımız sadece iyi bir şey yapmaktı" diye de yemin edecekler. Allah şahit, onlar kesinkes yalancıdırlar. Orada asla namaza durma! Tevbe, 107-108

Bugün bu tür zulümlere karşı durmak bakımından gerçek hak davası taşıyanların sosyal tutumlarına, son örneği vererek bu konuyu kapatayım. Ensar'dan üç kişi Resûlü Ekrem'e yani Hz. Peygamber'e gelerek nefislerine uyup sefere katılmadığını itiraf ederler. Hz. Peygamber de onlara tecrit cezası verir ve en yakınları dahil hiçbir Müslüman onlar ile konuşmaz. Allah'tan başka sığınacak yerin olmadığını anlayan üç kişiye bütün genişliğine rağmen yeryüzü dar gelir. Elli gün sonra ise affedildiklerini bildiren bir ayet nazil olur.

"Şu bir gerçek ki Allah, Peygamber'e ve o sıkıntılı zamanda, içlerinden bir grubun moralleri bozulmaya yüz tuttuktan sonra bile ona bağlılıklarını koruyan muhacirlere ve Ensar'a lütfuyla muamele etti ve sonra da tövbelerini kabul etti. Allah onlara karşı çok şefkatli ve merhametlidir." Tevbe, 117

Şimdi biz kapıdan içeriye girmiş bütün bu zulümlere karşı sağlam bir duruş sergileyip üstüne gitmezsek Allah'ın ve Peygamberinin yüzüne nasıl bakarız? Kur'an'ın davasını sürüp meydan okumaz isek sonsuz bir cenneti veya bağışlanmayı nasıl umarız? Bugünün zulmüne karşı durmayan, sonsuz azaptan nasıl kurtulur? Yan gelip yatıp kurtarıcı bekleyerek hangi tür sorumluluktan kaçabiliriz?

Ulus devletlerin yok edilme sürecine girdiğimizi anlamayın diye ekranlar ve isimler her türlü bilişsel bir yalan savaşını zihninizden içeri sokacak. Ulus, bayrak ve vatan gibi tüm kavramlar 'Tek Dünya' sapkınlığıyla savrulmak istenecek. Dinin, cinsiyetin, ulus devlet özelliklerinin, mülkiyet hakkının ve var olan tüm değerlerinin sıfırlanmak istendiği sapkın bir sürece sokulduk ve artık finali yazmak bizim elimizde. Şeytan yavaş yavaş sokuluyor. Sen ne yapıyorsun?

FİLİSTİN- İSRAİL OLAYLARI ve BÜYÜK ORTADOĞU SAVAŞI

Büyük Ortadoğu ve Yeni Roma projeleri için muhtemel plan dahilinde Gaziantep depremiyle on ilimiz yıkıldı ve yüz binlerce insanımız öldü. Olası büyük savaşlara hazırlanan bölge için ilk yıkım Anadolu'nun kalbinden geldi. Ardından 7 Ekim 2023'te sabah saatlerinde Gazze, sınırında işgalci İsrail'e askeri hareket başlattığını duyurdu.

Ortadoğu'yu kan gölüne çeviren süreç deprem ile başlasa da herkes ne olduğunu 7 Ekim Filistin-İsrail olaylarıyla,

İsrail'in katliamlarıyla görmeye başladı.

El Kassam Tugayları sözcüsü Ebu Ubeyde: "Siyonist işgalciler, Mescid- i Aksa'ya el uzatmanın bedelini ödeyecek. "Çok konuşmayacağız. Açıklama da yapmayacağız. Düşman, pişmanlıktan parmaklarını ısıracak. Aksa Tufanı Harekatı'na katılmak için sokaklara inin ve örümcek ağı gibi zayıf olan İsrail'i şaşkına çevirin" gibi ifadeler kullandı.

İsrailli General Rasan Aliyan: "Hamas, Gazze Şeridi'nde cehennemin kapılarını sonuna kadar açtı. Bunun bedeli ağır olacak." Dedi ve sürecin aslında bu amaç için başlamış olabileceğini de duyurmuş oldu.

Rusya Kremlin Sarayı: "İsrail'de durum ciddileşiyor, üçüncü ülkelerin olaya karışma riski var"

29 Ekim 2023'te Netanyahu: Amalek' benzetmesiyle askerlere 'soykırım' çağrısı yaptı. 1. Samuel 15:3 "Şimdi git, Amaleklilere saldır. Onlara ait her şeyi tümüyle yok et, hiçbir şeyi esirgeme. Kadın erkek, çoluk çocuk, öküz, koyun, deve, eşek hepsini öldür."

Şimdi anladınız mı neden Yeni Roma'ya ve Büyük Ortadoğu sürecine sapkın dediğimi?

İSRAİL-FİLİSTİN OLAYLARI KİMİN PLANI?

Netanyahu Mart 2019': "Filistin devletinin kurulmasını engellemek isteyen herkes Hamas'ın desteklenmesini ve Hamas'a para aktarılmasını desteklemek zorundadır." "Bu bizim stratejimizin bir parçası" Bunu ima edene dahi saldıran, 'din' ile kandırılmış tayfa, Müslüman halkın düşürüldüğü bir tuzağı farkında olmadan veya olarak destekliyor olmuyor mu?

22 Eylül 2023'te New York'ta Netenyahu Birleşmiş Milletler Genel Kurulu'nda Filistin'in olmadığı bir harita

gösterdi. Filistin'in olmadığı haritada işgal altındaki Batı Şeria ve Gazze Şeridi İsrail'in bir parçası olarak gösterildi ve biz de bunu o zamandan duyurduk. Bu olay savaştan tam iki hafta önce oldu. Bugünün ve yarının kaoslarıyla Kudüs dahil tamamının işgal edilip Ortadoğu'da belki de Üçüncü Dünya Savaşı'na net olarak başlayan sürecin masum sivil, yaşlı çocuk, kadın hasta demeden herkesi hastane ve okullarıyla birlikte yıkıldı. Bütün görüntüler insanlığa bir güzel izlettirildi. Savaştan iki hafta önce bu işgal haritalarının paylaşılması, bu kanlı planın İsrail ve arkasındaki kanlı devletler tarafından yapıldığını ortaya koymuyor mu?

Üstelik Netenyahu o konuşmada "yeni bir barış çağının başlangıcının müjdelendiğini ifade ederken, Filistinlilerin bu harekete karşı çıkmamaları gerektiğini" savundu. Filistin lideri Mahmud Abbas'ın BM Genel Kurulu'ndaki konuşmasında, "Ortadoğu'da Filistin devleti olmadan barış olamayacağı" yönündeki ısrarlı ifadesini kesin bir şekilde reddeden İsrail Başbakanı Netanyahu, "Filistinlilere Arap ülkeleriyle yapılacak barış anlaşmalarını veto hakkı vermemeliyiz" şeklinde kendini yineledi. Katliamlarından iki hafta önce duyurduğu barış çağrısının ne olduğunu gördünüz mü? 7 Eylül'de başladıkları katliamlarından tam iki hafta önce Kudüs'ü yok sayan haritalar ile gösteri yapmaları, bütün kaosların onların başının altından çıktığını yeterince göstermiyor mu?

EKRANLAR SİZİ NASIL KANDIRDI?

"Savaşı Müslümanlar başlattı, destek ver" diye saldıran bazı medya isimleri olacakların suçunu en baştan Müslümanlara yıkıldığını herkesten sakladı. Müslüman tarafı destekler gibi görünenlerin çoğu aslında İslam dünyasına ihanet ediyor. İslam hakikat ile savunulur. Müslüman kardeşlerimizin hakkını savunmak din adına yalan uydurup halkı kandırmak ile olmaz. Dini kullanıp ideolojini besleyerek hiç olmaz. Bu ihanet çetesi Türkiye'de din ile dinsizleştirme yaptığı gibi, aynı zamanda ülkemizi de tehlikeli sulara sürükleyen, bilinçli ve bilişsel görünmez dış askeri ordular ile de desteklenen bir çete olabilir.

Bu tutum niye ihanettir bilir misin? Din adına girilen bu sahte Müslümanlık, tutumu yapanın şeytanın avukatı olduğunu gösterir. Bu ekibin sahte din gösterileri, sözde Siyonist karşıtlığı o planı kuranların girdiği sahte mağduriyeti aklama işlevi görür. Bütün bu savaşların karşısına konan hiçbir argüman Ortadoğu'yu kana bulayanları haklı veya mağdur gösteremez.

Bütün bu kaoslar arttıkça ülkemizi bu savaşa mağdur veya kahraman rolüyle sokmak isteyecek bu şeytani akıl, ülkemizi ve İslam alemini bir üst perdeden başka bir kontrollü tuzağa bile çekebilir.

Örneğin Ortadoğu'yu kan gölüne çeviren bu çete, içeride gizli Roma hayallerine koşmak isterken görünürde Tek Dünya Devleti yoluna gidilmeden önce, geçici bir İngiliz, ABD veya 'Roma tasarımlı hilafet' tuzağını bizim üzerimiz de denemekten çekinmeyebilir. Bu tuzağın tutma olasılığı kaosların tırmanmasıyla doğru orantılı bir karşılık bile bulabilir. Çünkü böyle bir niyete girdiklerinde bütün ekranlar, zihinleri bu tuzağa göre programlamak isteyecektir. Ne demişti ünlü bir düşünür? "Bir işgali saklamanın en iyi yolu onu sevdirmektir."

Tabi ki yetkililerimiz bunu ön görüp hamle yapmasını bilecektir ancak bu vatanın evladı olarak bize düşen zihinler üzerinden bağımsız savaş silahları olmaktır.

İŞGAL SANDIĞIN GİBİ DEĞİL

Yeni Dünya Düzeninde sınırların ve hatta bayrakların bir önemi yok. Ulus devlet modelini yıkıp tek bir yönetime bağlamak isteyen bu kanlı çete, Türkiye için Ortadoğu'dakilerden farklı bir senaryo deneyebilir. Antep depreminin tüm izleri olanlar ile bağlantılı görünse de konuşan herkes yemin etmişçesine bu konuya hiç dokunmuyor. Bu yeni sapkın düzende savaş açılan ve işgal edilen yegâne unsur insan olduğuna göre, bu çete Türkiye'yi Ortadoğu'daki birçok devleti toprağımıza katmış ve liderleri konumuna getirmeyi isteyebilir. Yani sahne böyle olunca kahraman görünmenin halkı avutmaktan başka bir işlevi olmaz.

Ancak hâl böyle dahi olsa Sevr ve Lozan gibi bağlayıcı anlaşmaların üstüne çıkmadığımız sürece bu plan bizim olmuş sayılmaz. İslam dinine açılan savaş, sağlık, cinsiyet, eğitim, namus, aile, kültürel değerler ve vatan bilincinin yok edilişi şu an devrede. Tarım ve hayvancılık gibi yaşam unsurlarını iklim yalanına bağlayıp yok edilmesi sınırların ötesinde bir ihanettir. Bütün bunlar insanı öz vatanında köle ettiği sürece isterse Dünya'nın başında biz varız gibi göstersinler hiçbir anlam ifade etmez.

EKONOMİK FIRTINA

Bu satırlara değinmemdeki yegâne sebep ekonomik olarak sistemin çökeceği son düzlüğe girdiğimiz bu süreçte yıkımın ne tür kaoslar ile eşleştirilip kamufle edilebileceğini anlamak içindir. Önceki dünya savaşlarında da yıkımın kilit rolü para sisteminin yeni düzene evrilmesinde saklıydı. Dünya şimdi de böyle bir kırılımın eşiğinde. O yüzden dünyayı yönettiğini sanan kanlı ellere daha çok kaos lazım. Gösterme ve planlı savaşlar lazım. O savaşlardan doğacak sonuçlar ile insanları avutacak kahramanlık, üzüntü, korku ve intikam gibi tüm duygular ile yine insanı etkisizleştirme lazım. Halka düşen ise tüm değerlerine açılan bu savaşa savunma değil savaş düzeyinde bir akılla karşı koyması gerekir. Ekonomik olarak da sıfır risk konumuna geçip topraklarına sahip çıkmayı deneyebilir.

İLK VE SON KIBLE NERESİ?

Bütün gelişmeleri ulus devlet bilinciyle değil, tüm milletleri kontrol eden İmparatorluk düzeyinde ele almalıyız. Ancak yine de Kudüs ile İslam dünyasını kandırmada psikolojik bir harbin parçası olarak kullanılabileceğini asla unutmayın. Hatta İslam dünyasına kıble üzerinden bile bir oyun oynanabileceğini hissediyorum. Bu kitabın gücü ve tehlikesi yönüyle baktığım zaman bir sonraki kitap için söz veremiyorum. Ancak olası sonraki çalışmalarda bu konuyu açmadan önce sizin benden önce araştırmanızı istiyorum. Kıble konusu Bakara Suresi 140 ila 150. ayetler arasında geçer. Kıblenin neresi olduğu meselesinin Müslüman kardeşlerimiz ile dünya üzerindeki davamız bakımından ayrı düşmemiz söz konusu değildir.

Sadece şunu soruyorum, nedir bu işin aslı?

"Kendilerine kitap verdiklerimiz (Yahudi ve Hristiyan bilginleri), Onu (Kur'an'ı ve Resûlüllah'ı) öz oğullarını tanıdıkları gibi tanıyıp bilirlerdi. (Hz. Peygamberin özelliklerini ve güzelliklerini kitaplarında okurlardı ve gelişini beklerlerdi.) Buna rağmen onlardan bir grup, bile bile (kasten ve) kesinlikle gerçeği gizlerlerdi." Bakara, 146

Kıble konusunun içinde gerçeğin kesin olarak gizleneceği konusunda Rabbimiz bizi neden uyarır?

Lütfen bu ayetlerin öncesini ve sonrasını ayrıntılarıyla inceleyin. Hatta orijinalinden Türkçe'ye çeviren bir arkadaşınız var ise kelime ve köklerine kadar inin, konuya etraflıca bakın. Hatta tarihi olarak Kâbe ve Kudüs binaların yapım yılı, öncesinde ve sonrasında kullanım amaçları, dini kaynaklardaki gerçek karşılıkları gibi konulara da inceleyin.

Din üzerinde oynanan oyunlar tarihte hiç olmadığı kadar önemli noktaya geldi. Bu yüzden Kudüs ve Müslüman toplumları ve toprakları üzerinde dönen oyunlar hepimizi ilgilendirir.

Kıble konusu ayetlerde 'bilgi ve hakikat' kelimesiyle de metaforlandırır. Yani dünyanın her yerinden hakikate dönme mesajı çok nettir.

"Gerçek Rabbinden gelendir. Öyleyse sen şüphe edenlerden olma." Bakara, 147

Ne diyoruz o zaman? Yüzünü ve kalbini daima hakikate dön ve sakın şüphe edenlerden olma.

Ulus devletlerin yok edilme sürecine girdiğimizi anlamayın diye ekranlar ve isimler her türlü bilişsel bir yalan savaşını zihninizden içeri sokacak. Üçüncü Dünya Savaşına fiilen evrilsek ve her yerden görülür olsa bile yine de sonucun buraya çıkacağı sizden saklanacak. Ulus, bayrak ve vatan gibi tüm kavramlar tek dünya sapkınlığıyla savrulmak istenecek ve sen hepsiyle sınanacaksın. Dinin, cinsiyetin, ulus devlet özelliklerinin, mülkiyet hakkının, ailen, kültürün ve var olan tüm değerlerinin sıfırlanmak istendiği sapkın bir sürece sokulduk ve artık finali yazmak bizim elimizde.

Şeytan yavaş yavaş sokuluyor. Sen ne yapıyorsun?

2

KÜRESELLEŞME ve ROMA TUZAĞI

"Kurtuluşun sorumluluğu omuzlarımızda"

Ülkelere ve bize dayatılan 'İklim Kanunu', büyük tehlikeleri içerisinde barındırıyor. Tek Dünya Sapkınlığı yolundaki emperyal Siyonist ve Roma'cı odakların 'iklim krizi veya küresel ısınma' tiyatrosu olarak sahnelediği; nüfusu azaltma, cinsiyetleri kaldırma, inançları silip süpürme ve insanın köleleştirilip vatansız bırakıldığı bir tam kontrolü amaçlıyor.

Siz bu konuyla yeni yüzleşiyor olsanız da bu ezoterik çete çok uzun yıllardır bütün ihanet elemanlarıyla bu günlere hazırlanıyor. Bugün BM 2030 takvimini insanlığa dayatıp küresel bir şer sistemi önümüze koyan Dünya Ekonomik Forumu ve arkasındaki Roma Kulübü gibi oluşumlar, bu plana, sanıldığından çok daha önceye uzanan bir geçmiş ile hazırlanıyorlar. Geriye gittiğimizde bu işgalin Cumhuriyet'in kuruluşundan bile eskiye dayandığını rahatlıkla görebiliriz. Fakat yakın bir geçmiş ile neler olduğuna bir bakalım:

Dünya Ekonomik Forumu 1973'te 3. kez toplandığında, açılış konuşmasını Roma Kulübü'nün kurucusu İtalyan Aurellio Peccei yapıyor. İtalya'nın, Osmanlı işgalinden bu yana neden her olayın içinde olup sinsice saklandığını artık her yerden anlayabilirsiniz.

Aurellio Peccei, yaptığı konuşmada, 'insan nüfusunun azaltılması ve tüketim alışkanlıklarının kökten değişmesi gerektiği' ni belirttikleri bir raporu özetliyor. Bunun için siyasetçilerin tasarlanması ve yapmaları gerekenlere göre emir almaları yeterli gelmeyecekti. Devletleri de kontrol altına alacak bir sisteme ihtiyaç olduğu çok açıktı. İşte bugün, "2030 takvimi" dediğimiz bu Tek Dünya Sapkınlığının insanlığa dayatılması için bir yapı kurulması gerekiyordu ve bunun adı da Birleşmiş Milletler olacaktı. BM 1945'te bu amaçlar doğrultusunda kurulup insanlığı 'Tek Dünya' adındaki bir çeşit işgale 'çözüm adına' sürükleyecek sistemin adıydı.

Roma Klübü'nün üyeleri arasında Bill Gates, David Rockkefeller, Bill Clinton, George Soros, Kofi Annan, Al Gore, Robert Muller Gro Harlem Bruntland gibi isimler en görünen isimlerdir.

Türk medyasında, 'dindarlık' ve 'Türk milliyetçiliği' kılıfıyla yanaşıp, Roma'ya 'hak taraf' diyen sözde kanaat önderi etki ajanları, Roma işgaline sokulan ülkenin uyanmaması için ekran ekran gezdirilmektedir. Böyle bir oluşuma 'hak taraf' diyerek bir bakıma intihar etmek ne tür bir motivasyonun sonucudur, bilemiyorum.

Roma Kulübü'nün üyeleri arasında Bill Gates, David Rockkefeller, Bill Clinton, George Soros, Kofi Annan, Al Gore, Robert Muller Gro Harlem Bruntland gibi isimler en görünen isimlerdir.

Bütün küresel kaosların İllumünati'ye, uzaylılara, Rothshild veya Rockefeller gibi ailelere indirgenmesi bir çeşit büyüleme amacı taşır. Çünkü bugün Birleşmiş Milletler'in takvimini halkın hayatına sokan yerli işbirlikçileri, BM'in merkez binasının Rockefeller Ailesi tarafından bağışlandığını size söylemez. Rockefeller'i şeytani planların baş düşmanı olarak gösterenler BM'yi ise dünya kahramanı olarak önünüze sunar. Büyü de budur.

İklim değişikliği tiyatrosunun mucidi olarak bilinen Maurice Strong, Kanadalı bir milyarder ve BM'nin çevre programının ilk kurucu ve yöneticisi. Kontrollü karşıt olarak ekranlarda izlediğiniz anti küreselci kahramanların, size bu konuda da yaptığı çok önemli bir saptırma daha var: O da bu işin başında Roma Kulübü olduğunu söylememektir. Ülke, gizli bir Roma işgaline sokulmuş iken size neden gerçek tehlikeden bahsetsinler ki? Ünleri ve işleri zarar görebilir.

İklim krizi tiyatrosunun mucidi denilen Maurice Strog, Dünya Ekonomik Forumu Başkanı Klaus Schwab için bir taktir yazısında, "akıl hocamdı" diyor.

Bunu doğrulayan Klaus Schwab, İklim tiyatrosunu 'Roma Kulübü'ne kendisinin verdiğini şöyle ifade ediyor: "25 yıldır iklim değişikliği üzerinde çalışıyorum. Bu büyük platformu Roma Kulübü'ne veren kişi bendim." Yani Roma bir şekilde her yerde saklanmayı başarmıştı, ancak buraya kadar.

BM'in kapıdan içeri girmiş bütün esaret çalışmalarının fonlayıcıları da yine bu ailelerdir. Birleşmiş Milletler gibi kuruluşların görevlilerini anlamak, insanlığın hangi tür sapkın ezoterik cemaatlerin işgaline sokulduğunu anlamak için yeterlidir.

'İklim krizi' ve 'Karbon ayak izi' saçmalığının yasalar ile dayatılması, aslında bir Roma planıdır. Böylece bütün esaretlerin, küçük bir azınlığın eline verildiği de anlaşılmalıdır.

Ortadoğu savaşlarıyla kamufle edilip iklim tiyatroları hayata sokulduğu andan itibaren insanlığı daha büyük tehlikeler bekliyor.

Zengin elitlerin, devletleri ele geçirip belirli kılıflarla bir araya gelmesi normal karşılanabilir. Ancak burada ilginç olan; ortaya konulan tüm sorunların kaynağı bu ekibin ta kendisi olması.

Yalan bilimden, medya kanallarına kadar bu çetenin rutin diline öyle bir bilişsel yer etmiş ki normali ifade etme biçimleri onlar için son derecek korkutucu ve eksik. Hakikati temsil eden ifadeler, kalpleri tüm bu kötülükler ile örülmüş insanlar için, tanrı komplekslerini beslemeyecek, sıradan ve basit insan hissiyatında hissettirir. O yüzden tüm duvarları yalanın arkasına yuvalanmıştır.

Örneğin; Rockefeller Ailesi, tarihin en büyük petrol mafyasıydı ve petrol de tıpkı su gibi doğada sürekli yenilenen bir mineraldi. Ne oldu? Karbon bile tüm canlıların var olma sebebi iken, her doğan canlı kendi karbonuyla doğup yaşamını yani rızkını doğuşuyla birlikte yer yüzüne taşıyor iken, insanı yok etmek isteyen bu çete, karbon ayak iziyle sıfır karbona koşulması gerektiği yalanını uydurmuyor mu? Maurice Strong denen iklim tiyatrosu mucidi, çevreyi kirlettiği söylenen petrol şirketinin yöneticisi olmasına rağmen aynı zamanda Birleşmiş Milletler çevre programını da kuran kişiydi.

Daha acınası başka bir örnek: BM'e bağlı ve Türkiye'yi kazılar ile Pagan Roma'ya dönüştürmekle görevli Unesco başkanı Julian Huxley, toplumdaki işe yaramayan insanların yok edilmesini savunan bir öjenistti. Böyle bir isim ise sözde Dünya barışına ve kültür mirasına katkıda bulunmak için Unesco'nun başına başkan olarak getirilmişti. Şimdi aynı çete, sapkın Pagan Roma'yı tarihe gömdüğümüz Türk topraklarından, çok daha beter bir tiyatroyla, kazarak geri çıkarmaya çalışıyor. Kim, neden ve ne karşılığında destek veriyor, orasını siz düşünün.

'İklim tiyatrosu' dendiğinde de tıpkı Tek Dünya sapkınlığında olduğu gibi akla ilk gelecek isim Roma Kulübü olmalıdır. Bizzat Rockefeller Vakfı tarafından fonlansa da çok daha tehlikeli hamleleri yüzünden kendini gizlemiş olan bir yapıdır. Dünyada iklim tiyatrosu kanunuyla ilgili devam eden çalışmaların öncülüğünü yapan kurum, Roma Kulübü'dür. Greenpace gibi sözde çevreci oluşumların ucu bu kulübe çıkar.

Muhabir, Strong'a soruyor: "BM'nin Dünya Hükümeti kurma gibi bir hırsı yok mu?"

Maurice Strong; "Hayır, gerekli değil. Mümkünse ve kesinlikle böyle bir şeyden uzağız. Ama daha barışçıl, daha güvenli bir dünyaya sahip olacaksak, daha etkili bir iş birliği sistemine ihtiyacımız var. Tüm zorluklarına rağmen BM elimizdeki tek kıymetli araç."

Dünya Hükümeti gibi hareket eden BM, aslında bugünün Tek Dünya gündemini 1992'de 'Gündem21' adıyla açıkça ilan etmişti. Bu plan, dünyayı kurtarmak için bütün ülkelerin takip etmesi gereken yol haritasını sunuyordu.

DÜNYA HÜKÜMETİ

Gündem21(2021): Her ne kadar 1992 yılında Dünya Hükümeti konusunu gündeme getirse de Roma Kulübü'nün ortaya koyduğu sürdürülebilir kalkınma kavramı 1972 yılındaki "Büyümenin Sınırları" raporundan çıkan bir üründür. Ne acıdır ki bu küresel boyunduruk, 9 Aralık 2018'de Bill&Melinda Gates Vakfı Ortadoğu Temsilcisi üzerinden ülkemize sokuldu ve çok ağır bedellerinin ödeneceği süreçlere doğru gidiyoruz. Sizin anlayacağınız, önünüze konan 'sürdürülebilir' kılıflı her konu Roma Kulübü eliyle çıkan ve Dünya Hükümeti maskeli gerçek bir işgalin anahtarıdır.

Adına sürdürülebilir denen uygulamalar bugün gıdanın ve tarımın adeta sürdürülememesi için ortaya atılmış bir işgal. İnsanları inandırmak istedikleri saçmalık ise; nüfus bu şekilde artmaya devam ederse sözde, dünya mahvolacak ve büyümenin sürdürülmesi güya mümkün olmayacaktı. Tuzağı görüyor musunuz? Bu bahaneyle de gelişmiş ülkeler dünyayı kirlettiğini iddia ettikleri fosil yakıtları kaldırıp yenilenebilir enerji kaynaklarına geçmeye ve sözde sosyal adaletsizliği giderip bunun için iş birliği yapmaya niyetlenmişler.

Peki bunu kabul etmeyen devletler ne olacaktı? Ya da küçük bir grup dünyaya yönelik risklerin aslında zengin ülkelerin eylemlerinden kaynaklandığına ispatlar ve bunun hesabını sorarsa ne olurdu? Kendini zengin ve elit olarak tanımlayan bu ülkeler, gerçek anlamda verdikleri zararın etkilerini azaltan bir anlaşma imzalamak zorunda kalacaklardı. Buna boyun eğerler mi sizce? Sonuç tabi ki hayır! Bu yüzden kendileri değişmek yerine insanlığı köleleştiren bir planı, gezegeni kurtarma kılıfını tek umut olarak gösterip sanayileşmiş medeniyetlerin çökmesi sağlanmalıydı. Bunu sağlamak ise kendilerine göre bu kendi dayatmalarının sorumluluğu altındaydı. Haliyle gözümüzün önünde seyreden her türlü ihanet bu küresel elitlerin gerçek niyetlerini saklayıp size, 'gezegene zarar veriyorsun' masalını inandırma amacı taşır. O yüzden karşımızda aslında kimlerin olduğunu iyi anlamak lazım.

TEK DÜNYA HÜKÜMETİ İÇİN DEVLET ADAMI YETİŞTİRME OKULU

1992'de duyurulan Gündem21'in (2021) açıklanmasından sonra bunları uygulayacak devlet başkanlarına ihtiyaç oldu. Bu olaydan bir yıl sonra Dünya Ekonomik Forumu, "Yarın İçin Küresel Liderler Sınıfı" kuruyor ve burada, gelecekte devlet başkanı olacak siyasileri eğitmeye başlıyor. Bu okul, sonraki yıllarda genişletilerek gençleri de kapsayan daha büyük gizli bir yapıya dönüştürülüyor. *Kasem* kitabımın 'Türksüzleştirme' bölümünde yazdığım şu ifade, bu çıkarım ile gerçek olmuş oldu: "Unutma ki bu aşağılık sistemin seçimleri gerçek olsaydı, bir şeyi seçebiliyor olmana dahi izin verilmezdi." Kasım 2022'de G-20 zirvesinde dünya liderlerine konuşan WEF Başkanı Klaus Schwab: "Liderleri biz seçeriz ve toplumlar bizim seçtiklerimize oy verir." demişken, neyi kastediyormuş şimdi netleşti. Buradan anlıyoruz ki seçimlerin sonuçlarıyla beraber insanların kavga ettiği birçok ideoloji aslında Roma Kulübü tarafından belirleniyor. 'Küresel Liderler Programı', 'Yarının Küresel Liderleri Okulu'ndan bugüne kadar yaklaşık 1.300 mezun vermiş.

İsimlerden bazı örnekler:

Yeni Zellanda Başbakanı Jacinda Ardern,

Fransa Cumhurbaşkanı Emmanuel Macron, (Yeni Roma'yı duyuran diğer isim)

Avusturya Başbakanı Sebastian Kurz,

Macaristan Başbakanı Viktor Orban ve Angela Merkel,
Rus Devlet Başkanı Vilademir Putin,
Arjantin Devlet Başkanı gibi dikkat çeken isimler var.
Ayrıca Bayan Nicole Schwab,
Bill Gates (Microsoft),
Rockefeller Vakfı CEO'su Rajiv Shah,
Tony Blair
Nicolas Sarkozy,
Jeff Bezos (Amazon),
Jack Ma (Alibaba; Alipay),
Peter Thiel (PayPal, Palantir),
Leonardo DiCaprio
Mark Zuckerberg (Meta),
Elon Musk (Tesla, Space X, StarLink),
Jimmy Galler (Wikipedia)

Türkiye'den de üstü düzey bazı holding ve şirketlerin tepe yöneticileri ve tabi ki açıklanmayan başka isimler... Üzgünüm, merak ettiğiniz bazı isimlerin de bu okuldan geçmiş olduğunu bazı kaynaklarda gördüm.

Bugünün Türkiye'sinde bu okulun varlığını hissedebiliyor musunuz?

2030 TAKVİMİ VE BAŞLAYAN BELALAR

Birleşmiş Milletler 2015'e gelindiğinde 'Gündem 2030'ı yayınlıyor ve şimdi bu belanın içindeyiz. Bütün bu sapkınlığın masum görünmesi için masum kılıflara ihtiyaç var. Bunlar; dünyadaki yoksulluk ve açlığın bitirilmesi ve herkesin sağlıklı bir hayat sürmesiydi. 2020'de başlayan bu salgın her şeyin başlangıcı oldu. 50 yıldır söyledikleri diğer hedefler; sözde temiz enerjiye geçmek ve iklim tiyatrosunu devreye sokmaktı. Temiz enerjiye geçişin en önemli dinamosu olarak 2022'de Ukrayna ve Rusya savaşı başlatıldı ve temiz enerjiye geçiş hızlandı.

Ancak bu takvimin ana ve gizli konusu nüfusun azaltılması olduğu için, NATO ve Unicef gibi kurumlar üzerinden 'cinsiyet eşitliği' masalını sisteme sokmak gerekiyordu.

Türkiye'de bu durum maalesef 2020 Rehberlik Programıyla Milli Eğitim sistemine bile sokuldu. Ayrıntıları, *Kasem* kitabımda, 5. bölümde ele almıştım. Tek Dünya sapkınlığı temsilcileri, o meşhur 2023'e gelindiğinde hedeflerine, insanlığı tarumar ederek ulaşmayı başardılar. Geriye sadece bunları halka inandırmak, yutturmak, direnişlerini kırmak, onların zihinlerini ele geçirerek olan bitenin hayırlı bir iş olduğuna inandırmak kalmıştı. İşte bu ayrım bütün takvimlerin kaderini değiştirip insanlığın kendi kaderini tayin edecek bir akla dönüşebilme ihtimali taşıyor. Birileri aşağıdan kurtarıcı beklerken Roma ise yukarıdan bastırıyor. Yeni dünya düzeninin kaoslar ile her şeyimize göz diktiğini ve bunu da açıkça ilan ettiklerini biliyoruz. Şimdi onların bekleyip göreceği şey; halkın bu konuya karşı vereceği savaş. Bu yüzden NATO, 2020 yılından sonra hava, kara ve deniz harekatlarının tamamını insan zihnine yönlendirdi. Kafaya dikkat et, kandırıldığın yerde yoksun. Ancak anlayıp üstüne giden herkes elbette ve kati olarak Rabbimin korumasındadır.

YÖK EĞİTİM SİSTEMİ VE ROMA KULÜBÜ

Roma Kulübü'nün Türkiye'deki ilk toplantısı 2002 yılında Bilkent Üniversitesi'nde gerçekleşmişti. Şimdilerde başımızı belaya sokan her uygulama o yıllardan bu günlere ilmek ilmek tüm dünyayı uyutarak gelmiştir. Hatta enteresandır, Türkiye'deki YÖK eğitim sisteminin kurulması Roma Kulübü üyelerinden İhsan Doğramacı'ya aittir. İhsan Doğramacı Roma Kulübünün Türkiye başkanlığını da yürütmüştür.

Roma Kulübü'nün kuruluşunda ve işleyişinde aktif rol alan Doğramacı, 1946'da henüz 31 yaşındayken Dünya Sağlık Örgütü'nün kuruluşunda görev alma ve örgütün 'Anayasasını' imzalama şansına(!) sahip olmuştur. Daha sonra, Dünya Sağlık Örgütü adına dünyanın çeşitli bölgelerinde yeni tıp ve sağlık bilimleri okullarının kuruluşu ile ilgili danışmanlık yapmıştır. Bu çerçevede; Kanada, Brezilya, Nijerya ve Kamerun'da tıp merkezlerinin ve okullarının kurulmasına bizzat öncülük etmiştir.

12 Eylül Anayasası'nda ABD ve Batı tarafından oluşturulduğu anlaşılan YÖK kanununu Kenan Evren'e kabul ettiren kişidir.

Bu yasadan sonra YÖK kurulmuş, ilk başkanı İhsan Doğramacı olmuş ve bu görevi 11 yıl sürdürmüştür. Ankara Üniversitesi'nin rektörlüğünü yapmış, Hacettepe Üniversite'nin kurucusu olmuştur.

YÖK kanunun kabul edilmesinden sonra ilk vakıf üniversitesi olan Bilkent Üniversitesi'ni kuran Doğramacı, oluşturulan Batı tarzı eğitim sistemi ile ülkenin eğitiminde yeni bir yön belirlemiş ve etkin olduğu okullar vasıtasıyla da bu eğitimin rol model olmasını sağlamıştır.

Ortaya çıkan tabloya bakınca düşünmekten, tartışmaktan, araştırmaktan, fikir üretmekten yoksun öğrenciler, toplumun ufkunu açacak, ülkenin daha da gelişmesini sağlayacak çalışmalar yapmaktan uzak akademisyenler kalabalığı, tam olarak ne tür bir tasarımın sonucudur?

250 bölüm üzerinden, mezun olan öğrencilerin çok büyük bir kısmının işsiz, kalanının da okuduğu bölümle ilgili olmayan işlere yönelmiş olması tesadüf olabilir mi? Hatta bütün bunlar Roma Kulübü'nün askeri ve bilişsel dediğimiz bilişsel savaş orduları ile bir bağlantısını ortaya koymuyor mu?

ŞİMDİLERDE ROMA KULÜBÜ?

Roma Kulübü, Nisan 2018'de İsviçre'nin Winterthur kentinde yapılan 50. yıl toplantısında "Yeni Vizyon ve Yeni Misyon" adı altında 5 ana başlık belirledi:

1 - **İklim evrensel acil durum :** İnsanlığı iklim tiyatrosuyla sürükleyecekleri bütün kaoslar bu başlık altında kendini gösteriyor.

2 - **Ekonomiyi geri kazanma ve yeniden yapılandırma:** Finans krizinin kapıda olduğu günler ile mülkiyetsizdik dahil her türlü senaryonun arkasında bu ekip baş rolde.

3 - **Finansı yeniden düşünmek :** Kurulduğu yıldan beri bir gün, bugün içinde olduğumuz finans sistemin çökeceğini bilenler, bütün kaosları da kullanıp Büyük Sıfırlanma dedikleri bu süreç ile insanlığı dev bir kölelik sistemine hazırlıyor. Uyanan, önlem alan ve meydan okuyan tüm milletler veya kişiler, bütün her şeyin kaderini değiştirebilme gücünü elinde taşır. Bu Allah'ın vaadidir.

4 - Yeni uygarlıkların ortaya çıkışı: Boris Jhonson'un duyurduğu Yeni Roma hayallerini, Türkiye'yi de içine alan yeni bir uygarlık olarak mı görüyorlar dersiniz? Müslüman Türk milletinin uygarlığının yaşayan kültürü buna niye izin versin? Bu gizli bir işgal değil mi? Yeni uygarlıklardan kasıt, birçok uygarlığın kültürünü ve tarihini silmek ile başlayabilir. Bu da bana göre başta Türk topraklarında başlanan gizli bir işgalin, ülkeyi Roma bataklığına çevirmeyi amaçlar. Bu planları; devasa müzik konserleriyle, film, dizi, etkinlik, turizm gezileri gibi birçok sosyolojik maske ile dönüşümü hızlandırıyor.

5 - Gençlik liderliği: Çizgi filmler ile sinsi bir şekilde yedirilen iklim ve karbon ayak izi yalanları, tiktok gibi uygulamaların tümüyle kitlesel bir uçuruma sürüklenen gençlik ve onları ailelerinden koparmak isteyen sapkın bir Yeni Dünya Düzeni. Ne dersiniz? Biz çocuklarımıza liderlik edemediğimizde liderlik kime geçiyor?

AYASOFYA VE İSTANBUL OYUNLARI

Ayasofya, İstanbul'un fethi ve Türk toprağı olmasının en önemli sembollerinin başında gelir.

53 gün süren yoğun bir kuşatmadın ardından 29 Mayıs 1453 tarihinde Doğu Roma, Osmanlı ordularının baş komutanı Fatih Sultan Mehmet'in fethiyle bugünün İstanbul'u, Osmanlı'nın Payitahtı, yani başkenti olur. Bu önemli fetih ile Orta Çağ sona ermiş ve Yeni Çağ başladığı kabul edilmiştir.

Osmanlı'da asırlarca sürdürülen bir gelenek, fethedilen bir şehrin en büyük mabedinde ezan okunmasıdır. Bu sembolle birlikte fetih tescillenir ve ilgili mabet Fethiye Camii diye geçerdi. Ayasofya için de bu geçerli olmuş, Fatih Sultan Mehmet fetih sembolü olarak sancağını Ayasofya'nın ortasındaki mihrabın bulunduğu yere dikmiş, kubbeye doğru ok fırlatıp ilk ezanı kendisi okumuştur. Ardından şükür secdesi olarak 2 rekât namaz kılıp bu mabedin cami olduğunu tescillemiştir. Bugün Ayasofya Vakfiyesinin sonunda, kurallara uymayanlar için; "Benim cami haline getirdiğim bu mekânı kim camilikten çıkartırsa, o kişinin üzerine Allah her türlü lâneti yağdırsın" sözü, bugünün gizli işgaline olası hizmet edenlerin işine gelmeyeceği için yalanlanıp üstü örtülmektedir. Peki İstanbul Türk yurdu olurken, durum bu iken, Ayasofya'nın tarihi nedir?

Ayasıfya'nan ilk inşaatı bile beş yıl sürdü

Şu anki konumunda, tarihte üç Ayasofya olmuş. İlki, 15 Şubat 360 yılında II Constantius tarafından yapılmış. Bu ilk kilise, isyanlar sonrasında yakılıp yıkılıyor ve yerine Theodosius'un emriyle 10 Ekim 415 yılında ikinci Ayasofya yapılıyor. İkinci Ayasofya da 13 – 14 Ocak 532'de Nika ayaklanması sırasında yakılıp tamamen yıkılıyor. Kimse burada yaşayan halkların hangi tür zulümlere dayanamayıp başkaldırdığını neden sorgulamıyor?

Bu isyandan yaklaşık bir yıl sonra İmparator I. Justinianus, öncekilerden çok daha büyük ve görkemli bir mabet yapma emriyle bugünün mimarisinin yapım emrini veriyor. İnşaatı 23 Aralık 532'de başlayıp 27 Aralık 537'de tamamlanıyor. Yani tarihteki en büyük Ayasofya, sıfırdan yapılmaya kalkılsa o günün şartlarıyla 5 yıl sürüyor. Beş yıl belki asırlar önceye göre normal bir zaman olsa da şimdiki mühendislik tekniklerine göre uzun bir zaman.

Bugün her vatan evladı gibi, olan biten tüm gelişmeleri

sorgulamak, ihanetten yalana kadar her türlü belayı daha kapıdan girmeden fark etmek boynumuzun borcudur. Belki de şeytan hâlâ içeridedir, kim bilir? Tarihte hiç olmadığı kadar dehşetli yalan ordularının, manipülatif söylemlerin ve halkı kör etmek üzere kurulu bilişsel bir savaşın tam ortasındayız.

Camiden Müzeye, Müzeden Camiye

Kasem kitabımın son bölümünde ayrıntıları olmak ile beraber, Ayasofya, camiden müzeye ve sonra müzeden tekrar camiye çevrildiği tüm dönemlerde yalanın ve tiyatronun baş sembolü olmuştur. 1934 yılında tadilata girip 1935 yılından 2020 yılına kadar müze olarak kalmıştır ancak gerçekte olan ile medyaya yansıyan tamamen farklı. O dönem müze olmasını sağlayan belgede bazı milletvekilleri, Atatürk dahil meclis kayıtlarını göre Ankara'da değil. Belgenin resmî gazetede yayınlanmaması ve seri numarası olmaması da ayrı bir mesele. Ayrıca Atatürk'ün imzasının sahte olduğu ve incelenmesi istemi de mahkeme kayıtlarında mevcut. Üstelik bugün ülke Roma işgali tehdidiyle karşı karşıya derken o yıllarda dönen bu dolapta ABD Büyükelçisi Joseph ve Amerika Bizans Enstitüsü'nden Thomas Whittemore'un adı geçiyor. Bu entrika bugünün Roma oyunlarıyla çok uyumlu.

Danıştay kararının tam metnini incelediğimizde, davayı açanın 'Sürekli Vakıflar, Tarihi Eserlere ve Çevreye Hizmet Derneği, davalının ise Başbakanlık (Cumhurbaşkanlığı) kurumu olduğunu görüyoruz. Yani Ayasofya 2020 yılında camiye dönerken, davayı kazanan Sürekli Vakıflar Derneği oluyor, mekân bu sayede camiye dönüyor. Ancak bütün medya insiyatifin tam tersine bir iradeyle açıldığı izlenimini yayıyor. Sonrasında aynı Ayasofya ekranlar ile "nesiller sürecek bir tadilat" duyurusuyla karşımıza geliyor. Sanki bir el o günlerden bu günlere İstanbul'u Roma'ya hazırlıyor gibi durum izlenimi veriyor.

AYASOFYA'DA NESİLLER SÜRECEK BİR TADİLAT?

Bilim Kurulu Üyesi İhsan Sarı, 3 Eylül 2023'te Ayasofya'nın uzun bir restorasyona alındığını söyledi. "Restorasyon çok uzun zaman alacak. Minarelerde bazı sıkıntılar var. Bir minarede kısmi söküm yapılabilir. Tecrübemle şunu söyleyebilirim ki birkaç nesil sürecek bir restorasyonun arifesindeyiz."

Tarihteki inşaatlarının yapım süreciyle kıyasladığımızda akıllara zarar bir ifadeyle karşılaşıp haliyle sorguluyoruz durumu. Sıfırdan yapımı 5 yıl süren bir mimarinin nesiller sürecek bir tadilata konu olması ne teknik olarak ne de zamanlama bakımından kalbimize sinmiyor. Ancak şaşılacak başka bir gelişme ise Pagan ayinlerinden başını kaldırmayan Türk isimli ekranların gizli şövalyeleri, Ayasofya'nın minarelerini bizden çok savunur oldu. Savunduğu heves, cami kalması değil sökülü kaldığı sürece yaşayacağı tatmin. "Gözleri kapıda ve yavuklusunu bekler gibi... Bence biz Anadolu'dan bu pisliği tam temizleyemedik.

Haliyle aklıma gelen deli soru bana şunları sorgulatıyor: Minareler sökülüyor ise kılıfı nedir? Madem nesiller boyu bir kapanma söz konusu, o halde neden camiye çevrilip bu millet heveslendirildi?

Kısmi olarak ibadete açık olması bugünün zamanlamasını ve nesillere yayılacak bir durumu görmezden gelmemize yetmiyor. Üstüne üstlük konuya İlber Ortaylı da ekleniyor ve "Ayasofya'yı tamamen kapatıp restore etmeleri lazım. 'Ebedi restorasyon' Akılları varsa kapatırlar" diye ekliyor ve aklımız ile dalga geçiyor.

İstanbul Ortodoks Patrikanesi Ekümenik Patriği ve İstanbul Baş Psikoposu 1. Bartholomeus, Bahreyn'deki toplantıda hadleri olamayacak bir sunum ile sahneye çıkıyor ve sahne arkasında, "Archbishop of Constantinople New Roma and Ecumenical Patralarca Turkey" yazarak kendini Yeni Roma Patriği olarak tanıtıyor. Kime ve neye güveniyor? Yahu arkadaş neler oluyor!

Kahramanmaraş depremiyle ölen yüz binlerce insanımızdan sonra, öncesinde ve sonrasında en büyük tehdit İstanbul için yapılıyor. Bilim insanlarının dilinden bir türlü düşüremediği ve yakın gelecekte beklediği İstanbul depremine hazırlıklar sürüyor. Bu kapsamda, mega kentin 39 ilçesine 39 vali görevlendirmesi yapıldı. Bu adım olası depremde, ilgili yöneticilerin de afetzede olacağı düşünülerek atıldı.

Ekranlarda NATO ödüllü ve İtalya kulüplerine kayıtlı, Türk olmadığını her fırsatta söyleyen etki ajanları insanları sürekli deprem ile korkutup Anadolu'ya göndermek istiyor. Yaptıkları kovalamaca işe de yarıyor. Ekim 2023 haberlerine Türk nüfustan son beş yılda 2,3 milyon kişi İstanbul'dan göç etti olarak yansıyor. Benim abartıyor veya şüpheci olmamın ülkeyi korumaktan başka bir zararı olmaz. Kimseyi yerinden etmez, köyünde başka bir açlığa sürmez veya korkutmaz. Ancak haklı çıkmam durumunda, vatan toprağı elden gider. Bütün bu tablo karşısında onların planını biz uyguluyoruz gibi hissetmek bana has bir şey olmasa gerek.

3

DEPREM İLE GÖRÜNEN BÜYÜK ORTADOĞU ve YENİ ROMA İŞGALİ

“Cehennemin kapıları onlar için açılıyor

“Mesih’in yaşadığı günlerde Roma imparatorluğunun büyüklüğü binlerce km. alana ulaştı. Kan ile beslenip varlığını korkuyla sürdürüyor. Sahip olduğun her şeyi alıyorlar. Seni oyunlara davet edip acı çekenleri seyrettirerek kaybettiğin şeyleri unutturuyorlar. Elinde yalnızca ümitsizlik ve yalnızca bir intikam arzusu bırakıyorlar.” Bir filmden aldığım su satırlar bugünün kaoslarıyla doğan sonucu ve tek dünya sapkınlığının yeni dünya düzeninden doğan sonuçları anlatıyor.

15 Eylül'de Elon Musk; "How often do you guys think about the roman empire" paylaşımı yapmıştı. Yani, "Beyler Roma İmparatorluğu hakkında ne sıklıkla düşünüyorsunuz?" diyerek, zihinleri alıştırma turlarına her koldan devam ettiler. Peki neler oluyor?

Yeni Roma ve Büyük Ortadoğu planı demek, Türkiye'nin de işgal edilmesi demektir. Her kim ki tarafı olur ve şirin göstermeye çalışır ise anlayın ki ya bu çetenin gizli elemanıdır ya da bizden değildir. Maskesi ya dindir ya da milliyetçilik. Ya Müslüman görünür ya da Türkçü. Türk milleti hazırlan!

Büyük Ortadoğu ve Yeni Roma projesi için olası plan dahilinde, Maraş depremiyle 10 ilimiz yıkıldı ve yüz binlerce insanımız öldü. Büyük savaşlara hazırlanan bölge için depremin olası katillerini saklayanlar ile, içine girdiğimiz riske Müslüman Roma diyenler aynı ihanet elemanlarıdır. Büyük Ortadoğu ile Yeni Roma, aşağı yukarı aynı planı işaret eder. Bugün 'Kanlı Düş' olarak söylediğimiz bu işgal hareketi, Filistin ve Gazze'den önce, deprem ile Türkiye'den başladı. Anlaşılması gereken budur.

Bu bölümde size, Roma ile ilgili ülkemizdeki bazı haberleri olduğu şekliyle ve tarihleriyle vereceğim. Maraş depremi daha olmadan, tüm tv ve youtube programlarında deprem ile olası işgal tehdidini ülkemize kimlerin soktuğunu ve bunu nasıl yapacaklarını ayrıntılarıyla anlatmıştım. Ve maalesef, hain takvimleri çoktan işlemeye başladı. Bütün bu kanlı düşleri planlayanların Büyük İsrail, Büyük Ortadoğu Projesi ve Yeni Roma düşleri, sizce de kanlı bir düş değil mi? Hangi planlarını insanları kandırmadan ve masum sivilleri katletmeden yapabilirlerdi ki? Buna kim izin verirdi? O yüzden ister inanın ister inanmayın, ancak Kanlı Düş başladı ve uyanıp uyanmamak sizin elinizde.

Ülkemiz, tarihinin belki de en büyük deprem felaketiyle sarsılıp sonraki gelişmelerin önceden ön gördüğümüz biçimde seyrediyor olması, beni derin düşüncelere sürüklüyor. Yüz binlerce ve hatta milyonlarca insanımız öldü veya öldürüldü, enkaz altında kaldı ve memleketlerinden üşüyerek, acı içinde sürüldü. Niye oldu bütün bunlar? Öncesinde, buna kanlı düş dersek şimdi kanlı kâbus olmuyor mu?

Bu kadar tehlikeli konuları ön görüp ortaya koyduğumda aldığım hayati risk bir yana, ülkemin içinde sürüklendiği durumu fark edip sizlere ulaştırmak, tahmin edemeyeceğiniz bir acının da kaynağıdır. Depremin bir Roma saldırısı olabileceğini deprem öncesi onca programda söylerken ortaya koyduğumuz öngörülerin gerçekleşmiş olmasını kelimeler ile ifade edemiyorum. Bizi bu kadar duyulur yapan şey bu konuda aldığım kutlu risktir. Bu riskin gücünü, Kur'an'ın, zulmü gördükten sonraki tavrın ne olması gerektiğinden ve böyle yürüyenin karşılaşacağı muhteşem finalden alıyorum.

Devlet Bahçeli: "Bu büyük felaket, mucizelerle anlam kılınmış. İçinde sır olan bir olay gibi geliyor bana." Sözleriyle belki de akıllardaki en önemli soruya işaret etmişti.

DEPREM İLE "BİN YILIN MEYDAN OKUMASI" TÜRKİYE'Yİ İŞGAL PLANI

Türk medyasında Millenium Chalenge tatbikatı, deprem ile ilişkili anlatılıyor olsa bile sanki bilindik bazı ekran yüzlerinin hiç değinmediği başka bir mesele vardı. O da Türkiye'nin de içinde olduğu Yeni Roma hayalleri. *Kasem* kitabıyla, Yeni Roma sahnesinin aslında Büyük Orta Doğu projesinin makyajlı hali olduğunu ortaya sersem de bu konunun hâlâ çokça açılması gerektiğini düşünmekteyim. Dilerseniz önce deprem ile Türkiye'yi işgal niyeti taşıyan tatbikata bir göz atalım, ardından da Yeni Roma'nın nasıl Büyük Ortadoğu projesiyle eşleştiğini netleştirelim.

24 Temmuz 2002, yani Lozan antlaşmasının yıl dönümünde, ABD; Nevada çölünde -25 bölgede görev yapan, 13.500'den fazla asker, denizci, havacı ve deniz piyadesi ile katıldığı, 250 milyon dolara mâl ettiği- gelmiş geçmiş en dev tatbikat yapılmıştı. Bu tatbikatın, Türkiye ile ilgili olmayıp İran'ın kastedildiği söylense de gerçeğin ortaya serilmesine engel olamadı.

Tatbikata göre bu ülkede son derece büyük bir deprem olur ve ülke yönetimi, depremin yarattığı yıkıcı sorunlarla baş edemez ve ordu duruma el koyar. Zor durumda kalan siyasiler öneriyi kabul etmek zorunda kalır ve ülkede 'uluslararası acil yardım çağrısı yapar.'

İşgal tatbikatının senaryosunda hedef ülke, iki kıtayı birbirinden ayıran ve iki kıtada birden toprağı bulunan bir ülke. Stratejik açıdan boğaz yollarını kontrol eden, Akdeniz'de bir ada ülkesiyle tarihi sorunları olan ve birçok azınlığı da barındıran bir ülke.

Tatbikatta geçen bu durumun hemen hemen aynısı 6 Şubat 2023 Kahramanmaraş depreminde yaşanıyor. Afetten dakikalar sonra yapılan resmî açıklamayla; '4. Seviye uluslararası yardım isteyen bir alarmdır' deniyor. Enteresan olan bir başka detay ise 7.4 olarak duyurulan depremin "6'nın üzerinde 6 deprem var ve en büyüğü 6.6" şekliyle bir ifadeyle sunuluyor olması. Çünkü benim gözüm nedense bu gibi 6'ları görünce hemen 666'yı oluşturuyor.

Millennium Chalenge Tatbikatı, 19 Haziran 2022 tarihinde Yunanistan medyası Pentapostagma medyası ile yeniden Türkiye'yi direk olarak tehdit etmişti. Harita, işgal edilmiş ve adına ECUMENOPOLIS dedikleri bağımsız bir devletin Kanal İstanbul'un da bitmiş boğaz ile aradaki tüm yerin olduğu bir yer lanse edilmişti. Yani bu haritayı çizen ABD Bizans Vakfına göre Kanal İstanbul da onların planı dahilinde buna uygun bir projeydi.

İstanbul haritası olarak paylaştıkları haberde, '96 saatte deprem ile işgal' -saati yanıltmaca olabilir olsa da- şimdilerde ete kemiğe büründürülüyor gibi görünüyor. Yüz binlerce insanımızın deprem ile ölümü tamamen BOP yani Roma gelişmeleri ile anılan alanlarda gerçekleşti. Üstelik depremin kendisi, İstanbul için tehdidi ve onunla ilgili alınabilecek kararların birçoğu bu planın gizli bir el tarafından biliniyor olduğunu hissettiriyor.

İşgal edilmiş bir İstanbul haritasını, tatbikatta geçen '96 saatte işgal' vurgusuyla paylaşan ve gölgesine sığındığı ABD eliyle yapılacağını belirten Yunan Medyası bile, aynı tatbikatın, Türkiye'ye yönelik olduğunu paylaştığı harita ile zaten doğruluyor.

752 sayfalık tatbikata göre, hikâyenin küçük bir özeti böyle olsa da 96 saatlik vurgulanan süre belgenin birçok yerinde hamle için belirlenen en üst sınır olarak karşımıza çıkıyor. Tabi ki bu bir aldatmaca.

Tatbikatın en can alıcı bölümü ise bir deprem üzerine kurulu olmasıydı. Deprem plana dair tetiklenebileceği kesinleşen bir sürecin içerisindeyken, sormazlar mı adama, hayırdır Allah'tan depremin olacağına dair bir haber mi aldınız da tarihin en büyük tatbikatını beklenen bir depreme göre yapıyorsunuz?

Üstelik haritayla paylaşılan bir işgal tehdidinin ayyuka çıktığı 2022'den aylar sonra, Cumhuriyetin yüzüncü yılında büyük Kahramanmaraş, yani gerçek adıyla Gaziantep depremi, gerçekleşiyor. Dünyada her yerde aynı anda deprem tatbikatı gerçekleştirildiktenkısa bir süre sonra şehirlerimiz yıkılıyor, yüz binlerce insanımız hayatını kaybediyor.

İSTANBUL DEPREMİ

İşgal haritasının sağ tarafında kalan Anadolu Yakası üzerinde Ayyıldız ile Turkey; orta kısım olan Avrupa yakasının Kanal İstanbul hattı diye bilinen bölgeden, Karadeniz'e uzanan hattında kırmızı ile taranmış bölgede üstünde haç işaretiyle Ecumenopolis (Yeni Roma), o hattan sol tarafa Edirne'ye doğru olan bölümlerde de Greece yani Yunanistan bayrağı bulunuyor. Kahramanmaraş depremi ile on ilimiz yerle bir olup yüz binlerce insanımızı da bir şekilde kaybetmiş iken, haritanın İstanbul'u göstermesi tehlikenin geride kalmadığını gösteriyor.

NATO ödüllü ve İtalya vakıflarına üye ekran profesörlerimiz, her türlü haber organıyla İstanbul'u deprem tehdidi için boşalt derken, ben de bir araştırmacı olarak soruyorum o zaman:

AFAD'ın İstanbul için olası bir deprem sonrası tahliye planında neden ve nasıl Edirne, Tekirdağ ve Kırklareli gibi şehirlerimiz olmaz?

Oralar Türk toprağı değil mi? Yani işgal haritasının Yunanistan'a ayrılan yönünde kalan şehirlerimiz resmi bir tahliye planında nasıl düşünülmez? Türkler bu plana göre neden oradaki şehirlerimize tahliye edilmiyor da Anadolu'ya doğru yönlendiriliyor? Bu tahliye planının işgal haritasıyla uyumlu görünmesi, böylesi bir tehdidin varlığından haberdar oldukları anlamına mı geliyor yoksa başka bir şey mi? AFAD'ın tahliye haritası Roma'nın haritasıyla uyumlu, ancak Türkiye haritasıyla uyumsuz, öyle mi? Peki ama neden?

Bu planının duyurulmasından uzun bir süre sonra Çanakkale gibi yerlerde konteynır hazırlıkları olsa da bu ayrıntıyı da düşünmek tabi ki hepimizin hakkıdır.

AFAD'ın, İstanbul'u tahliye planındaki birinci destek iller; Balıkesir, Eskişehir, Ankara, Manisa, İzmir, Afyonkarahisar, Konya, Antalya, Denizli, Samsun ve Kayseri olacak. İsteyenler de memleketlerine gönderilecek. İkinci destek iller ise Adana, Gaziantep, Malatya, Trabzon, Diyarbakır, Erzurum ve Erzincan olarak değerlendirilecek.

İtalya Astalti yapımı Bolu Tüneli, 99 depreminde hasar görüyor ve 19 yıl âtıl kalıp terk ediliyor. Bu süre zarfında doğal klimalı patates deposu olmasını önerenler bile var. Hasar alan bölgenin 300 metresi bildiğin betonla kapatılıyor. Depremden sonra yapım 2 km ötede tekrar yapılıyor.

Gölcük depreminde buraya ne oluyor ki hasar yüzünden komple terk ediliyor? Ya da buraya ne oluyor ki Gölcük depremi rüzgârından etkileniyor? Tünelin 2007'deki açılışında İtalya başbakanı boy gösteriyor. Bolu Tüneli Eylül 2023'te 46 günlük tadilata giriyor... NATO ödüllü Naci Görür İstanbul Depremi için, "Bolu Dağı Tüneli ile Bolu güneyi arasında, Kuzey Anadolu Fay Hattı'na bağlanan hat henüz kırılmadığı için bu kesim riskli bölge olarak düşünülmelidir" diyor. Zaten bu gibi isimlerin senkronize uyarılarıyla daha deprem filan olmadan İstanbul'dan 5 yılda en az 2,5 milyon Türk göç etti. Marmara Fay Hattı'nın Silivri'ye uzanan ucunda ise 4,5 m^3 gaz basılan bir bölge var. Tünel 46 günlük bir tadilatta ve Kasım'da açılacağı söyleniyor. İnşallah İtalya burayı yine patates deposu olarak önermez. 7 Şubat Gaziantep Sof Dağı merkezli depremin olduğu merkez üssü de böyle bir tünele denk geliyor. İtalyan Astaldi, Cern ve İstanbul üçüncü köprü gibi yerleri de yapan baş aktörlerden. Siz bu bilgiler ile ne anlıyorsanız dikkat çekmek istediğim kısım da orasıdır.

BİN YILIN MEYDAN OKUMASI BİR ROMA İNTİKAMI MI?

İşgal haritasında İstanbul gösterilirken, haberin ayrıntıları Ankara diyordu. Yani ifade genel bir Türkiye demekti. 'Bin yılın meydan okuması' adıyla duyurulan bu tatbikat ise bin yıllık bir intikamdan bahsediyordu. Bu intikam, binlerce yıllık Anadolu'daki Haçlı Seferlerine son veren ve ülkenin tamamının Türk toprakları olmasını sağlayan Malazgirt Zaferi olabilirdi. Haritanın paylaşıldığı bazı yerler 2060 vurgusuna dikkat çekerken birçoğu için süreç çok daha kısa. 26 Ağustos 1071 tarihinde Büyük Selçuklu İmparatorluğu hükümdarı Alp Arslan ile Bizans İmparatorluğu Hükümdarı Romen arasında gerçekleşen Malazgirt Meydan Muharebesi Alp Arslan'ın kesin zaferi ile sonuçlanmış ve "Türklere Anadolu'yu kalıcı vatan yapan ve Roma işgalinden temizleyen son muharebe" olarak bilinir. Doğu Roma'nın Türklere beslediği intikam hırsı ilk değil.

Fatih Sultan Mehmet Han'ın İstanbul Fethi ile tarihe gömülen Doğu Roma, Türklerin eliyle dünyanın Orta Çağ'dan Yeni Çağ'a girmesini sağlayan önemli bir gelişmeydi.

Ayrıca, Doğu Roma'nın 1000 yıllık gelmiş geçmiş en büyük imparatorluk olarak anılır iken Türklerin eliyle tarihe gömülmesi, 'Bin Yılın Meydan Okuması' olarak anılmasına yeter de artar bile.

Bu sürecin sanki deprem ile başlamış olması büyük anlam ifade eder.

Bu tatbikatın intikamını günümüz gelişmelerine bağlayan şey, her alanda yükselen Yeni Roma vurgularıdır. İstanbul Fatih'teki Fener Rum Patrikhanesi'nin papazı 1. Bartholomeus'un, Kasım 2022'de bir toplantıda kendini hadsizce 'Yeni Roma patriği' olarak tanıtması asla tesadüf değildir. Sahne arkasında "Archbishop of Constantinople New Roma and Ecumenical Patriarch Turkey" yazıyor ve biz dışında bunun hesabını kimse sormuyor.

Elon Musk'ın Haziran 2022'de attığı, Constantinople yazan 'Kapıyı açık unuttum mu' twiti yine yerine giden ince bir mesajdı.

YENİ ROMA ve BÜYÜK ORTADOĞU KAVRAMI NEREDEN ÇIKTI?

Yeni Roma kavramını ortaya zamansız atan ilk kişi kim? Biz nasıl oluyor da bu planın aslında Büyük Ortadoğu

Projesi'nin makyajlı hali olduğunu diyebiliyoruz, bir hatırlayalım.

İngiltere Başbakanı Boris Jhonson, NATO Zirvesi sırasında gazetecilere, kurmak istedikleri yeni bir oluşumdan bahsediyor ve bu planda Türkiye'nin hayati bir yeri olduğunun altını çiziyor. Kendisinin görevden alınıp ortadan çekilmesini ben bu planı zamansız duyurmasına bağlasam da benim anladığım Roma artık görünmek istiyor.

Jhonson, yeni ve Modern bir Roma İmparatorluğu'nun detaylarını resmen Türkiye'yi de anarak diye getiriyor. 2016'da İngiltere, halk oylaması ile Avrupa Birliğine hayır demiş ve Brexit süreci yasal olarak başlamıştı ve ardından İngiltere AB'den ayrılmıştı. Bu süreçten sonra İngiltere Başbakanı Boris Jhonson, hayallerinin aslında Avrupa'da bir Roma İmparatorluğu kurmak olduğunu ve fikir babasının ise Fransa Cumhurbaşkanı Emmanuel Macron olduğunu, onun da kendisine açıkça destek verdiğini açıkladı. Dikkat ederseniz, ABD bin yılın meydan okuması diyerek bu gücün silahlı kuvvetlerini oluşturuyor.

Fransa ve İngiltere bu işin hayalleri olduğunu duyuruyor ama gel gör ki bütün oyunu kuran İtalya bir türlü anılmıyor. Neden? 25 Eylül'de Elon Musk'un attığı bir twit bu sorunun cevabını aslında veriyor. Twitte bir ansiklopedi serisinin üstünde 'Roma İmparatorluğu'nun Çöküşü' yazıyor ancak resmin sağındaki üç kırmızı kitapta ise 'Beadeker's Central İtaly' yazmasıyla akıl ve iradenin merkezi olarak Roma'yı yani İtalya'yı kastediyor. Boşuna kavga etmeyin, oyunu kuran burası. Baedeker: "Yol gösterme. Akıl. Bireyleri ilgi ve yeteneklerine en uygun etkinliklere yöneltmek, uzmanlarca yapılan düzenli ve sürekli yardım." anlamını taşıyor.

Ne diyor başka Boris Jhonson: Roma İmparatorluğu

kadar büyük, Eurovision kadar kapsayıcı bir yapıda, İsrail, Türkiye, Ukrayna gibi ülkelerin de içinde olduğunu düşünün, dedi. Avrupa ve komşuları arasında iş birliği sağlamanın bir yolu olarak Roma İmparatorluğu'nun modern bir versiyonunun öneminden bahsetti. Avrupa'nın siyasi fikrine alternatif bir plan olarak, Türkiye ve Kuzey Afrika devletlerini içeren bir ortaklık vizyonunu savundu. Üstelik amaç olarak da AB'ye üye olmayan ülkeler ile yakın ilişki kurmak olduğunu belirtiyor. Boris Jhonson, Madrid'deki NATO Zirvesi'nde medyada yer alacağından emin bir şekilde, Roma'nın "Mare Nostrium'una (Akdeniz ve çevresindeki ülkeler) dayanan bir vizyonu olduğunu söylerken, bu yüzden bence Türkiye orada olmalı, bence Mağrip (Kuzeybatı Afrika) orada olmalı ve bence temelde Nostrum'u yeniden yaratmalıyız." dedi.

YENİ ROMA PLANINA DAHİL ÜLKELER

Bu Yeni Roma hayallerinde Türkiye, İsrail, Ukrayna ve Kuzey Afrika ülkeleri. Bugün Kuzey Afrika'da **Fas, Cezayir, Tunus, Libya, Mısır ve Sudan** devletleri bulunmaktadır.

Peki bu planlarını kan ve göz yaşıyla, planlı salgınlar, iç karışıklık, planlı iklim krizleri, yangınlar, deprem ve göç gibi tiyatrolar ile yapabileceklerini düşünürsek, o ülkelerde şu anda neler oluyor? Ben size bu ülkelerin başına gelmiş olan belaları anlatayım. Siz ise bu sapkın Roma planına dair 'bir plan ile' mi başlarına geldi, bunları bir düşünün.

Fas: Ülke 8 Eylül 2023 gecesi büyük bir deprem yaşadı. 7 şiddetindeki deprem ülkenin birçok şehrini yerle bir etti. Son rakamlara göre 3 binden fazla insan yaşamını yitirdi, 6 binden fazla yaralı var.

Resmi rakamlara göre depremden 2,8 milyondan fazla kişinin etkilendiği bildirildi.

Bu da özellikle göç olayını tetikleyecek en önemli unsur.

Cezayir: Ülke 100 yıldan fazladır Fransa'nın sömürgesi altında bulunuyor. Yeraltı kaynakları bakımından zengin olan ülkede bütün maden çıkarma, işleme ve satma hakkını Fransa gerçekleştiriyor. Halk ise siyaset ve ordu yönetimi arasında ezilerek asla gerçek bağımsızlığına kavuşamıyor.

Tunus: İtalya ile tam karşılıklı bir ülke olmasından dolayı siyasi karışıklıkları hiçbir zaman bitmemiş bir ülke burası. Arap ve Afrika ülkelerinden gelen düzensiz göçmenlerin Avrupa'ya geçiş kapısı olarak kullandığı bir ülke. Bu sebepten dolayı her zaman başta İtalya olmak üzere Avrupa ülkelerinin hedefinde olan bir yer. Tunus'un en önemli özelliklerinden birisi Arap Baharı diye isimlendirilen olayların buradan başlayıp bölgeye yayılmış olmasıdır.

2010 yılında seyyar satıcı Muhammed Buazizi'nin polisten gördüğü şiddet sebebiyle kendisini ateşe vermesiyle başlayan olaylar ülkeye yayılmış ve bir anda diğer ülkelere sıçrayarak 'özgürlük adı altında' ülke rejimlerinin değişmesine sebep olmuştur. Ancak enteresan olan ise; olaylar Tunus'ta başlamasına rağmen diğer ülkelere sıçrayınca anında kesilmiştir. Bu da olayların, bölgeyi dizayn etmek için bilinçli tasarlandığını gösteriyor.

Libya: Ülkede 10 Eylül 2023'te yaşanan "Daniel Fırtınası" sebebiyle yaşanan sel felaketinde Bingazi, Beyda, Merc, Suse ve Derne gibi büyük kentler etkilendi.

Asıl felaket ise dillendirilmeyen baraj patlaması. Derne'de bulunan 2 büyük barajın patlaması ile kent neredeyse tamamen yok oldu. Başbakan savcılığa bu durumun araştırılması için talimat verdi. Gelinen son durumda ise yetkililer yaşanan problemler sebebiyle başta Derne olmak üzere birkaç kentin tamamen tahliye edilmesi gerektiğiyle alakalı planlar olduğunu açıkladı.

Mısır: Tunus'ta yaşanan karışıklığın ülkeye sıçraması ile yoğun iç karışıklıklar yaşandı. Arap Baharını en ağır yaşayan ülke oldu Mısır.

2013 yılında olayların şiddetlenmesi üzerine Sisi yönetimindeki askeri kadro, seçilmiş Cumhurbaşkanı Muhammed Mursi'ye olayları bitirmesi için 48 saat süre verdi.

Verilen süre içinde olayların bitmediğini öne süren askeri kadro Mursi'ye darbe yaparak anayasayı askıya aldılar. Yerine geçici olarak bir başkasını atadılar.

2014 yılında yapılan seçimde Sisi %90 oyla Cumhurbaşkanı seçildi ve o tarihten bu tarafa ülkenin başında.

Sudan: 2023 Haziran ayı gibi başlayan olayların önü alınamıyor. Sudan Ordusu ile sivil bir güç olarak ortaya çıkan ve gittikçe büyüyen ve artık ordu tarafından tehdit olarak algılan HDK (Hızlı Destek Kuvvetler) arasında yaşanan çatışmalar ülke geneline yayılmış vaziyette.

Yapılan açıklamalarda 1000'den fazla insanın öldüğü ve 1,6 milyon kişinin yerinden edildiği söylendi.

13,6 milyon çocuk ise bu çatışmalardan en çok etkilenen kesim.

Olaylar tüm şiddetiyle devam ediyor.

BÜYÜK ORTADOĞU PLANINA BAĞLI ÜLKELER

Peki Büyük Ortadoğu Projesi'nin bunca yıl Yeni Roma planını saklamak için kullanılan başka bir plan olduğunu düşünüp bu ülkelere de bir göz atalım.

Büyük Orta Doğu ülkeleri: Suriye, Irak, Katar, Kıbrıs, Ürdün, İsrail, Lübnan, İran, Filistin, Suudi Arabistan, Birleşik Arap Emirlikleri, Umman, Kuveyt, Bahreyn, Yemen, Mısır, Afganistan, Pakistan, Tunus, Cezayir, Libya, Sudan, Fas'tır. Peki bunların başına gelen sıkıntıların bu plana dair olabileceğine bir göz atalım.

Pakistan: ABD'nin NATO'dan sonraki en önemli müttefiki olan Pakistan bölgenin dizayn edilmesi konusunda çok önemli bir silah.

Afganistan: 2001 yılında ABD'de yaşanan 11 Eylül İkiz Kule saldırıları bahane gösterilerek Afganistan'a terörle mücadele operasyonu başlatılmış, o tarihten bu yana ABD bölgeden çıkmamıştır. 7 Ekim'de Filistin ve Hamas üzerinden başlayan Ortadoğu savaşı gölgesinde kalan Afganistan'ın son felaketi 5.5 ve 6.2 deprem ile ortaya çıktı. Binlerce kişi öldü ve sonrasında büyük depremler olmaya devam ediyor.

Irak: 2003 yılında Saddam Hüseyin'in nükleer ve biyolojik savaş ürettiği ayrıca Afganistan'ın El Kaide terör örgütüyle bağlantısı olduğu gerekçesiyle "Irak'a Özgürlük" adı altında ABD 795 bin askeriyle ülkeye girdi.

Ülkenin bütün zenginliklerine el koyan, eserlerinin tamamını ülkeden kaçıran ve milyonlarca insanın ölümüne ve göç etmesine sebep olan ABD hâlâ ülkede kontrolü sağlıyor.

Suriye: 2011 yılında başlayan iç savaş 13 yıl geçmesine rağmen tüm şiddetiyle devam ediyor. Merkez Şam haricinde ülkenin neredeyse tamamı göçe zorlanmış, milyonlarca insan öldürülmüş durumda. Kahramanmaraş depremi aynı zamanda Suriye'nin de büyük bir bölümünü yerle bir etmiştir. Binlerce insan Maraş depremiyle birlikte anılan sarsıntılar ile yok olup gitti.

Katar- Suudi Arabistan- Birleşik Arap Emirlikleri- Bahreyn- Ürdün:

Hanedanlık sistemi ile yönetilen bu ülkeler, belirli ailelerin elinde. Petrol zenginliği üzerinden sermayesi olan bu ülkeler belirli Batılı şirketlerin tahakkümünde.

Lübnan ve Filistin: İsrail'in tahakkümü altında olan bu ülkeler, bulunduğu stratejik konumun önemi sebebiyle sürekli iç karışıklıklar ve İsrail saldırılarıyla anılır oldu. İnsanlar göç ettirilip neyin içinde olduğundan emin olmadığı planlara yenik düştü. 7 Ekim'de patlak veren açık savaş işi bambaşka boyutlara sürüklüyor.

Filistin: 7 Ekim 2023'te başlayan kanlı İsrail katliamları Gazze'nin işgaline ve milyonlarca insanın evsiz kalmasına yol açtı. Hamas'ın saldırılarıyla başlamış gibi gösterilen süreç, hiç şüphesiz sonu Türkiye'ye kadar uzanabilen çok daha büyük kırılmalara gebe.

Bütün bu ülkelerin başına gelenlerini de göz önünde bulundurursak, Yeni Roma'ya BOP'un gelişmiş versiyonu demekte bir sakınca yoktur. Hatta BOP' a göre ülkenin bir kısmı haritamızdan kopartılmak istenirken 'ortaklık vizyonu' dedikleri Roma'ya göre tüm Türkiye bu plana dahildir.

Türk topraklarında yaşayan milletin taşıdığı ruh böyle bir dönüşüme izin vermeyeceği biliniyor olacak ki bütün bu toprakların işgalinde deprem ana dinamo olarak görülüyor. Ne acıdır ki tam olarak bu yüzden planlanıp bu niyet doğrultusunda tetiklendiğini düşündüğüm Kahramanmaraş depremi de bu işin kan ve göz yaşıyla hızlandığını gösteriyor. BOP planının Vatikan'a bağlı bir proje olduğu düşünülürse, Vatikan'ın Roma'nın devamı olduğunu da söylemek mümkün.

MARAŞ DEPREMİNİN OLASI KATİLLERİNİ KİM SAKLIYOR?

Onların, vatanım üstüne yayınladığı tehdit haritalarının deprem ile başlıyor olması ve finalinde ülkemin bir Yeni Roma işgaliyle anılıyor olması üstü kapatılacak bir mesele değildir. Bütün yaşanan bu acıların bir katili var ise bunları kim saklıyor?

Yüz binlerce canımızın, BOP yani Yeni Roma planlı bir deprem ile ölüme sürüklenmiş olabileceğini kapatmak ya da görmezden gelmek, büyük bir hain olmayı gerektirir. Belki bunları söylediğimiz için biz de alçak bir planın enkazı altında kalır ve yok oluruz, ancak bunu kapatan, farklı anlatan ve maşası olan her kim ise vatan haini olarak yaşayıp öyle ölecektir.

"Bu topraklarda yaşayan herkes Rum'dur" diyen, Sultan Alp Arslan ordularının Anadolu'dan sürdüğü Roma ordusu askerlerine işaret eder ve aslında seni hazırladığı, Yeni Roma işgali için sosyolojik bir etkisizliktir. Böyle olduğuna inandığın an Türk olduğunu unutur, atan ile bağın kesilir ve gelen işgale karşı da bir güç olamayıp onların köleleri olarak yaşarsın. Neymiş efendim, 'Romalılar da Türk'tür, Müslüman Romalılar, Tek Dünya devletini de Türkler kuruyor, bu Roma sapkınları da aslında hak taraftır' demek, bu vatana yapılabilecek en büyük ihanettir, kötülüktür. Bu tür söylemler Hakk'a ve bu günlere hak ile gelmiş Türk milletine hakarettir. Türkler Roma'yı yenmiş ve tarihten de silmiş bir millettir. 'Bin Yılın Meydan Okuması' diyenler, deprem bahanesiyle içeri girdi ve çok önceden başlayan bu savaşı en büyük finale hazırlıyor.

Salgın tiyatrosundan iklim yalanı zalimliğine, nüfusu sözde barışçıl yollar ile 8 milyardan 1 milyara düşürüp 1 milyar insanın göçünü tetikleyecek tüm kaosların arkasında aynı zamanda Roma Kulübü vardır. Bu yüzden herkes okuduğunu ne anlaması gerektiğini çok iyi bilmeli.

Ekranlar ve direniş kahramanlarının bir kısmı bilinçli bir şekilde her şeyi diyor ancak iş, adını koymaya geldi mi resmen hedef saptırıyor. Salgın, diyor yapanı demiyor. İklim, diyor ancak işgal silahı olması bir yana iyi bir şeymiş gibi anlatıyor. Yangınlardan bahsediyor, ancak milyonlarca yeri dünyada aynı anda yakan bir teknolojiyle 'niyete bağlı olduğunu' söylemiyor. Deprem diyor, haarp diyor ve hatta deprem silahlarından bahsedip böyle bir şeyin mümkün olduğunu belgeleriyle ortaya koyuyor. Ancak bir türlü bunu yapana veya katile konuyu getirmiyor!

Anlatamayacağım kadar önemli ayrıntıların ipuçlarını size verdiğimde siz, kişilere ve gruplara değil hakikati ve yalanı ayırma özelliğine sahip olacaksınız. Çünkü ne Roma'ya ne de şeytana uşaklık edenler bitmez. İsimleri değil sistemi anlamalıyız. Sorulması gereken soru: Tüm profesörler depremin tetiklenebileceğinden bahsederken kimin yaptığına niye dokunmaz? Bütün haarp veya deprem uzmanları bu konularda size umut oluyormuş gibi görünür de neden kucağımıza alıp gömmek zorunda kaldığımız canlarımızın olası katilinden bahsetmez! Depremden bahsettik, evleri sağlam yap dedik. Suçu kadere ve müteahhitlere attık. Dinciler çıkıp düşmanı anmak yerine, kapıdan içeri giren işgali göstermek yerine suçu da kadere veya i'la'yi kelimetullaha attı mı, oh işlem tamam. Tertemiz bir operasyon ile olayı kapattık. Üzgünüm, ancak bunların birçoğu iş veya can korkusuyla susuyor değiller. Tam tersine, planlı bir eleman, zihin saptıran bir görevli olmaları çok muhtemeldir.

"Seccademi serdiğim yer vatanımdır" tiyatrosuyla ülkeyi uçuruma iten dinci ve milliyetçi işbirlikçiler, seccadesinin 15 dakikalık alanlara hapsedildiği köle Müslüman toplumlar oluşturmak üzere. Bu parçalanmanın bir diğer adı da Smart City. Yani 'akıllı şehirler' denen 15 dakikalık, mülkiyetsiz, cinsiyetsiz ve dinsiz, kültürel değerlerin olmadığı ve dışarı çıkmanın izne tabi olduğu bir yeni dünya düzeni hapishanesi. Bu konuyla ilgili Türkiye'de ilk anlaşmanın yapıldığı yer ise yüz binlerce insanımızın enkaz altında kalıp can verdiği şehirlerden Hatay! Ekranlarda haysiyetli şehirler olarak duyduğunuz bu haysiyetsiz işgal biçimi tabii ki en çok, kandırılıp inananlarının tapacağı oluşumlardır. Bu sapkın projenin bir diğer adı da 'Şehir hükümetler' modelidir. Bu model, vatanların ve zihinlerin parçalanmış, işgale uğramış halidir. Saklanan da budur.

MARAŞ DEPREMİ ROMA İŞGALİ İÇİN Mİ YAPILDI?

Öncesinde neler oldu bir hatırlayalım. EXPO 2023 Kahramanmaraş, ortağı da İtalya idi, henüz yapılmadı. Dördüncü sanayi devrimini kaoslar ile duyuran ve adına da Büyük Sıfırlanma diyen Dünya Ekonomik Forumu'nun (WEF), 2020 yılında duyurduğu "Olağanüstü Zorluklar Karşısında Seçilen Öncü Şehirler" listesinde Türkiye'den İstanbul ve Gaziantep'in yer alması tesadüf olamaz. Bu, onların bu topraklarda neler olacağını bildiğini gösterir.

Ayrıca 12 Kasım 2022 saat 18.57'de Küresel Deprem tatbikatı yapılıyor. 21 Ocak'ta ise BM denen örgütün "doğal afet ve iç savaş gibi durumlarda davranış belirleme" OCHA merkezinin İstanbul'a taşınması gerçekleşiyor. Yani depremden 2 hafta kadar önce. Tesadüf mü? BM, Cenevre'deki kritik küresel operasyon birimlerini İstanbul'a taşıyor. Dışişleri Bakan Yardımcısı Kıran, "OCHA'nın gelmesi İstanbul'u bir BM merkezine dönüştürme hedefimiz bakımından önemli bir adım olacak" diyor. Böyle bir yapının bizim topraklarımızı merkez yapması kadar tehlikeli ne vardır? Doğal afet mi bekliyorlar, iç savaş mı? Bizim bu durumu kontrol edecek Silahlı Kuvvetlerimiz yok mu? İnsan yanlış yapar, düşünür veya görür, ancak yanlış hissedemez. Sevmedim.

Depremin önceden bilinebilir olduğunu bir de 9. 11. 2019'da AFAD'ın Türkiye afet müdahale planı (TAMP) kapsamında Kahramanmaraş merkezli bir deprem tatbikatından anlayalım. 7.5 büyüklüğü ile Adıyaman, Gaziantep, Kahramanmaraş ve Malatya, tatbikata göre depremden en çok etkilenecek iller deniyor. Önceden bilinmesine rağmen alınan önlemlerin sorgulanıp suçlu aranması bir yana, elinde depremi tetikleyebilir silahı olan şeytanın böyle bir açığı bir plan dahilinde istediği an vurabileceği de çok açık. Zaten küresel deprem tatbikatları, deprem ile Türkiye'yi işgal etme tatbikat ve haritaları hepsi parçaların en net halkalarını oluşturuyor. Depremden hemen önce neler olmuştu?

DEPREMDEN ÖNCE, KATİLİ ROMA İZLERİNDE ARAMAK

Maraş depremi, 1 Şubat haftası İtalya, İngiltere, Kanada, ABD, Fransa, Hollanda, Almanya, Belçika ve İsviçre gibi ülkeler konsolosluklarını "terör ve güvenlik" bahanesiyle kapatıp giderken, Allah'tan bir haber mi almışlardı? Roma adına bu katliamı yapan kendileri değil ise bu kaçış niye? Bu bile aslında depremin bir plan dahilinde tetiklendiği ihtimalini gösteriyordu. İlk hedefleri veya gözdağı verdikleri yeri düşünmemi sağlayan şey ise kapanan konsoloslukların bulunduğu yerin İstanbul olmasıydı. İstanbul planı şimdilik tutmadı ancak bu, oradan vazgeçtikleri anlamına gelmez.

Bundan 2 gün sonra, ABD- USS Nitze gemisi, Dolmabahçe açıklarında demirledi ve verdikleri pozlar ile medyayı yemledi. "Burası muhteşem bir şehir ve denizcilerimiz de bunu görüyor" diyen büyükelçi Jeffry L. Flake, Amerikan bayrağını olması gerekenden çok daha büyük kullanıp poz verdi. 96 adet füze olduğu bilinen gemi, buradan Gölcük Donanması açıklarına yol aldı.

Bu, basının açıkça dikkat çektiği kısımdı, ancak depremden hemen önce de İstanbul'da olan İtalyan savaş gemisi Francesco Mimbelli, 3 gün demirleyip gidiyor ve 5 Ağustos 2023'te yeniden Sarayburnu'na geliyor. Üstelik, Tapınak Şövalyeleri bayraklarıyla Hollanda'nın Ankara ateşesi de, "Yine bir akşam İstanbul'da olmaktan mutluluk duyduk," diyerek. Medya hep ABD gemisi ile ilgilendi ama İtalya gayet güzel saklı tutuldu. Deprem anında İtalya, İtalya devletinde tsunami olacak bahanesi ile kamuoyunu oyalıyor ve hatta o günlerde orada internet kesiliyor. Maraş depreminden önce Pazarcık'tan geçen petrol boru hattında defalarca patlama oluyor. Boru hattının da ortağı yine İtalya. Depremden önce İtalya, Kahramanmaraş'a hava savunma sistemi kuruyor ve yine enteresandır ki depremin merkezi Pazarcık Narlı'da NATO tesisi var. Depremin merkezi Pazarcık Narlı'da, soyu İtalyan aristokratlara kadar dayanan, ismini vermek istemediğim bir kişinin petrol kuyusu ve rafinerisi var ve bu şirketinin sahibi İtalya Roma'da bazı toplantılara da katılıyor. Deprem sonrası rafineri önünde devasa fay yarılmaları mevcut. Bu arada, NATO'nun Kahramanmaraş bölgesinden de İtalya sorumlu. Bak sen şu Allah'ın işine ki Türkiye'nin petrol ve gaz fiyatını İtalya belirliyor.

İtalya, Hatay'a deprem sonrası sağlık çadırı kuruyor ve kurduğu yer Defne ilçesi. Defne, İtalya için Mitolojik anlam taşıyor. Yıkılan şehirler, altında Roma kalıntıları bulunduğu için sit alanına çevrilen yerler oluyor ve insanlar evine bu yüzden dönemeyip turizm için sit alanına dönen yerlerden Roma çıkarılmaya başlanıyor. Depremden hemen önce yapımı başlayan Toprak ana heykeli Maraş'ın meydanına dikildi ve bu heykelin İtalyanca ismi Gaia'dır. Depremden önce başlayan Pagan heykeline onlar Toprak Ana diye dursun, sonrasında yapımı tamamlandığında adıyla paralel bakın ne oldu?

EXPO ROMA 2030 reklam gösterisinde "Gaia, yeni bir çağa geçmeye hazır mısın?" diyordu. Anlamı işte bu kadar açık; gören göz için tüm niyetler ortada.

Kahramanmaraş depreminin planlı bir işgal silahı olarak kullanıldığı düşüncemizi çok ciddi destekleyecek önemli bir gelişmeyi daha risk alıp açmak istiyorum: Bu deprem, kuyu patlatma veya herhangi bir teknoloji ile hain bir niyete bağlı olarak planlanmış ise katiller neden saklanıyor? Neden ekranların kurtarıcı görünümlü uzman hocaları bu meselenin asla üzerine gitmiyor? Yıkılan ev sayısı üzerinden yapılan bir hesaplama ile iki milyona yakın ölüm oranından bahsedilirken, bu insanlarımızın haince planlanmış bir deprem ile öldürülmüş olabileceği gerçeği neden sorgulanmıyor?

Bütün gerçekler ve içeriden destekli büyük bir ihanet önümüzde gün gibi duruyor iken, hiçbir direniş kahramanı; aşılar, iklim krizi ve küresel meseleleri eşip duruyor da vatanın işgale sokulmuş olabileceği gerçeğini konuşmuyor, arkasını dönüyor? Neden işgal için planlanan dünyanın en büyük tatbikatı bile deprem temalı iken başımıza gelenlerin sorgulanması yasaklanmaya çalışılıyor? Neden olası hain bir deprem ile vatanın ve ölülerimizin üstü kapatılırken altından Roma çıkarılma derdine düşülüyor?

Bütün gelişmeler, yüz binlerce insanımızı katleden depremin hain bir saldırı olabileceğini gösteriyor. Bunu yüzlerce programda konuştuk ve anlattık. Ancak ne yapıldı? Ve ne kadarı anlaşıldı? Öncesinde ve sonrasında olan olayları incelediğimizde sanki dünya bugünü beklemiş ve buna hazırlanmış. Örneğin; depremden önce EXPO Hatay 2021'de sahnelenen gösterilerde; Roma, dinler arası diyalog, pagan figürleri ve deprem sonrası diriliş nasıl açık açık işlenmiş bir görelim. Bütün hainler toplanıp bu katliam ihtimalini inkâr etmeye kalksa, her türlü belge ve veri yalanları ile karartılsa ve sorumlulara hesap soracağımız tek bir açık bile kalmasa, yüzde birlik bir ihtimal için bile düşerdim bu işin peşine. Çünkü her yanımız hain ve Türkçe konuşan dinci Roma elemanlarıyla dolu.

HATAY EXPO 2021, BİR ROMA DİRİLİŞ HİKÂYESİDİR

Deprem ile yüz binlerce insanımızın Roma için öldürülebileceğinin tv programlarını yaptıktan aylar sonra Maraş depremi nasıl oldu? Öngörülerimizin gerçekleşmesi, böyle bir planın varlığını doğrulamıyor mu?

Hatay Büyükşehir Belediyesi himayesinde 01. 04. 2022 tarihinde gerçekleştirilen Hatay EXPO 2021 açılışının ayrıntılarını incelediğimizde depremin önceden biliniyor olduğunu ve aslında bir plan dahilinde yapıldığını ispatlar nitelikteki ayrıntıları bir anlayalım:

Hatay EXPO 2021 organizasyonunu yapan AİPH, İtalya'nın da ortağı olduğu ve mevcut şehirleri akıllı şehirlere dönüştürme projesinin uygulayıcısıdır. Etkinliği yapıldığı alan Roma amfibi tiyatro mimarisinde. Sahne tek göz şeklinde tasarlanmış, sahne etrafında 3'er tane yaprak var; 33'ü; baba, oğul, kutsal ruhu ve 666'yı yani şeytanı temsil ediyor.

Sahnedeki koreografinin ayrıntıları, depremin katilleri adına her şeyi adeta itiraf ediyor:

Hatay EXPO 2021 logosu, Ajanda 2030 logosuna renkler ve dizilim olarak çok benziyor. Gökkuşağı renkleri ile pagan dünya düzeni resmediliyor.

Açılışı gösteren EXPO 2021 tanıtım videosu dk.13:08'de İtalya bayrağı tam ekran.

Dk. 17:11'de İtalya Floransalı Da Vinci' nin Vitruvius Adamı tam ekranda gösteriliyor. Vitruvius Adamı 2 bin yıl önce modern mimarinin temelini atan Romalı Marcus Vitruvius'tan esinlenme. Hatay EXPO'nun İtalyan projesi olduğunu buradan da anlamak mümkün.

Dk. 21:20'de Hatay Büyük Şehir Belediye Başkanı bütün bu gelişmeler ile Roma'nın arandığını vurguluyor. "Enlerin ve ilklerin merkezi, Roma döneminde üç tane büyük şehirden bir tanesi: Roma, İskenderiye ve Antiyoj, Antakya. Ve özellikle Roma döneminden itibaren, işte biz tarihin derinliklerindeki eski Hatay'ı arıyoruz ve eski Hatay'ı geleceğe taşımak istiyoruz" diyor. Şu anda turizm maskeli kazılar ile fetihlerden önceki, yani Anadolu'nun Türk topraklarına dönmeden önceki Roma halinin geleceğe taşındığını görüyoruz. Peki Başkan'ın söyleminden bağımsız soruyorum: Roma'yı bugünün geleceğine taşıyıp Türk vatanını hiçe sayacak bir niyet, gerçekte depremin Roma için yapılabileceğini biliyor olamaz mı? Nasıl oluyor da bütün bunlar alenen depremden önce konuşuluyor ve ardından suçun kadere atıldığı maskeli bir katliam oluşuyor?

Türk milleti kendi izlerini değil de neden sapkın ve Pagan Roma'yı geleceğe taşımak ister? Bu Türk milletini öz vatanından, Türkiye Cumhuriyeti çatısından bir Roma işgalinin içerisine sokmuş olmaz mı?

Peki bu gelişmeler ortada iken deprem ve haarp konusundaki uzmanlar neden suspus?

Dk. 31:40 Queen- We Are The Champions lgbtli grubun müziği çalıyor.

EXPO Hatay Filmi:

Ben tek bir andan ibaretim. Her daim varım. (tanrılaşmaya atıf)

Düğümlenen nefes, umutla beklenmiş bir bahar günü henüz uykuya dalmış bir çocuğun rüyasıyım. (Tanrının krallığı Pagan Yeni Roma'yı heyecanla bekleyiş)

İlk defa meyve vermiş ağaç dalıyım. (yaratılış kıssası, şeytanın elma ile Âdem a.s'ı kandırması, Pagan Yeni Roma şeytanın tuzağıdır.)

Rüzgârda uçuşan tüy, toprağa düşen cemreyim. Ben bu hikâyenin en küçük parçası, bu hikâyenin tamamıyım.

Dk. 35:40 bunca atıftan sonra sahnede güneş belirir. (yani Pagan Roma'nın güneş tanrısı Apollon; doğması beklenen Roma)

Dk. 35:55 Okeanos (mozaği) (doğurgan Tetis'e atıf, doğurganlık yani Roma'nın doğumu)

Dk. 36:13 kare içinde kartal. (kare, Satürn Roma tanrısı; kartal ise tanrıyla insanların arasındaki haberci kartalın krallığı Roma.)

Dk. 36:58 batıni sufi müzik (yani Tek Dünya Dini müzikleri)

Dk 37:33 kartal, Anadolu'nun pagan geçmişine uçtu ve sahnedeki paganlar ayağa kalktı, dirildi. (Anadolu'da paganizmin diriltilme projesi)

Not: Anadolu'da birçok yerde düzenlenen ve en sonuncusu Kapadokya'da yapılan Agarta müzik festivali de aynı paganizmin diriltilmesini gençliğe yayma amacı taşır. Bu, sosyolojik işgalden sonra geri dönmesi imkânsız bir yıkım ebetteki kaçınılmaz olur. Bu faaliyetler için "Bu sadece bir müzik festivali değil," yazar. "Anadolu'nun," ve dikkat, "Mezopotamya'nın göbeğinde toplum hareketidir." der. Uyuşturucu, sex, lüks göstergeler ve sınırların aşılması hangi amacı taşır ve kimler tarafından tezgahlanıyor düşündünüz mü? Türk ve Müslüman Anadolu'nun kutsallığını tarihe gömme amacı her yere yayılmış durumda.

EXPO HATAY FİLMİ DEVAM EDİYOR:

Duydunuz mu susuzluktan çatlamış topraktan çıkan sesi mi? (Toprak ana/Gaia topraktan çıkan ses, deprem anında yerden sesler gelmişti, toprak ana sarsıntı ile yani deprem ile yeryüzüne çıkan tanrıça)

Dk. 37:53 toprak ananın doğumu.

Kızgın güneşin altında beklerken o mutlak sonu (depremle Hatay'ın yıkılması)

Yeryüzünü kaplar gibi kanatlarını açmış haşmetli bir Kartal'ın tüyü düştü üzerime.

Ve 1000 yıllık uykudan uyandım. (Roma'nın bin yıllık uykudan uyanışı vurgusu. Kartalın tüyü, yıkımdan sonra uyanmak yani küllerinden doğmak. Depremden sonra herkes küllerimizden doğacağız diyordu.)

Birden şimşekler çakmaya, rüzgâr uğuldamaya, Bardaktan boşanırcasına yağmur yağmaya başlamıştı. Göğün dibi delinmişti sanki. Sular yatağını bulmaya çalışan bir nehir gibi, oyuna meraklı bir çocuk gibi her şeyi önüne katmış bir o yana bir bu yana sürüklüyor Tike.

(Fortuna, şans ve şehrin kaderini belirleyen tanrıça. Yani Müslüman Hatay yıkıldıktan sonra altındaki Pagan Roma'nın kaderi),

Şefkatli bir anne gibi kollarını kavuşturmuş onu bekliyordu.

Umutla beklenmiş bir bahar günüyüm. (Baharda depremle yıkılan binalar temizlendi ve Antakya'daki Roma şehrinin üzeri boşaltıldı.)

Tike'nin ardı sıra açılan her renkten, her tondan şifa kaynağı bin bir çiçek adlarının konulacağı vakti dört gözle beklerken oradaydım.

Dk. 39:35 3 kapı (baba, oğul ve kutsal ruh.)

Yüce Apollon'un (Romanın en büyük tanrısı) Dafne'yi (Hatay, Dafne efsanenin geçtiği yer. İtalyanlar depremden sonra Defne'ye sağlık çadırı kurdu) ilk gördüğü yerdeydim. (İtalyanlar yani Romalılar Antakya'dayız mesajı veriyor dk. 39: 35)

Bu anı çağlar boyunca anlat dediler. Yoksa kim inanırdı, güçlü, yakışıklı, korkusuz Apollon bir faniye âşık olsun, O'da bu aşka yüz çevirsin? Dili lal olsun, bir ağaç gibi kök salsın. Yaprakları ile şifa versin, ama meyvesi kimseye yâr olmasın. (Antakya, Roma'nın 3. Büyük şehriydi. Roma-İstanbul-Antakya, İtalyanların Hatay şehrine olan sevgisini mitolojik olarak anlatıyorlar.)

Yoksa kim inanırdı? Görülmüş, duyulmuş, olacak şey miydi?

Dk. 40:42 ekranda lotus çiçeği (yeniden doğuş, Roma'nın tekrar dirilişi. Tabi ki Antakya'dan,

Dk.43:39 sahnede ay var. (Roma ay tanrısı Luna)

Dk.44:46 Ateşe tapınma ritüeli

Dk. 45:52 sahnede ağaç. (Hayat ağacı, bilgelik, kutsal ruh, paganların tanrılaşma sembolü)

İşte orada; Habibi Neccar. Ne uzun ne kısa ne dilsiz ne lafazan. (Depremden sonra yıkıldı)

Dk:46:55 hakikat kapısı. (Yani depremin kendisi)

Mağarada yüzü ışığa dönük peygamber sabrıyla işliyor kaderini.

Yanında ilk defa gördüğü iki kişi herkes gibiler, hiç kimseye benzemiyorlar.

Hiç konuşmuyor ve de çok şey anlatıyorlar.

Yanında ilk defa gördüğü, herkes gibi ama hiç kimseye benzemeyen, hiç konuşmayan ama çok şey anlatan iki havari.

Onlar bir adım yaklaşsa Habibi Neccar'ın yüzü aydınlanıyor. (Yasin Suresi'ndeki kıssa anlatılıyor)

Bir adım geri atsalar dünya üzerine devrilecek gibi oluyor. (Depremin etkisi)

Sesleri karşıdaki kayalara çarpıp yankılandı. (Betonlar altında kalanların sesleri)

Kötülüğe karşı direnmediler. (Kötülük burada İslam dini olarak ele alınıyor ve Müslümanların cezalandırılacaklarına atıf yapılıyor)

"Geçersiz kılmaya değil tamamlamaya geldik" dediler.

Ne mutlu o doğruluğa acıkıp susayanlara çünkü onlar doyurulacaklar. Ne mutlu merhametli olanlara çünkü onlar merhamet bulacaklar.

Dk. 48:00 (depremin yeraltında ateşleme ile meydana geleceğinin gösterisini yapmışlar, depremi tetikleyenlere adeta övgüler yağdırılıyor)

Etrafında kollarına zehirli bir yılan gibi dolananlar hep karanlıkta kalmaya ahdetmişler. (Deprem gece oldu, elektrikler gitti ve milletimiz karanlıkta kaldı)

Ölümün gölgelediği diyara vuran (6 Şubat depremi Hatay)

Işığı gördüler de (Maraş- Türkoğlu 5 yerde doğalgaz borusu patladı, gök kıpkırmızı oldu)

Nefessiz bırakırcasına nasıl sardılar çevrelerini? (Betonların altında nefessiz kaldılar)

Hiç kimse ket vuramazdı, ışığı insanların önünde parlayanlara. (Engel olamazsınız mesajı)

O gün orada sizde olsaydınız, benim gibi yürekten inanırdınız. İnancına bir kaya gibi tutulmuş olanların önünde açılacak kapılara. (Roma'nın dirilmesine duyulan inanç.)

Dk.46:48 Pagan tapınma ritüeli

Dk.50:00 ışık getirenler (gnostizm, ışık hakikat yani tanrılaşma)

Nefret, sevgisizlik, horgörü. Ektiği binlerce şer tohuma rağmen tek bir filiz bile vermedi göğsünde. Bir mabedin kapısı diğerine hep açıktı. Birinin duvarı diğerine yaslandı, en zor günlere bir oldu. Daha ulvî bir an yoktu hayatta, eller açılırken semaya.

Şükürler olsun demek için tek bir tanrıya.

Dk.51:50 Müslüman, Yahudi, Hristiyan birleşimi (Tek Dünya Dini, ellerindeki ışıktan anlaşıldığı üzere bahsettikleri tek tanrı Allah değil; ışık olan, dumansız ateş olan şeytan.)

Kara bulutlar göğü kapladığında, esaret zinciri dört bir yanı sardığında, henüz rüyaya dalmış çocuklar öpülüp cepheye koşulduğunda, oradaydım. (Deprem, tek din ve daha sonra savaş senaryosu)

Dk. 52:44 (Amik ovası savaşına hazırlık)

Bir halk nasıl direnir görmeliydiniz.

İlk kurşuna siper olan o beden toprağa düşmedi de bir direnişin bayrağı oldu.

Dk.53:22 (yer yarılma gösterisi)

Vatan toprağıyım ben. Kaderine terk edilmeyen, o büyük önderin şahsi meselesi, son hayaliyim.

Dk. 54:00 büyük bir savaş olmuş ve bölge virane olmuş (3. Dünya savaşı?)

Dk.54:35 Satürn (Paganizmin baş tanrısı kara güneş, horusun gözü, tek göz)

O müjdeli haber geldiğinde, yeniden vuslata edildiğinde, dağlar ovalar çiçekler kuşlar dile geldiğinde, oradaydım. Bir bayram yeri neye benzer görmeliydiniz. Ben bu hikâyenin en küçük parçası, bu hikâyenin tamamıyım. (Roma)

Efsaneyim, gerçeğim. Yolum, yolcuyum. Şifayım, kulak verenim. Dilden dile anlatılanım. (Roma)

Bütün bahçelerin toplandığı yerim. (EXPO, Defne)

Ben, 1000 yıllık uykudan sonra gözümü açtığım o ilk günden beri hakkımda anlatılanlardan hep daha fazlasıyım. (Bin yıllık uykudan uyanmak mitolojide Anka kuşudur, Anka her bin yılda bir yuvası ile beraber kendini yakar ve küllerinden yeniden doğar. Depremle vurulmuş Hatay'dan batık Antakya roma şehrini tekrar gün yüzüne çıkarma projesi.)

Ben, tek bir andan ibaretim. Her daim varım. Ben Hatayım. (Ben Roma)

DEPREMDEN SONRA KATİLİ ROMA İZLERİNDE ARAMAK

Bütün Millenium Chalenge haritaları ve tehditler aynı

zamanda İstanbul'u gösteriyor olsa da bir şekilde planları ya tutmadı ya da sekteye uğrayarak ilk yıkım Güneydoğu'dan geldi. Güvenlik gerekçesiyle konsolosluklarını kapatıp kaçanlar, 5 Şubat'ta Kağıthane'deki 3.0'lık bir depremin fay hattı olmayan bir yerde olması sebebiyle bizi şüphe etmenin ötesine geçirdi.

Jeofizik Prof. Ahmet Ercan, fay hattı olmayan bir yerde olan bu sarsıntı için "Depremleri yerden gelen çatırtılar oluşturur, patlama sesi çıkarmaz. Bu bir depremcik değil yapay bir patlama olabilir" diyerek niyete dayalı 'bir plan ile' yapıldığı düşüncemize katkı sunmuştu.

Bütün bunların paralelinde, uyumayıp çalışmaya devam ettiğimiz bir 6 Şubat sabahında, ilk acı haber 'Kahramanmaraş'ta deprem' haberiyle ekranlara düşmüştü. 10 ilimiz bu depremler ile yerle bir olmuştu. Üstelik ilki 7.8 şiddetinde iken saatler sonra olan ikinci dev sarsıntı da bağımsız 7.6 olarak dünyada eşi benzeri görülmemiş bir yıkım olarak kayıtlara geçti. Birbiriyle aralarında saniyeler bulunan bu iki bağımsız depremden yine hiç bağlantısız üçüncü bir yıkım, aynı gün gündüz saat 13.24'te 7.6'lık bağımsız bir deprem daha gerçekleşiyor. Böyle bir şey kendiliğinden olan bir deprem için nasıl mümkün? Kahramanmaraş depremi, 1961 yılında yapılan dünyanın en büyük nükleer patlama testine eşdeğer bir afettir.

Bekleyip, bilip, olacaklara çare aradığımız o uykusuz gecelerde farkında olduğumuz bu acı haberin en acı şekliyle yüzleşmek, tarifi imkânsız bir sarsıntı. Sonrası malum, hepimiz yaşadık, yaşıyoruz ve geride bırakmadık. Hesabını soruyor ve yaraları en güzel şekliyle sarmaya gayret ediyoruz. Uzmanlar, "7.7'lik deprem Doğu Anadolu kırığı, irkitilmiş 7.6'lık deprem süngü kırığı üzerinde gerçekleşti" dedi. Bakın uzmanlar bile sanki bu insanların katilleriyle yüzleşmekten çekinir gibi, 'irkitilmiş' ifadelerini kullansa da resmen düğmeye basılmış olabileceğini söylüyor.

MERKEZ ÜSSÜ NEDEN SAPTIRILDI?

Haberlerin ve AFAD'ın depremin merkez üssü olarak Kahramanmaraş Pazarcık diye duyurduğu ayrıntı, bizim araştırmalarımız ile örtüşmedi. Hatta bu bölgenin çoğunun, bildiğiniz boş ova olduğunu öğrendik. Google Earth'te ve www.earthscope.org/news/geophysical-events/page/2 sitesinde Jeofizik olaylar bölümünde 06. 02. 2023, saat 4.17'de 7.5 birinci deprem, on saniye sonra ise 7.8'lik birbirinden bağımsız ve birbirine değmeyen iki ayrı ve çok şiddetli deprem gerçekleşiyor. Dünya tarihindeki en büyük yıkımlardan sayılan bu iki depremin ardından, aynı gün gündüz saat 13.24'te 7.6'lık bağımsız bir deprem daha gerçekleşiyor. Bu yıkımın merkez üssü Kahramanmaraş Elbistan. Enkaz altında kurtarılmayı bekleyenler, enkazdan çıkıp eşyası veya sevdiklerini kurtarmak için tekrar girenler dahil devasa can kayıpları da bu son deprem ile meydana geliyor. Aman Ya Rabbi! Bu felaket nasıl unutulur? Birbirinden bağımsız olan bu yıkımların bir niyete dayalı katliam olabileceği nasıl hesaba katılmaz?

Çok uzun araştırmalarıma göre yukarıdaki iki kaynaktan da edindiğim; depremin gerçek merkez üssü Kahramanmaraş değil, Gaziantep Sof dağı olduğudur. Depremin merkez üssü Antep iken neden Maraş olarak söylendi?

İlk iki depremin merkez üssü diye gösterilen yerde yıkım daha az. Ancak gerçek merkez üssündeki yerin üstünde duvarlar bile yürüyüp yarılan yerlerle iç içe geçiyor. En büyük hasarı Şatırhüyük ve Atalar köyünün alması depremin merkez üssünün Şehit Kâmil Sof Dağı olduğunu doğruluyor.

Peki ne var burada ve neden farklı bir yer merkez üssü diye verilmiş olabilir? Medyada olan ve reklamları yapılan Nurdağı-Bahçe, 'hızlı tren' tüneli olarak biliniyor.

Ancak medyada olmayan ve haberlerde yer almayan tünel ise Gaziantep Merkez'den Nurdağı'na giden Sof dağından geçen tünel. Burası medyaya neredeyse hiç yansımıyor. İşin can alıcı tarafı ise depremin merkez üssü tam da burası. Yani depremin kalbinin orta yerinde açılmış bir tünel... Üstü kapalı söylemek zorunda olduğum durum ise burada öncesinde ve sonrasında dönen dolaplarda adı geçen tilkiler ile İstanbul Silivri'de gezinen tilkiler aynı karanlık ormana çıkıyor.

PETROL ARAMA VE HİDROLİK ÇATLATMA İLE DEPREM

Prof. Dr. Xavier Le Pichon Jeofizikçi Deprem Bilimci: Hiç yoktan büyük ölçekli yapay bir deprem yaratamazsınız. Yapabileceğiniz tek şey; olacak bir depremin daha çabuk gerçekleşmesi için bir şeyler üretmek. Faya su enjekte ederek veya delerek bunu yapabilirsiniz. TAMP tatbikatı ile Maraş depreminin 7 üzeri bir beklentiyle geleceği belli olduğuna göre, düşmana göre geriye sadece onu ittirmek kalmış olabilir. İşin ilginç yanı, bahsedilen bu teknoloji ABD gibi birçok yerde, fay hattı olmayan yerlerde bile belli başlı depremler yapabildiği için yasaklanmış.

Petrol ve gaz arama faaliyetleri yapılan yerler, ekseriyetle fay hatlarına denk geliyor. Ne hikmettir ki bu fay hatları üzerinden doğalgaz boru hatları geçiyor. Neredeyse tüm Türkiye'de sanki gizli bir niyet, fay hatlarıyla petrol ve gaz arama faaliyetlerini bir araya getirmiş.

Biz o zaman niyete bağlı bir deprem ile yapılan saldırıyı

konuşurken, medya sürekli neden insanları haarp ile oyalıyor? Çünkü ekranların çoğu onların elinde. Deprem arama faaliyeti için kuyu açan şirketlerin petrol yok diye kapattığı kuyuların olduğu yerlerde gerçekleşen bu depremler tesadüf eseri mi oluyor? Yüz yıl boyunca deprem olmayan bölgelerde petrol arandığı yılda, paralel depremler görülüyor. Bunlar hep tesadüf.

Fay hattında hidrolik çatlatma ile petrol arayarak fayı ayakta tutan kayaları kırarsanız ne olur? İlk amaç o kayaların aralarındaki gazı veya petrolü çıkarma olsa da bu aslında tam bir deprem makinesi. Çünkü bu çatlatma yöntemi fay hattı olmayan yerlerde dahi depremler yapabiliyor. Hâl böyleyken bizim depremden önce, 'plan dahilinde yapılacağı' vurgumuz gerçekleştiğine göre, olası teknikleri de gün yüzüne çıkarmış oluyor.

Petrol ve doğalgaz aramasında oldukça şaibeli bir sistem var: "Hidrolik çatlatma tekniği" Bu teknik özetle, yerin binlerce metre altındaki petrol ya da gaza ulaşmak için yer altındaki kayaların içine çok yüksek basınçlı su enjekte edilerek kayaların çatlatılması tekniğidir.

Ülkemizde 2012 yılından bu yana kullanılmaya başlandı. Hidrolik çatlatma tekniği bazı ülkelerde ve Türkiye'de binlerce sondaj noktasında uygulanmaya devam ediliyor, ancak olumsuz sonuçları da bilimsel olarak saptanmış riskli bir teknoloji.

National Geographic sitesinde 3 Ekim 2017 yılında yayımlanan bir makalede, 7.9 ölçeğinde gerçekleşen bir depremin bile insan eliyle tetiklenebileceği belirtiliyor. ABD'nin resmi jeoloji kurumu USGS, hidrolik çatlatma teknolojisinin doğrudan veya dolaylı olarak depreme yol açabileceğini belirtiyor. Aynı NG: "Bilim adamları,

Oklahoma'daki en büyük depremine petrol endüstrisinin neden olduğunu söyledi."

Bu teknik, çalışma yapılan bölgede ya da yakınlarında bir fay hattı varsa onu resmen harekete geçirme gücüne sahip. Bununla beraber, aniden kırılan devasa kayaların içinden çok yüksek basınçla fışkıran petrol ve gaz da bu fay hatlarını rahatlıkla tetikleyebilir.

ABD'de son yıllarda fay hattı olmayan yerlerde bile depremlerin çoğalmış olması, bu tekniğin sorgulanmasına sebep olmuştur. Bu sebeple Wermont ve New York eyaletlerinde bu teknikle arama yapılması yasaklanmıştır. Fay hattı olmadığı halde bile depremler yapabilen bu durumun çok tehlikeli bir silah olabileceği nasıl gözden kaçırılır? Türkiye'nin 83 ili, yani tamamının deprem bölgesi ilan edilmesi, paralelinde bütün her yerde olan petrol ve gaz arama faaliyetlerinin kimlerin eliyle yapıldığını sorgulamamızı gerektirir.

Hidrolik çatlatma tekniği ile ilgili Kanada'da yapılan ve en etraflı araştırmalardan biri, "Induced Seismicity in Western Canada Linked to Tectonic Strain Rate: Implications for Regional Seismic Hazard "adlı çalışmadır. Bu çalışmada ortaya çıkan sonuç; fay hatlarının olduğu yerde hatların varlığına ve gücüne bağlı olarak bu yöntemin hattı yüksek enerjiyle tetiklemiş olmasıdır. Fay hatlarına yakın olan yerlerde yapılan çalışmanın 7.9 şiddetinde bir depreme bile yol açabileceği bilimsel olarak ortaya konmuş ve yayımlanmıştır.

Sabah Gazetesi'nin 10.03.2012 tarihli bir haberinde, "Hidrolik çatlatma Ohio'da depreme neden oluyor" diye yazmıştı.

Barındırdığı yüksek risk sebebiyle Almanya, Fransa, İngiltere gibi Avrupa ülkeleri başta olmak üzere birçok ülkede yasaklanan hidrolik çatlatma tekniği, Türkiye'de neredeyse davul zurna ile uygulamaya konulmuş vaziyette.

Bütün bu çalışmalar ortada iken, ülkemizin başına gelen felaketlerin tam da Roma planına uygun olması manidar. Ardından yaşanan sosyolojik işgal ile başlayan tüm gelişmeler, katilin adını daha net koymamıza sebep oluyor.

İSTANBUL İÇİN OLASI DEPREM TEHLİKESİ

Hiç şüphesiz Türkiye'miz ile ilgili en büyük işgal planları, depremi de dahil edersek İstanbul üzerinden şekilleniyor.

Petrol çıkarma yöntemlerinden biri olan ve yer altına doğalgaz enjeksiyonu yönteminin depremlere sebep olduğu dünyaca biliniyor. Nitekim deprem bilimci, NATO ödüllü Prof. Dr. Naci Görür, twitter hesabından 18. 11. 2022 tarihinde yapmış olduğu paylaşımda bunu doğrulamıştı:

"Trakya'nın bir doğal gaz deposu haline getirileceği açıklandı. Bu tür depolar dünyada az değil. Doğal gaz buralardaki eski gözenekli gaz veya petrol rezervuarlarına basılarak (enjeksiyon) depolanıyor ve istendiğinde de kullanılıyor. Bu işlemler eski ve yeni sondaj kuyuları vasıtasıyla gerçekleştiriliyor. Hem enjeksiyon hem de çıkarma aşamasında belirli büyüklükte (4,0) depremlerin oluşması mümkün. Zaten şu anda da Batı Marmara'da gaz çıkılmalarına bağlı çok sayıda depremler oluşuyor. Bu depremler iki nedene bağlı olarak gelişiyor: Gözenek ortamındaki basınç değişimi ve gözenek elastik (porelastik) stres değişimi.

Trakya'yı gaz deposu haline getirirken gaz depolama alanlarının Marmara Denizi İçerisindeki Kuzey Anadolu Fay Zonunda depremler oluşturabileceği, depremleri tetikleyebileceği unutulmamalı ve bu açıdan Trakya'nın sismik özellikleri ve Marmara Denizi tüm ayrıntılı ile incelenmelidir." dedi.

Bu söylemler, bu kadar büyük bir felaket olduktan sonra söyleyebilecekleri ifadeler değil. Hatta bana göre bu söylemlerden sonra gerçekleşen büyük Maraş depremi sonrası, uzmanların çoğu insanları uyarır gibi yapıyor olsa da bir anlamda İstanbul'un Türksüzleşmesine sebep olacak açıklamalara işi döndürdü. Örnek vermem gerekirse, Japon deprem uzmanı Yoshinori Moriwaki: (İstanbul depremi) "7.6, 7.9'a kadar gidebilir diye ben söylüyorum. Deprem geliyor. 1 sene sonra, 1 ay sonra hatta 1 hafta sonra da olabilir." Aynı Moriwaki, bundan iki ay sonra başka bir açıklamada Japonya'daki iki evini satıp İstanbul'da ev aldığını duyuruyor. Bu hangi planın parçası?

Deprem uzmanları Marmara fay hattında nerede bir gerginlik olduğunu söylüyorsa, deprem yapma riski nerede çoksa, muhtemelen orada petrol bulunmuş ve sondaj vurulmuş olmalı. ABD, Marmara denizinde, Marmara fay hattı üzerinde 2800 metre delik açmış 1975'te ve bu bile sorgulanmalı.

Depremin başlangıç noktası diye gösterilen Silivri'ye basılan 4,6 milyar metreküp gazın bu riskler doğrultusunda yeniden gözden geçirilmesi gerektiğine inanıyorum.

Haberler, 2022 Temmuz ayında "Silivri Yeraltı Doğalgaz Depolama tesisi genişletme çalışmalarında son viraja girildi. Genişleme çalışmaları kapsamında açılan 18 kuyudan 9'unda gaz akış testi başarıyla tamamlandı. Projede 3,2 milyar metreküp olan depo kapasitesinin 4,6 milyar metreküpe, 28 milyon metreküp olan günlük geri üretim kapasitesi de 75 milyon metreküpe çıkması öngörülüyor." Şener Üşümezsoy Marmara fayında deprem beklemediğini söylemekte haklı olabilir.

Bu da demek oluyor ki bu durum şeytanın kulağına gidip planına dahil olan bir hale döner ise tehlike çanları, Allah korusun tam da İstanbul için çalabilir. Çünkü yukarıda kapalı söylemek zorunda olduğum İstanbul Silivri'de gezinen tilkiler, Kahramanmaraş'ta gezen tilkiler aynı ormana çıkıyordu.

Deprem bilimcilerin büyük İstanbul depreminin bekleniyor dediği bölgeler. Dikkatli olmak lâzım. Arka planda ve ekran önünde koordineli bir ekip çalışması görüyorum.

Ekranlardaki birçok isim ve söylemleri Millenium Chalenge tatbikatıyla uyumlu, Roma işgalinin adını koymadan üstünden söyler gibi bir izlenim veriyor. Örneğin Celal Şengör "Büyük İstanbul depreminden sonra, sadece ekonomik bağımsızlık demiyorum, yönetim bağımsızlığını da elinden alırlar Türkiye'nin diyorum." demesi ne anlama geliyor? 2. Dünya Savaşı'ndan sonra İstanbul ilk defa Türkler'den tersine göç veriyor. Üstelik son 5 yılda en az 2,5 milyon Türk'ün Anadolu'daki başka illere göç ettiği bu söylentilerin niyetini de sorgulatıyor.

Yani deprem ile anılan İstanbul, aynı zamanda adı konulmamış bir işgal ile niye ve nasıl tehdit edilebiliyor? AFAD'ın deprem planında Roma haritasına uyar gibi Kırklareli, Tekirdağ ve Çanakkale yok iken Anadolu'daki birçok il bulunuyor. Haliyle bütün gelişmeler sadece olacakları önceden bilir gibi değil, olması Türkiye'nin aleyhine bir finali bekler gibi işliyor. Sizce de garip değil mi?

6 ŞUBAT DEPREMİNDEN SONRA NE OLDU?

Deprem sonrası ABD devasa uçak gemisi HW Bush'u insani yardım ve arama kurtarma için yola çıkarmış ve f35'ler ile poz vermişti. Üstelik Biden, Avrupa'daki tüm Amerikan ordusunun da Türkiye'de deprem bölgesine yardıma hazır olduğunu duyurup psikolojik bir tehdit oluşturmuştu. Ardından İspanya amfibi hücum gemisi Juan Carlos I ve İtalya donanmasına ait San Marco savaş gemisi çıkmış, yardım bahanesiyle işgal algısı bilerek oluşturulmuştu. DSÖ denen sağlık çetesi de en yüksek acil durum koduyla gelip yardım bahanesiyle adından söz ettiriyordu.

Depremden birkaç gün önce Allah'tan haber almış gibi güvenlik bahanesiyle arkasına bakladan gidenler, yaralar sarılmış, enkaz altında kalanlar için umutlar tükenmiş ve başka memlekete göç edişler gerçekleştikten sonra, bana göre sözde yardım bahanesiyle içeriye uzun soluklu bir konuşlanma için hastane yapımlarına başladılar.

Osmanlı İmparatorluğu'nun yıkılma döneminde de büyük rol oynayan devletler ve diğerleri şimdi yardım bahanesiyle geri geldiler. Kim bunlar ve onlara neden güveniyoruz?

- ABD Sahra hastanesi Kahramanmaraş ve Hatay'da
- İtalya sahra hastanesi: Hatay'da
- İspanya sahra hastanesi: Hatay'da
- Fransa sahra hastanesi Adıyaman'da
- İngiltere sahra hastanesi Kahramanmaraş'ta
- İsrail sahra hastanesi: Kahramanmaraş'ta
- Rusya sahra hastanesi: Kahramanmaraş'ta
- Hollanda da Hatay'da?
- Belçika sahra hastanesi: Hatay Kırıkhan'da
- NATO sahra hastanesi: Kahramanmaraş'ta. Yeni Roma ve BOB ekibinin depremi planlayanlar olduğunu tahmin etmek zor değil. Peki şimdi orada neler oluyor?

ENKAZIN ALTINDA KALAN TÜRK MİLLETİ

Ve yerine diriltilmek istenen sapkın Pagan Roma! Daha insanlar yaralarını sarıp ölülerini tam defnetmeden ne tür söylemler yükselmeye başlamış bir bakalım.

Ankara Üniversitesi Mühendislik Fakültesi Dekanı Prof. Dr. Yusuf Kağan Kadıoğlu: 15. 03 2023'te "Deprem kötü bir fırsat ama bunu değerlendirelim. Antakya'nın 4,5 metre altında ROMA şehri var. Şehri temizleyelim, 4,5 metre kazalım ROMA şehrini çıkartalım. Roma şehri Antakya'nın cazibesini artırır," diyor ve bununla kalmıyor. Bu söylemini Deprem Araştırma Komisyonu'na da taşıyor: "Hatay'ın altında saklı Roma şehri var. Yalvarıyorum yeniden yapılaşma izni vermeyin" diyor ve uyarıyı dikkate alan komisyon raporunda Asi Nehri'nin iki yakasının sit alanı ilan edilmesini öneriyor. Bu örnekten fazla sayıda var ki sanki gizli bir el ülkeyi deprem sonrası Roma'ya çevirmeye niyetlenmiş gibi, her taşın altından Roma çıkıyor, diyorlar. Bu öyle bir Roma sevdası ki evleri yıkılıp memleketlerinde ölmüş yüz binlerce insanımızın var ise intikamı, katili, memleketi ve anıları yok sayılıyor ve sağ kalan ailelerinin, memleketlerine 'Roma var diye gelmelerine izin verilmeyip engellenerek yüce Türk milleti kendi vatanında adeta yok sayılıyor. Ben mi abartıyorum yoksa olan bu mu?

Yüz binlerce insanımızın ölümüyle birlikte Roma işgali yankıları her yerden yükselirken, milli maçlardan reklamlara, müzik festivallerinden turizm kılıflı gösterilere, film ve dizilerden çizgi filmlere kadar Roma'nın gözümüze sokulması olsa olsa hepsinin gördüğü Kanlı bir Düş'tür. Ancak insanlar bu duruma tam uyanır ise bu durum kimin düşü veya kimin kâbusu olur, orası belli olmaz.

Anladınız mı şimdi Pagan Yeni Roma'yı? Bu mu hak taraf! Bu mu Müslüman Roma? Her konuda kanaat önderliğine soyunan kahramanlar neden bir türlü Roma'ya dokunmuyor? Oysa iklim ve salgın tezgahını kuranlar da Roma Kulübü değil mi?

TURİZM KAZILARI İLE ROMA DİRİLTME

Dördüncü maddeye uygun bir uygarlık eskiden bugüne taşınıyor. Bazılarına göre turizm ve kültür olan bir dönüşüm, bana göre Türk milletinin İslami ve tarihi kadim tüm kültürlerini silmenin bir parçasını işaret eder. Deprem ile başlayan Roma kazıları süreci depremden sonra hiç olmadığı kadar hız kazandı. Filmler, konserler ve devasa etkinlikler eşi benzeri görülmemiş organizasyonlar ile Pagan Sapkın Roma'ya hizmet ediyor. Nedir bunlar?

Fetihler ve binlerce yıllık savaşlar ile vatan olan bu topraklar şehit kanlarıyla sulanıp bize miras olarak bırakıldı. Ancak kültürel dönüşüm ve turizm gibi gösterilen bu Roma dirilişi çok tehlikeli sosyolojik iddialara ve kafalara dönebilir. Örneğin; bu topraklarda doğan nesiller kendini, içine doğup okul ve ekranlar ile desteklenen Roma'nın sapkın kültürüne ait hissedebilir. Roma işgali için olası deprem tasarımcıları, harita çizip hastane kılıfıyla fırsat kollayanları, 'biz zaten Roma'yız. Bu topraklarda siz gelip geçicisiniz. Biz ise kalıcı olan bu toprakların insanlarıyız' diyebilir. Bu da silahsız, savaşsız ve kansız yalan dolu bir sapkınlığın dönüşümüne ve işgaline hizmet eder.

Aşağıdaki haberlerin tek birini veya detayını okuduğunuzda, resmin genelini anlamanız zor. Birçoğu yalan bir niyet barındırıyor olabilir çünkü ayrıntılar güzel ülkemin hatıralarına ve kültürüne hizmet etmiyor. Tam tersine, sapkın ve Pagan Roma'nın dirilmesine zemin hazırlıyor gibi duruyor. Daha fenası, söylenenlerin çoğunun depremin önceden bilinip sonrasına bile hazırlık yapıldığına dair ayrıntılar taşıdığını hissettiriyor.

Bu bölümdeki haberleri toplamının zamanlaması ve tarihleri, ülkenin her yerinde benzer zamanlarda harekete geçmiş olması ve işlerin bu yöne dönmesinin oluşturabileceği tehlikeleri ve Roma çetelerinin içeride bir yerlerde düğmeye basmış olabileceklerini bize anlatıyor.

Bir Türk devleti düşünün ki fetihler, şehitler ve nice

bedeller ile binlerce yıllık bir vatan toprağı olarak bu coğrafyayı benimsesin. Mimarisiyle, kültürüyle ve tarihiyle kadim bir medeniyeti temsil etsin. Ancak aşağıdaki turizm gelişmelerinin hiç birisi bizim kültürümüzü ve tarihimizi ortaya çıkarmak için uğraşmasın. Tam tersine, yüz binlerce insanımızı BOP yani Yeni Roma planlarına uygun yerlere denk gelen depremleri bile planlayabiliyor olsunlar.

Olacak iş değil. Olan turizm görünümlü gelişmeler gösteriyor ki kutlu Peygamberin bile İslam ordularıyla savaştığı bir düşmanın sapkın ideolojileri, tarihi ve ritüellerinin bu topraklara turizm kılıfıyla geri gelmesi sağlanıyor. Umarım ben yanılıyorumdur. Haberlerin içinden önemli gördüğüm bir cümleyi tarihiyle birlikte paylaşıyorum:

Tokat'ın Gümenek Köyü'nde Komana Antik Kent Roma

"Tokat'ın Gümenek Köyü'nde Komana Antik Kenti'nde Roma için kazı çalışmaları.

Komana dışında Sulusaray ilçesindeki Sebastapolis Antik Kenti'nde kazı çalışmaları devam ediyor. Komana Antik Kenti'nin şu anki bulgulara göre M.Ö. 7000'lere ulaşan bir tarihi var. Göbekli Tepe de 14 binli yıllara iniyor" dedi. Sebastapolis Antik Kenti'nin Bizans'ın ve Doğu Roma'nın en önemli garnizonlarından biridir ve iki önemli değer bir an önce gün yüzüne çıkartılarak ziyarete açılmalı." 06 Eylül 2022

Burdur Kibrya Antik Kenti'nde Roma

Gölhisar ilçesindeki Kibyra Antik Kenti'nde 2016 yılındaki kazı çalışmaları esnasında tamamen yıkık halde bulunan yuvarlak planlı çeşme, 2022 Ağustos'ta ayağa kaldırılmıştı. Yapının kent içindeki konumu ve mimari parçalarının stili, çeşme yapısının M.S. 23 yılı depremi sonrasında inşa edildiğini gösteriyor. Çeşmenin çatısının M.S.

417 depreminde çöktüğü ve büyük oranda zarar gördüğü anlaşılmış olsa da elimizdeki arkeolojik veriler, yapının bazı tadilatlar sonucunda yine aynı işleviyle Erken Bizans Çağı’nda da muhtemelen M.S. VII. yüzyıl sonlarına kadar kullanıldığını göstermektedir”. 26 Aralık 2022

Tekirdağ Perinthos Antik Kenti Roma

Tekirdağ’ın Marmara Ereğlisi ilçesinde, geçmişi M.Ö. 600’lü yıllara dayanan 2600 yıllık Perinthos Antik Kenti’ndeki Roma Antik Tiyatrosu alanı, kazılarla gün yüzünü çıkarılıyor. İl Kültür ve Turizm Müdürü Ahmet Hacıoğlu, antik kentte daha önce yapılan kazılarda Perinthos Bazilikası’nın ortaya çıkarıldığını hatırlattı. 01Ağustos 2021

Antalya Kaş Patara Deniz Feneri ile 600 Yıl Sonra Roma

Işık ülkesinde 600 yıl sonra yeniden. Yüzde 85’i tamamlandı. 21 metredeyiz. Patara Deniz Feneri. Türkiye’de 2020’nin Patara yılı ilan etmesinin ardından Patara Antik Kenti’ndeki deniz fenerinin ışığının yüzyıllar sonra yeniden yanması için başlatılan çalışmalarda sona yaklaşıldı. 29 Mayıs 2023

Antakya’da Saklı Şehir Roma

MS. 525 yılındaki deprem yıkıntıları kaldırılmadan yeraltı şehrinin üstüne yeniden bir şehir inşa edildiğini düşündüklerini aktaran Prof. Dr. Yusuf Kağan Kadıoğlu, şöyle devam etti:

“O tarihlerde de Roma çok zengin. O dönemde sütunlar, heykeller, mozaik yollar ve yapıları mevcuttu. Dolayısıyla Antakya’da Habib-i Neccar Camii’nin bulunduğu bölgede, zeminden 5 metre derine inilerek arkeolojik kazı yapılmasını öneriyoruz. Bu kazılar sonucu eski Roma şehri ortaya çıkacaktır ve Antakya'nın tarihi değerine yeni bir değer kazandıracaktır. Bu şehir, Antakya'yı eskisinden daha değerli bir konuma getirebilir. Tabii bunlar restore edilecek. Mevcut şehri de ortaya koyduğunuz zaman yapılaşmanın olmaması lazım. Antakya'nın yeni imar planlarında bu değerin dikkate alınmasını ve bu alanın yeni yerleşime kapatılması tavsiyesinde bulunuyoruz. Yani bu bölgenin yaşam alanı olmaktan çıkarılarak tamamen arkeolojik kazıların yapıldığı bir alan olmasını öneriyoruz. Zeminden 5 metre aşağıya kazılarak antik Roma şehrinin gün yüzüne çıkartılması ile Antakya büyük bir cazibe merkezi olabilir. 15 Mart 2023

Deprem Komisyonunda Hatay İçin 'Roma Şehri' Hamlesi

Prof. Kadıoğlu, Deprem Araştırma Komisyonu'nda "Hatay'ın altında saklı Roma şehri var. Yalvarıyorum yeniden yapılaşma izni vermeyin" dedi. Uyarıyı dikkate alan komisyon, raporunda Asi Nehri'nin iki yakasının sit alanı ilan edilmesini önerecek. Cumhurbaşkanlığı ve Kültür Bakanlığı, Kahramanmaraş merkezli depremlerde zarar gören tarihi eserlerin nasıl ayağa kaldırılacağına ilişkin çalışmalar yürütürken, felaket, yüzyıllardır Hatay'ın altında saklı kalan antik Roma kentinin gün ışığına çıkmasına vesile olacak. "Biz 60 bin metrekareyi taradık. Tamamının altı mozaik ve antik kalıntı. Asi Nehri'nin sağında ve solunda Roma devrinde, geç Roma ve erken Bizans dönemi diye tabir ettiğimiz dönemden mozaik ve kalıntılar. Samimi söylüyorum Asi Nehri'nin sağında ve solunda saklı bir Roma şehri var ve Bu Roma şehri, mükemmel bir şehir...Yalvarıyorum, gönüllü olarak çalışmaya razıyız." diyerek bölgede yeniden yapılaşma izninin verilmemesini istedi. "Bu tarihi zenginlikleri çıkardığımız zaman yemin ediyorum Göbeklitepe değil, Türkiye'nin en zengin turist çekim merkezi olacak burası. Oralara yapı yapmayalım. Bu zenginlikleri çıkaralım," diye konuştu. Komisyon Başkanı Veysel Eroğlu, Kadıoğlu'nun açıklamaları karşısında heyecanlanırken, "Allah aşkına bunu biz çok güzel bir şekilde rapora derç edelim, hatta beklemeden biz bunu ilgili bakanlık ve hatta Cumhurbaşkanlığı makamına iletelim. Gerekli yazışmaları yapalım. Burası arkeolojik sit mi olur, ne olursa ilan edilsin" dedi. Kadıoğlu, bu alanların sit alanı ilan edilmesi gerektiğini belirterek, "Bir çivi bile çakılmasın" vurgulamasını yaptı.

Diyarbakır Çınar'da Zerzevan Kalesi Roma

Roma'nın sınır garnizonu olarak bilinen bu kale, 3 bin yıllık bir geçmişe aittir. Bu kalenin tarihi, Asur Dönemi (M.Ö 882-611) kadar gider. Roma Dönemi'ne M.S 3. yüzyılda Severuslar Dönemi'nde (M.S 198-235) asıl askeri yerleşim inşa edilmiş, 639 yılında İslam ordularının fethine kadar kesintisiz kullanılmıştır. Dünyanın korunmuş en iyi askeri yerleşimi sayılan son Mithras Tapınağı ortaya çıkarıldı. Bu yapı, Doğu Roma'nın sınırındaki ilk tapınaktır. 2014 yılında başlayan kazılar ve çalışmalar ile uluslararası alanda büyük yankı uyandıran bir yerdir. Meşhur Roma mimarisi logosuyla bilinen UNESCO, burayı Dünya Mirası Geçici Listesine alıp kazılar bu şekilde yürütülmektedir. 04 Haziran 2023

Aydın Mastaura Roma Amfi Tiyatro Keşfi

Yaklaşık 1800 yıl önce Roma İmparatorluk Dönemi'nde yazılan Mastaura Amphi tiyatrosunun keşfi, iyi korunması sebebiyle dünyada heyecan yaratmıştır. Çalışmalar tamamlandıktan sonra İtalya'daki Verona Arena gibi bir görünüme kavuştuğunu hayal etmek bile nefes kesiyor. *9 Haziran Aydın İl Kültür ve Turizm Müdürlüğü twiti*

Kayseri'de Roma Ölüm Arenası

Kayseri Büyükşehir Belediyesi'nce yapımı tamamlanan 700 dönüm arazi üzerine kurulu, 10 ayrı etkinliğin aynı anda yapılabileceği Mazaka Land isimli eğlence merkezi, şehri karıştırdı. Başbakan tarafından açılışı gerçekleştirilen eğlence merkezine verilen Mazaka ismi, Kayseri'nin antik dönemdeki ismi. Ayrıca Mazaka Land'a yapılan Roma İmparatorluğu'na ait bir ölüm arenası olan Colleseum ve Roma'daki çok tanrılı inancı simgeleyen heykeller de görenleri hayrete düşürüyor. İslâm kültürü ile alâkası olmayan, tamamen paganist ögelerin var olduğu bu merkezin Kayseri gibi bir Selçuklu şehrine hangi akla hizmet yapıldığı merak konusu. 29 Nisan 2014

Burdur Bucak Kremna Roma Antik Kenti

Pisidia Bölgesi'nde kritik kent merkezlerinden biri olarak kabul edilen Kremna Antik Kent'inde, geçmişte Pagan tapınaklarının merkezi olarak önemli bir rol oynadığı konuşuluyor. Roma döneminde Pagan ritüellerinin gizli merkezlerinden biri olan Kremna, bölgedeki çeşitli antik yapılar ve kalıntılarla zenginleşiyor.

Bugüne kadar yapılan çalışmalarla, bu antik kentte çok sayıda gizli ve açık pagan ayininin gerçekleştirildiği ortaya çıkıyor. Günümüzde de Kremna Antik Kenti bölge halkı ve ziyaretçileri tarafından büyük ilgi gören tapınak, özellikle astral seyahat ve zaman yolculuğu meraklıları ile bu esrarengiz kentte araştırmalar yapmak ve geçmişe doğru bir yolculuğa çıkmak için gelenlerin ilgisini çekiyor. 31Temmuz 2023

Antalya Olimpos Roma Antik Kenti

Antalya'nın Kumluca ilçesindeki Helenistik, Roma ve Bizans dönemlerine ait kalıntıları barındıran Olimpos Antik Kenti'nde 16 yıldır devam eden kazılarda, kent dokusunu tanımlayabilecek bulgulara ulaşıldığı bildirildi. Kentte Helenistik, Roma ve Bizans dönemlerine ait günümüze ulaşan eserleri de görmek mümkün. Kazı başkanı Uçkan, "Olimpos çok büyük bir şehirdi. Arkeolojik çalışmalar uzun soluklu yürütülür. Henüz yüzde 5'lik kısmını gün yüzüne çıkarmamıza rağmen kent dokusunu tanımlayabilecek noktadayız. Her tarafın kazısı bitmemiş olabilir ama Roma döneminde nasıl bir kentti, ana caddeleri nelerdi, nasıl bir kurgusu vardı, yapıların işlevleri nelerdi, erken Hristiyanlık sonrası Bizans döneminde nasıl bir kent dokusu vardı, neler dönüştü, neler tekrar kullanıldı?" 22.09.2022

Tarihi Roma Yolu Ankara

Mansur Yavaş: "Bugün belediyemizde Ankara'nın değerli iş insanı Sn. Rahmi Koç'u ağırladık. Yakında çalışmalara başlayacağımız Tarihi Roma Yolu restorasyonunu üstlendikleri için kendilerine teşekkür ediyoruz. Ankara'mıza birlikte değer katmaya devam edeceğiz." 3 Kasım 2022

İstanbul Antik Roma Hipodromu

Osman Nuri Kabaktepe: "İBB yönetimi Sultanahmet Meydanı'nın altındaki Roma Büyük Hipodromu'nu bin 700 yıl sonra yeniden gün yüzüne çıkarmak için Koruma Bölge Kuruluna başvurdu. Yönetime siyasilerden ve İstanbullulardan tepki yağdı: Bazı hayaller vardır ki kurulması dahi ihanettir. Bu aziz millet, İstanbul'un göbeğine Antik Roma Hipodromu hayali kuranların, rüyalarını kabusa çevirir."

Gümüşhane Satala Antik Kenti Roma

Gümüşhane'nin Kelkit ilçesinde Roma döneminde askeri karargâh olarak kullanılan Satala Antik Kenti'nde kazı çalışmaları devam ediyor.

Bulguların çoğunun Orta Bizans ve Selçuklu dönemlerine tarihlendirildiğini belirten Yıldırım, "Daha öncesine dair elimizde çok bulgu yoktu. Bu yılki çalışmalar sırasında özellikle castrumun üç açması olarak nitelendireceğimiz alanda Roma dönemi lejyonuna ait önemli bulgular ortaya çıktı. İlk defa lejyonla ilgili somut bilgiler elde etmeye başladık." dedi.

Gaziantep Dülük Antik Kenti Roma

Hitit döneminden Bizans dönemine kadar dini merkez özelliğini barındıran Dülük Antik Kenti'nde kaya mezarları, taş ocağı ve yerleşim kalıntılarının korunması, teknoloji ile entegre edilmesi planlanıyor.

İçinde Pers kökenli dönemin askerlerinin inandığı din olarak bilinen, bölgede Roma lejyonlarındaki askerlerin de yoğun etkilendiği gizli ibadet edilen Mitra Tapınağı'nın bulunduğu antik kent için çevreye uyumlu planlamalar hayata geçirilecek. 12 Nisan 2023

Aydın Magnesia Roma Antik Kenti Stadyumu

Magnesia Antik Kenti'nde 2 yıldır sürdürülen kazı çalışmaları Anadolu'nun en büyük ve görkemli spor merkezlerinden biri Magnesia Stadyumu'nun açığa çıkmasını sağladı.

Antik dönemde üzerine bahis oynadıkları ve sevda ile bağlandıkları yarışmacıların ter döktüğü 190 metre uzunluğunda, binlerce seyirciyi ağırlayan Magnesia Stadyumu antik dünyada yapılan yarışların görkemini hâlâ üzerinde taşıyor. 15 Eylül 2011

Aydın Magnesia Roma Antik Kenti ‘Zeus Tapınağı’

Aydın’ın Germencik ilçesinde bulunan Magnesia Antik Kenti’nde kazılar sürerken, geçen sene 3’te 1’inin kazıldığı Zeus Tapınağı tamamıyla ortaya çıkartıldı. 05 Kasım 2022

İTALYA / ROMA İLE EŞLEŞEN ÖNEMLİ GELİŞMELER

Kahramanmaraş Depremleri Üzerine İtalya’da Roma’da Çalışılıyor

İtalya Ulusal Jeofizik ve Volkanoloji Enstitüsü (INGV) Kıdemli Araştırmacısı Doç. Dr. Aybige Akıncı, 6 Şubat’taki depremlerin çok sık karşılaşılan bir deprem türü olmadığını, bu depremlerin İtalya’da da büyük ilgi uyandırdığını belirtti. 18 Nisan 2023

Akıncı, TÜBİTAK burslarıyla gittiği ABD’de bir grup İtalyan araştırmacının, kendisinin üzerine çalıştığı deprem tehlikesi konusuna ilgi gösterdiğini anlattı.

ABD’den Antalya’ya Getirilen 12 Roma Eseri

ABD’de ele geçirilen, Kültür ve Turizm Bakanlığının yürüttüğü çalışmalar sonucu mahkeme kararıyla Türkiye’ye iade edilen Anadolu kökenli 12 tarihi eser, Antalya Müzesi’nde gazetecilere tanıtıldı. Müzede oluşturulan alanda sergilenen Tunç boğa arabası (2 adet), Roma dönemi askeri diploma, Neolitik Hacılar, Ana Tanrıça figürü, Urartu dönemi terakota vazo, Roma dönemi bronz büst taçlı erkek başı, Kilia tipi mermer idol, Hydai Antik Kenti kökenli oinokhoe, Çatalhöyük kökenli taş heykelcik, Roma dönemi tetrarkh heykel başı, Perge Tiyatrosu’ndan heykel başı, Bubon bronz kol ve Septimius Severus heykeli, ziyaretçilerin ilgisini çekti.

Antalya'da Festivalin Simgesi 59 Roma Venüs Heykeli

Bu yıl 59'uncusu gerçekleştirilecek Antalya Altın Portakal Film Festivali'ne sayılı günler kala, festivalin simgesi olan Venüs heykelleri depolardan çıkartıldı. Bakım, onarım işlemlerinden sonra altın rengine boyanan 59 Venüs heykeli, şehrin belirli noktalarına yerleştirilecek. Venüs; Roma'nın güzellik, bolluk ve bereket tanrıçası olarak bilinir. 16 Eylül 2022

İBB Genel Sekreter Yrd. Mahir Polat Twiti

"İstanbul'un göbeğinde Saraçhane'de Polieuktos kazımızda 1700 yıllık Pan heykelini toprağın altından çıkardık. Daha önce bulduğumuz heykelle beraber İstanbul'un kayıp Roma Sarayı bölümüne ulaştığımızı görüyoruz. İstanbul bir tarih ve turizm cennetidir. El birliği ile hak ettiği dünya turizm odağı seviyesine çıkaracağız." 31 Mart 2023

81 İtalyan Ticaret Odası Hatay İçin Harekete Geçiyor

İtalyan Ticaret ve Sanayi Odası Derneği (CCİİST), Antakya Ticaret ve Sanayi Odası ile 'Kardeş Oda Protokolü' imzaladı. Deprem sonrası sürecin henüz normale dönmediğini belirten CCİİST Başkanı Livio Manzini, bölgede ekonomik hayatı yeniden canlandırmak için 81 İtalyan ticaret odasının ve yurt içi firmaların da desteğini alarak bir fon kuracaklarını bildirdi. 22 Mayıs 2023

Muğla'da Öğrencilere Roma Antik Kent Gezisi

Muğla'da ilkokul öğrencileri dönem kostümleriyle Roma Antik kent ziyareti yaptı. Tarih filmlerini andıran görüntülerle Stratonikeia Antik Kenti'ni gezen Özel Yönelt Koleji'nin Mavi Bulut Sınıfı öğrencilerinin bu ziyareti ve fotoğrafları sosyal medyada büyük ilgi gördü. 22 Mayıs 2023

İstanbul Finans Merkezi Binası Tasarımı İtalya San Marco Bazilikası

İstanbul Uluslararası Finans Merkezi'nde yapımına başlanan Merkez Bankası binası, tamamlandığında Avrupa'nın en yüksek binası olacak şeklinde duyuruldu. Türkiye Yüzyılı'nın vizyon projelerinden biri olan İstanbul Finans Merkezinin Merkez Bankası binasını bu bölüme koymaya değer bulmamdaki sebep; Bizans'ın Gotik Mimari tasarımı olan ve İtalya Venedik San Marco Meydanı'ndaki San Marko Bazilikası'ndaki Aziz Mark'ın Çan Kulesi ile birebir aynı tasarıma sahip olmasıdır. Üstelik Venedik'teki kule de şehrin en yüksek kulesi. İtalya ve Bizans'ta simge olan bu tasarım, İstanbul Finans Merkeziyle birlikte kendini yeniden gösteriyor olacak. Türk yurdu olan İstanbul'daki bir merkezin Osmanlı, Selçuklu veya Türk tasarımlarıyla ilgili değil de İtalya veya Roma ile ilgili olması ise bir hayli düşündürücü.

EKRANLAR ROMA SALDIRISI ŞİFRELERİ İLE DOLU

Türkiye'deki en önemli ve bilinen tv kanalları artık İtalya/Roma sokaklarını, mimarisini gezerek Kur'an'ı Kerim, mealler yayınlamaya başladı. Bu zihinsel tiyatro çok yakında İstanbul gibi kutsal yerler ile entegre olarak ekranlara serilebilir. Kur'an'ın evrensel mesajını paravan olarak kullanmaktan zerre kadar utanmazlar, çünkü Türk toplumu en güzel golü buradan yer. Ülkeleri kana boğan, sapkın pagan zihniyetiyle İslamiyet'i yok etmek isteyen ve Ortadoğu'yu başta deprem ve sonra da Filistin ile kan gölüne çevirmiş olan tüm çeteler, etkisizleştirme silahı olarak en büyük ordularını ekran arkalarına yığdılar.

Dev müzik konserleri, dünyaca ünlü filmler, okul gezileri ve etkinlikler, konser ve tiyatrolar, ünlü müzisyenler ve Müslüman görünümlü fenomenler, meşhur tarihçiler ve sözde kurtarıcı kahramanlar, ekranlar üzerinden müthiş bir zihinsel Roma işgali tasarımı ile Türk insanının zihnine saldırıp dönüştürmeye başladı. İstiklal Marşı'ndan Kur'an-ı Kerim'e, kutsal değerlerimizden eğitim unsurlarına kadar her yayım organı bu işgalin sosyolojik alt yapısı için Roma güzellemesiyle insanları kandırıyor. Utanmadan, kadim Müslüman Türk milletine Müslüman Romalı yakıştırmaları yapan hainler bile her yerde. Savaş başladı ve artık on bin yıllık şanlı tarihin yerine dünyanın en sapkın kültürüne dönüştürülmek üzeresin. Rabbine ve milletine kalbini verip, gördüğün her şeyin sana açılan bir savaş olduğunu anlayıp üstüne gittiğin anda her şey değişir. Kitabının hangi elinden verileceğine sen karar ver.

BİZ ASLINDA NE YAŞADIK?

Bütün bu gelişmelerin toplamı, dünyanın en büyük felaketlerinden Kahramanmaraş depreminin tam da bu plan dahilinde ülkemizi yıkıma sürüklemek amacıyla yapılabilmiş olacağını doğrulamıyor mu? Kazılar ile adeta Roma'ya dönüştürülen ülkem, on ilimizin haritadan silinip yüz binlerce insanımızı öldüren bir depremin birileri tarafından böylesi bir yıkımı planlamış olabileceğini doğrulamıyor mu? Ailelerini kaybetmiş, nesillerdir şehitler veren ve öz yurdunda öldürülen insanların, sağ kalıp vatanında hayatta kalmaya çalışan milletimin tarihin altındaki sapkınlıktan çok daha fazla saygıyı hak etmesi gerekmiyor mu? Felaketin en acısını yaşamış milletim Roma bahanesiyle öz vatanına ve memleketine, altında bir yerlerde Allah'ın bizim elimiz ile tarihe gömdüğü Roma'nın sapkın kalıntıları var diye geriye dönemeyecek öyle mi?

Binlerce yıllık Türk topraklarında gerçekleşmesi, tarihini bilmeyen bir neslin kendini tanımlaması bakımından hangi kültürü işaret eder? Türk milletini savaşlar ile yenemeyeceğini anlayan sapkın Pagan Roma, en az yüz yıllık planını devreye sokmuş ve finale yaklaştığını düşünüyor ise bunlardan daha iyi bir hamle düşünülebilir mi? Turizm ile tarihi silme ve 'burada sizden önce de ben vardım' deme, kazı çalışmalarıyla bir anlamda 'biz aslında Roma'yız anlamında bir yalana bizi sürüklemez mi? Film, müzik dizi, kitap, konser, uzman, söylem, gibi her türlü algı silahlarıyla bütün bu işgali destekleme, finalinde bizi bir Pagan Roma yapmaz mı? Yapar ise bu kadim Türk milletinin Müslüman ve manevi değerlerinden koparılıp tarihte kaybolup gitmesi anlamına gelmez mi? İçinde bulunduğumuz vatanın adı Türkiye Cumhuriyeti iken, Müslüman Türk milleti din ile dinsizleştirilir ise, yalan tarih ile başkalaştırılırsa ve sosyolojik dönüşüm ile kandırılır ise kendini öz vatanında köle, işgal edilmiş bir şekilde bulmaz mı? Bunca yalan tarih, ele geçirilmiş ekranlar ve uydurma planlı saptırmalar hepsi çok uzun zamandır bu işgal için çalışıyor değil mi? Bir tarih kazısı yapılacak ise bu, önce Türk kültürüne ve İslamiyet'e dair gelişmelerin bu topraklara kazandırılmasıyla olur. Sadece Pagan Roma'ya ağırlık verdiğinde sonunda vatan dediğin Roma olur, her şeyi unutur ve kaybedersin. Bana göre bütün olanlar ağır bir işgalin psikolojik alt yapısını oluşturuyor. Öne konan birçok isim ve ekran yalan söylüyor. Bu oyunda bir şekilde hep Türk milleti kaybediyor. Artık kaybetmeyeceğimiz bir uyanışın idrakiyle bu satırları okuyup neyin içinde olduğumuzu anlamak zorundayız. Yanılmayı hiç bu kadar istediğim bir noktada olamazdım.

ROMA'YI KİM YAKTI?

Deprem ile birlikte adeta yüz yıldır saklandıkları yerden söküp aldığımız Roma meselesi, çorap söküğü gibi her yerden kendini göstermeye başladı. 64 yılındaki büyük Roma yangınında şehrin üçte ikisi gitmişti. O ateşi kimin yaktığı hâlâ bilinmese de bugün var olan bir yangın var ise önce gönüllerde yanan, bunu bizim yaktığımız doğrudur. Artık bu meşaleyi taşımak size düşer.

Haliyle bu saatten sonra iyi niyet ve yalan dolu bir Roma dirilişi görmeleri zor. Daha sert girişimlerde bulunmak zorunda kalabilirler. Ancak hâlâ filmler, diziler ve bazı bizden olmayan ancak Türk ismi taşıyan uzmanlar Roma güzellemesi yaparak bilişsel tuzaklar ile gizlenen hain işgal planlarını destekler açıklamalar yapmaya başladı. İstanbul depremi üzerinden uyarı kılıfıyla korku yayanlar, aslında bir Türksüzleştirme zeminine sosyolojik bir göç tetiklemeyi amaçlıyor. Büyük şehirleri terk edin diyenler, köylerdeki açlığı ve kıtlığı söylemiyor. Köylerde bile var olan umudun çalınıp yok edilmek istendiği iyice ortaya çıkınca, çözümmüş gibi görünen daha zavallı telkinlerde bulunmayı deniyorlar. Her şeyi söylüyorlar, Türk milleti adına kanaat önderi gibi duruyorlar ancak ne hikmet ise bir nesil sonraya, böyle giderse kalmayacak olan bir kültürü Roma kültürüyle öldürdüklerine dokunmuyorlar! Yüz binlerce insanımız öldü ve çok yüksek ihtimal bu plan dahilinde öldürüldü! Bunların hesabını sormak yerine meselenin üstünü Roma ile kapatmaya çalışıyorlar. Bu aslında bana göre adı konulmamış gizli bir işgaldir. Hatta yine bana göre ekrandaki algı, tetikçilerinin din ve milliyetçi kılığına girmiş etki ajanları hiç çekinmeden, "Bu topraklarda yaşayan herkes Rum'dur" diyebiliyor. "Roma'yı Türkler kurdu veya yeni dünya düzeni denen sapkınlığı kuranlar biziz, yani hak taraf" gibi söylemlere kadar hadsizliği getirmiş durumdalar. Hz. Peygamberin İslam orduları dahil, Türkler Roma'yı tarihte hep yenmiş ve sürmüş bir millettir. Bugünün işgali ise onlara göre bu bin yılın intikamıdır.

Onların; Yeni Roma, Büyük Ortadoğu ve Büyük İsrail olarak gördükleri işgal 'Kanlı Bir Düş'ten ibarettir. Kan dökülmeye başlandı ve uykuda olanlar uyanıyor. Peki bu şimdi kimin kâbusu olacak?

"Düşmanın silahıyla silahlanın"
Hadis-i Şerif

4

GÖLGE HANÇER

Toprak savaşları bitti.
Şimdi hedef sensin!

Gölge hançer; zihni ele geçirilmiş ve hançeri kimin adına tuttuğunu bilmeyen kişinin gölgesiyle bile ayrışmasıdır. Yeri gelir kardeşi, yeri gelir devleti, yeri gelmez ama, vatanı arkadan vurur. En tehlikeli silah, ele geçirilmiş zihinleridir.

Anlama potansiyelini yükselten ve yüksek bir anlama eşiği gerektiren bir bölümü ele alalım. Bu bölümdeki amacım; zihninizin kontrolünü size geri vermek ve bunu yapmadan önce, sizi bir savaş silahı olarak gören sistemin, zihninizi işgal etmiş olabileceğini size göstermektir.

NATO yürüttüğü bu savaşı perde arkasında Batılı orduların olduğu bir yapı üzerinden, beyniniz üzerine açılan bir savaşı kapsamına aldı. Aslında çok uzun süredir bu var ancak şimdi açık ediliyor. İnsanlığa açılan savaşın ana prensibi **"herkesi bir silah haline getirmek"** alanında, insan beynine açılan savaşı meşrulaştırmak için bilişsel savaş taktikleri geliştiriliyor. Anlamamız gereken şu: Sistem artık bizi kandırıp kontrol etmek için yeni nesil beyin savaşlarını geliştiriyor. Roma liderliğindeki NATO askeri düşüncesi; ekonomi, siber, bilgi ve psikolojik savaş alanlarının tümünde kendini düşman ilan edenlere karşı hibrit savaş modlarını test ediyor.

Bu tür askeri bilişsel savaş orduları eliyle çıkmış olabileceğinden habersiz, insanların ideolojileri için birbirini kırıp kavga ettiği ve olası haklı davalarında bile karşı tarafı bastırıp yok ettiği sosyolojik durum, tam da herkesin bir silah haline gelmesinin örneğidir. Bu rapor insanlığa açılan bu savaşın yeni olduğunu işaret etse de etkileri bakımından görülüyor ki insanlık aslında böyle bir bela ile bu günlere gelebilmiş. Bunu şimdi fark etmek, anlayan her insan için büyük umut demek.

Bu bilişsel savaş türü, öylesine tehlikeli bir mod ki, adına, **"beyin bilimlerinin silahlandırılması"** dedikleri bu yeni yöntem, **'sosyal mühendislik' ile kitleleri kontrol etmek için insan beyninin yani senin duygu ve düşüncelerinin zayıf noktalarını kullanarak insanı hacklemeyi** ele alıyor. Üstelik, bunu yapabilmek için senin zayıf noktaların ile ilgili hikâyeleri, uzmanları, ekranları ve sana değen her şeyi kendi oluşturuyor. İnançlarında zaafı olana inancıyla, milletine düşkün isen o kimlikte... Yani zaaflarına yatkın bir yönün var ise seni o yönden vuruyor. Bunu yaparken bir kişiyi değil, ekranlar ile milyonlarca kişiyi aynı düşünce formuna bağlıyor.

Yakın zamana kadar bu askeri çete beş farklı operasyonel alana ağırlık vermişti. Hava, kara, deniz, uzay ve siber. Altıncı olarak hedefe koydukları hedef ise 'insan! Yani sensin! Size şaka gibi gelen bu satırlar, dünyanın en gelişmiş ordularını kontrol eden NATO'nun harp raporlarına ait satırlardan size çevirip yorumladığım bilgilerdir. Onlar hedefe insanı oturtuyor ise biz de onlara nasıl savaşılacağını gösterelim, değil mi? Çok mu abarttım? Kendine güven!

NATO, kendi içinde olmayan bir görüşü, kendi sistemi içinde uyuyan bir düşman hücre olarak algılar. Yani yürüttüğü bu psikolojik savaşta, biz gibi oyunu anlayan insanı, sistemi bozan bir virüs olarak görür. İnsanı ele geçirme savaşında akıllı insan, daima sistem dışı kalır. Onlara tehlike, bize ise güç olan budur.

Bu bölümü; akıl üzerindeki engelleri, seçimlerinizin sonuçlarını görebilmeniz ve bazı zihinsel silahları kullanıma alabilmeniz için, sizi donatayım diye kaleme alıyorum. Ancak yine de seçimlerinizin sorumluluğundan 'kandırıldım' diye kaçmanız mümkün değil.

Şeytan bile kandırılıp sapan kafir yandaşlarına ne olduklarını hatırlatıyor:

"Şeytan, hayır ben onlara herhangi bir zarar vermedim. Onlar bizzat sapıklık ve delalette oldukları için onlara yaklaşabildim." KAF, 27

Her türlü beklentiye karşı size bir 'kurtarıcı' tasarlayan sistem, işgali elinde tutan çetedir. Düşman ve bağlantısız görünenler bile aynı amacın tek bir planı olabilir. Dinci görünen, Türk milliyetçisi olan, medya veya ekranda gezen ve en kahraman olan birçok oluşumun -gerçeğe ulaşma diye- var olduğunu anlamak zorundasın. İstisna, kaideyi belirlemez. İstisnalar fazla yaşamaz. Kurtarıcı bekleyen herkesin kaderi, daima kandırılmaktır. Kişiler değişir ancak yalan değişmez. Akıllı olmak zorundayız.

Dindar olana; Hz. Mehdi, Hızır, evliya, âlim ve dua, Kur'an veya Hz. Peygamber üzerinden kurgu dolu, ucu boşa çıkan yalan beklentiler oluştururlar. Örneğin şu satırları yazarken Hollanda'da sokaklara çıkan çok büyük kitleler, Hz. İsa'nın gelişine hazırlandıklarını gösteren pankartlar ile geziyordu.

Milliyetçiye Aksaçlı veya kadim derin devlet masalları anlatırlar. Zafer dolu filmler, intikam aldığını sandıran haberler ya da en güçlü olduğunu söyleyen oluşumlar, yerine ve zamanına göre seni en büyük kandırılmaya uğratabilir. Savunma sanayinin, gücünü akıl saptırmada aracı olarak kullananların, aşı ve iklim yalanı ile sürüklendiğin ölümü bile sakladığını gördük. Çünkü sağlıktan eğitime, topraktan aldığın nefese kadar her alan büyük bir savunma hak eder.

Türkçü olana, herkesi Türk yapan yalan tarihler, kahraman isimler ve planlar yedirirler. Örneğin; sapkın Pagan Roma'ya, Türkiye'deki Roma işgalini gizlemek için, 'Müslüman Romalı Türk' demekten çekinmezler veya utanmazlar.

Eğitim travması olanın karşısına; unvanı bol Proflar ve yüksek takipçili, kitapları olan isimleri konuştururlar.

Gençlere müzik, tiktok ve İnstagram; olgun yaştakilere de eğlence ve programlar üretebilirler.

Bütün bunlar; belirledikleri kişiler, tv kanalları, uzmanlar, siyasetçiler, filmler ve dizi gibi enstrümanlar ile zihninizi saptırmak ve etkisizleştirmek üzere çalışır. Her yer bunlarla doludur ve sistemin işgali her zaman bu tür hileler ile oluşturulur.

BU SAVAŞ İNSANI APTAL EDİP CEHENNEME SÜRÜKLER

Kitap veya ekranlar üzerinden bilgi olarak size ulaşan her veri, kaynağı bu yalan çetesinin kontrolüyle sizlere ulaşıyor olabilir. Bu da bilişsel savaşta, düşman olarak tanımladığı insanı aptal etmede ve kötücül bir varlığa dönüştürmede önemli bir silah. Kandırılan halkın kötücül bir varlığa döneceği, incelen korteksin hayvansal dürtüler verdirmesiyle de sabit iken ayetlerde de durum farklı değil. Örneğin;

Firavun, kavminin aklını çeldi de ona itaat ettiler, şüphe yok ki onlar, yoldan çıkmış bir topluluktu. Zunruf: 54

Bu ayette, yalanın her türlüsünü kurgulayan ve o günün sihirbazları olarak adlandırılan ancak bilim ve kanaat önderi gibi her türlü temas ile halkı aptallaştırıp, zalim yapan bir sonuca insanı sürüklemiş. Haliyle aklını kullanmayan insanın üzerine, yine ayetler, neden pislik yağdırılıp azaba uğrayacağını boşuna söylemiyor.

ROMA BU İŞİN NERESİNDE?

Fetöcü veya Pkk'lı gibi terör unsurlarına yenisini ekleyin: "Romalı!" Planlı salgın, iklim, yangın, sel, deprem, uydurma din ve tarihçi, çakma milliyetçi ve bazı ekranlar, gerçekte Roma'ya hizmet eder. Çünkü bu tür saldırıların en başındaki küresel çete ekiplerinde, 'Roma Kulübü' başı çeker. NATO ve Avrupa Birliği gibi oluşumların da Roma eliyle kurulduğunu diğer bir bölümde işlemiştik. Bu oyunu da sana kuran aslında onlardır. Küresel oyunlara saklanan kişilere de Romalı dersek, kimler bu işin içinde?

Okula gitmeyi, anlama gibi gösteren sosyolojik ihanet; unvandan beslenen beceriksiz, anlamayan, mezunlar yığını ve kör olmuş bir insan nesli oluşturdu. Bu zemini 'unvan sahibi olmanın indirdiği perde' gibi psikanaliz yazılarıyla anlatsak da, şimdi Prof. veya kanaat önderi görünümlü uzmanımsı ihanet elemanları, yalanlarının doğru sanılmasını bu cehalete borçlu. Yani seni mezun edip filmler ile besleyen sistem, kör edip kuyuya atanın ta kendisi. Şimdi ise bu sistemleri yöneten her güruh, istenilen işgale, gerektiğinde hain ve satılık profesörleri ile Allah'sız din adamlarını kullanıyor. Şeytan plan yaparken karşıyı önce aç bırakıp azdırıyor, sonra de aptal edip hasat topluyor. İnsan ise "Oku" emrinden uzak, anlamadan yırtalım derken battıkça hak edişini yaşıyor. Gördüğün her unsurun, senin zihnine açılan bir savaşın tasarımı olduğunu unutma! Allah'a güven ve Kur'an'ı anlamıyla hayatına al. Çünkü sistemin elinde yalandan başka hiçbir şey yok.

ASKERİ BİLİŞSEL SAVAŞIN DÜŞMANI İNSANDIR

Her insanı savaş silahı haline getirmeye yemin etmiş bir sistem, kişinin cehaletinden başka neyi kullanabilir? 21. Yüzyılın savaş alanı olacak vurgusuyla, insan alanını tartışmalı görüyor. Bu zihin savaşında, çatışmaları, büyük ihtimal vererek siyasi ve ekonomik güç merkezlerine yakın insanlar arasında, önce dijital sonra fiziksel mecrada göreceklerini düşünüyorlar.

Bu askeri çete, bu tür zihin çalışmalarını genellikle savunma amaçlı yapsa da saldırı taktiklerine de göz kırpıyor. Buradaki **bu askeri sistem, insanı savaş alanı olarak görürken, raporda resmen 'düşman' olarak tanımlıyor.**

BİLİŞSEL SAVAŞIN AMACI RESMEN "TOPLUMA ZARAR VERMEK"

NATO'nun bu rapordaki ayrıntılara göre; amacı insan

sermayesini korurken düşmanlarının zayıf noktalarından faydalanabilmek. En tüyler ürpertici başka bir açıklamasında ise, **"Bilişsel savaşının amacının sadece ordulara zarar vermek olduğu değil, toplumlara da zarar vermek"** olduğunu belirtiyor. Sivil nüfusun tamamını hedef alan bu kirli savaş resmen NATO raporlarında geçiyor. **Batılı orduların sosyal ve insan bilimlerini silah haline getirmek** ve ittifakın bilişsel savaş kapasitelerini geliştirmesine yardımcı olmak için akademi ile daha yakın çalışması gerektiğini vurguluyor.

NATO'nun sponsorluğundaki raporun, paranoya seviyesinde ele aldığı kısım ise enteresan. Çin veya Rusya gibi **diğer muhaliflerin bizim girdiğimiz veya sömürdüğümüz zihinleri sömürüsü altında tutup tutmadıkları anlama** kısmı. Yani diyor ki **bizim kandırdığımız kitleyi ya rakiplerimiz sömürüyor ise?** Batı başka tür muhaliflerin kendi toplumlarının zihnini kontrol ettiği düşüncesiyle onları bile tehdit olarak görüp planlarına dahil ettiklerini söylüyor.

Yani burada da kendi içinde olmayan bir görüşü uyuyan bir düşman hücre gibi algılarken onu karşı tarafın kullanımında bir silah olarak görür ve bundan hoşlanmaz.

COVİD 19 SALGINI ZİHİN SAVAŞI İÇİN HALK ÜZERİNDE DENENDİ

Raporda açık açık bu salgının Müşterek Harekât Komutanlığı'nın Kanadalı siviller üzerinde resmen propaganda taktiklerini denediğini ve bu halka karşı, bilgi savaşında salgını kullandıklarına bile değindi. Sivillerin bundan haberdar olduğunu sanmam. Ancak bu zihinsel savaşın salgın üzerinden tüm dünyaya büyük bir kandırma saldırısıyla dayatıldığını canlı olarak izledik ancak bunun askeri bir bilişsel seviyede işlev olduğu bu kadar belirgin değildi.

BU SAVAŞ DAVRANIŞ DEĞİŞTİRMEYİ VE TOPLUMU BOZMAYI AMAÇLAR

Bu raporun 2021 yılında Kanada'da yapılan bir testinde bu **bilişsel savaşın yalnızca düşünceleri değil davranışları değiştirmeyi de amaçladığından bahsediyor. Yani bilişsel alana yapılan saldırı, çarpıtma, yanlış bilgilendirme, psikolojik sosyal mühendislik yeteneklerinin entegrasyonunu da içerir. Bu bilişsel savaş; zihni, bir savaş alanı ve tartışmalı amaç olarak konumlandırırken uyumsuzluk, çelişkili anlatılar, kışkırtmak, görüşleri kutuplaştırmak ve grupları da radikalleştirmeyi amaçlıyor.** Bilişsel savaşı, toplumu bozup parçalayabilecek şekillerde hareket etmeyi destekler içerikler üretebilir. Bu satırlardan, ekranlardaki uzmanımsıların bilinçli bir komplo olarak size bir şey diyor gibi yapıp, zihninizi savurup attığını ve bunun bilinçli bir el tarafından zaten ve sürekli yapılıyor olduğunu biliyor olmanız şart.

Rapordaki şu ifadeye dikkat: **NATO araştırmacısı, bilişsel savaşı; 'beyne zarar vermenin yolları' olarak tanımlıyor.** İnsanların, kendisini emanet ettiğini sandığı sistemin kendisini düşman olarak tanımlayıp onu bir sömürü haline getirene kadar onun tutunduğu tüm dalları işgal ettiğini öğrenecek olması ne acı. Raporun kendisi, her yıl düzenli olarak çeşitli ülkelerde iki kez yapılan bu araştırmaya inovasyon diyor ve bir anlamda, **"yaptıklarınız bireysel veya toplumsal bir felakete sebep olursa sorumlusu biz değiliz"**, demeyi ihmal etmiyor.

Bilgi, bilişsel savaşın yakıtıdır, ancak bu bağımsız operasyon, salt bilginin çok ötesinde bağımsız bir operasyondur. Bu; savaşın, büyük teknoloji şirketleri ve kitlesel gözetlemeyle örtüştüğünü ve her şeyin büyük veriden yararlanmakla ilgili olduğunu belirtiyor. Gittiğimiz her yerde veri üretiyoruz ve her saniye çevrimiçi oluyoruz. **Sizi daha iyi tanımak, bilgiyi dönüştürme şeklinizi değiştirmek için kullanılan bu verilerden yararlanmak son derece kolaydır.**

Bu savaşın tanımı; "**insanların hedeflerini algılamasını değiştirmek için teknolojileri kullanma sanatı**" olarak yapıldı. En basit örnek ile; size dair özellikler ile sistem kime oy verdirmek isterse o davranışı kendi kararınız olarak verdirmeyi kolayca başarabilir. **Bu teknolojiler; nano ve biyo teknolojiler, bilgi teknolojisi ve bilişsel alanların içeriğini oluşturuyor. Bütün bunlar beyni çok daha fazla manipüle edebilecek çok tehlikeli bir kokteyl yaratıyor.**

Bu raporda De Cluzel şöyle diyor: **"Bunun yalnızca bilgi veya beynimizin psikolojik yönleri üzerine bir oyun olmaktan ziyade, bilişimize, beynimizin bilgiyi işleme ve onu bilgiye dönüştürme biçimine ilişkin bir oyun olduğunu anlamak çok önemlidir." Bu sadece düşündüklerimize karşı bir eylem değil, aynı zamanda düşünme biçimimize, bilgiyi işleme ve bilgiye dönüştürme biçimimize karşı bir eylemdir.**

NATO araştırmacısı, **"Bilişsel savaş sadece veri savaşının başka bir ifadesi değildir. Bu, bireysel işlemcimize yani beynimize yönelik bir savaştır. Bu da ordumuz için son derece önemlidir çünkü bu yeni silahları ve beyne zarar verme yolları geliştirme potansiyeline sahiptir. Sinir bilimi ve teknolojiyi çok çok farklı yaklaşımlarla meşgul etme potansiyeline sahip insan teknolojisini etkilemek... Çünkü hepimiz sivil teknolojiyi askeri teknolojiye dönüştürmenin çok kolay olduğunu biliyoruz."**

İnanılmaz ifadeler! İnsanlığın hizmetinde ve sözde yoksulluk yanlısı kurumların insanlığı düşman olarak algılaması ve ona gizli bir savaş açması, ineğe tapanların dininde bile yeri olmayan bir durum.

"İNSANOĞLUNUN KONTROLÜNÜ ELE GEÇİRMEK"

Du Cluzel, bu savaşı tanımlarken; **"Bilişsel savaş, bireyden başlayarak devletlere ve çok uluslu kuruluşlara kadar evrensel erişime sahiptir"** diyor. "**Eylem alanı küreseldir ve hem sivil hem de askeri olarak insanoğlunun kontrolünü ele geçirmeyi amaçlar**. Bu sapkın düzen bu satırları açık açık yayınlayabilmelerini, ele geçirilmiş zihinleri artık çok fazla tehdit olarak görmemelerine bağlıyor olabilirler.

BİLİŞSEL SAVAŞIN MERMİSİ SAKLANIYOR

Modern savaş alanına fiziksel ve bilgisel savaş kadar bilişsel boyutu da ekleyen bu çete, raporun detaylarında silahın mermilerinden çok bahsetmemiş.

Uydurma tarih yazanlar, din ile dinsizleştirme, din ile Türksüzleştirme gibi alanlarda zihinler ile insanları etkisizleştirmek için olmasını istedikleri yerlere kendi etki ajanlarını sokup insanları bu anlamda istedikleri amaca nasıl sürüklediklerini örneklendirmezler elbette. Ancak bilmenizi isterim ki tv kanallarının çoğu bu tür bir işgalin etkisi altındadır. Hatta onlara ait, sizi etki altında tutmak için savaş silahlarıdır. Onların istedikleri dışındaki doğruların söylenmelerine müsaade etmez ve her konuğu çıkmadan önce açık açık uyarırlar. Uyardıkları esas suçlulara değmediğin sürece uzaylılardan reptilyanlara, haarpten boyut kapılarına kadar her konuda gezip ünlü olman serbest. Ancak iş, başımıza örülen bu çorabın tuzağı kuranlarına ve maşalarına değmeye geldi mi, orada dur. Kırmızı çizgi! İşte bu ayrım, sizin zihinlerinizin bilişsel savaşta yem olup etkisiz halde kalmanıza devam ediyor olmanızı amaçlar. **Türkiye, bu anlamda sizi bilişsel olarak etkisiz halde tutacak; Atatürkçü, dinci, milliyetçi, Türkçü, unvan sahibi gibi özellikler ile donatılmış saptırma savaş silahı uzmanlar ile doludur.** Ekranların ideolojileri ve kişilerin özellikleri karşı kutup olmalarıyla meşhurdur. Örneğin; göçlere karşı bir isyanınız var ise onlara karşı kahramanlık yapıp meydan okuyan kişi sizi etkisizleştirmek için orada tutulan sahte bir bir etki ajanı olabilir. **Türkiye'deki kahramanlık ve Türklük filmlerinin çoğu içine düştüğümüz durum karşısında Türk milletini etkisizleştirme görevi bile görüyor olabilir.** Aşılar ile öldürülen, tarım yasakları ile aç bırakılan, iklim tiyatrosuyla malına çökülen, karbon ayak izi gibi uygulamalar ile hapsolunan ve şehir hükümetler denen özerk yönetimlere bölünen bir millete, Savunma Sanayi haberleri veya kahramanlık destanları, sadece uyutma görevi görebilir.

KUDÜS ÜZERİNE BİLİŞSEL OYUN

Kudüs baş müftülüğü makamının 1918'de Ronald Storrs liderliğindeki İngiliz askeri hükümeti tarafından oluşturulduğunu biliyoruz. O gün İngiliz mandası olan o kutsal yerde, bugün o düzen hâlâ devam ediyor. Aynı durumun 1909'da işgal edilen Osmanlı'nın başına gelmiş olabileceğini ve işgal kuvvetlerinin bir anlamda itini ve bitini bırakıp geri çekilmiş olması da ihtimal dahilindedir. "Savaşı Müslümanlar başlattı, destek ver" diye saldıran bazı medya isimleri, olacakların suçunun en baştan Müslümanlara yıkıldığını sizden saklıyor. Müslüman tarafta durup destekler gibi görünenlerin çoğu, aslında İslam dünyasına ihanet ediyor. Bu da bilişsel savaşın net bir parçası ve düşman gördükleri toplumları etkisizleştirmek üzere kurulu bir oyun.

İsrail-Hamas savaşı üzerinden bilişsel bir savaşın beklentilerinize uymayan bir gerçeğini önünüze koyayım: Netanyahu, Mart 2019'da; "Filistin devletinin kurulmasını engellemek isteyen herkes Hamas'ın desteklenmesini ve Hamas'a para aktarılmasını desteklemek zorundadır. Bu, bizim stratejimizin bir parçası" Burada, Hamas'ı destekleyerek bir devlet kurulmasını engellediklerinden bahsetmiyor mu? Böyle ise, bunu ima edene saldıran, din ile kandırılmış tayfa, Müslüman halkın düşürüldüğü bir tuzağı farkında olmadan destekliyor olmuyor mu?

Bütün ayrımlarda, ayetler ile vurgulanan 'aklını kullan'mak fiili her şeyin kaderini belirliyor.

Müslüman kardeşlerimizin hakkını savunmak, din adına yalan uydurmak ile olmaz. Dini kullanıp ideolojini besleyerek hiç olmaz. Bu tutum niye ihanettir bilir misiniz?

Din adına girilen bu sahte Müslümanlık şeytanın avukatı olduğunu gösterir. Çünkü bu ekibin sahte din gösterileri, sözde Siyonist karşıtlığı, o planı kuranların girdiği sahte mağduriyeti saklama işlevi görür.

İşte önceden bilerek, şeytanın hangi kılıklara neden girdiğini anlarsanız, sistemin sizi yenmesi mümkün değildir. Nasıl, derslerine iyi çalışıyorlar öyle değil mi?

Algılayabilme sorumluluğu sizin işiniz.

EKRANLARIN YALAN KURGUSU

Bu çete, hiçbir alandan zihninizi bir dakika bile boş bırakma riskini göze alamaz. Kendiliğinden okuyup bulacağın bir bilginin riski, alınabilir bir risk değildir. Çünkü uyanırsan kontrolden çıkar ve hepsine tehdit oluşturursun. Örneğin; Filistin İsrail savaşı patlak verdiğinde anında haberlerinin yapılıp sizi istenilen tuzağa çekmeleri şarttır. Örneğin; dini duygularınız yüzünden sizi Filistin'e destek vermeyip İsrail'in yanında olmak ile suçlayanlar aslında İsrail'in mağduriyetini meşrulaştıran çetedir. Bunun plan dahilinde bir saptırma olduğunu anlayana kadar, İslam'ı savunduğunu sanırken Filistin'in karşısında olmuş olursun.

Hatta bütün bu savaşlar başlamadan önce, bütün semavi dinlere göre Mesih veya Mehdi gibi beklentileri tasarlamak, Mossad gibi ajanlara bağlı cemaat liderleri eliyle zihninize sokulması, tam bir plan dahilindedir. Bugün size, zihninizi kaptırdığınız bir din ajanı "Bakımlı 70 bin at ve ordular ile bekleyen Mehdi orduları onları yenmeye hazır" dese, zihin ânında etkisizleşip riyakâr bir tavır ile kendi adına bir kurtarıcının savaşacağı düşüncesiyle etkisizleşir. Kur'an'da Hz. Peygamber'in savaşlarının kıssalarında bile açıkça ortadadır ki korkup geride kalan herkes cehennem ile tehdit edilir ve Resûllullah tarafından alenen halktan tecrit edilir. Haliyle bu tür örneklerin bilişsel mermileri NATO'nun bahsettiği bir zihinsel savaşın anlatılmayan arka dehlizleridir. Okumanın, bu sistemin yenemeyeceği bir ibadet olması da burada saklıdır.

GELECEĞİN SAVAŞI: ZİHİNLERİ İŞGAL ETME

Bu raporun niyetini elinde tutan kişinin tam bir kötücüllük ile dünyayı zulme sürüklediği çok açık. *Mahfuz* kitabında, *Yalan şeytana aittir* bölümlerinde tanımını yaptığım durum; üretilen bu bilişsel veriydi. Yani **sistemin sizi zihninizden ele geçirmesi için, -gerçeğin dışındaki her şeye- ihtiyacı var.** Bu savaşın yakıtı tamamen yalan üzerine kurulu. Deniz, kara, hava, siber ve uzay alanlarının ötesinde bir rekabet alanı, sizi etkisizleştirip cehenneme postalamaktan öte bir işe yaramaz. O yüzden ilk inen ayetlerde Oku-mak ve Kalem olmasının önemine sarılın. Sizi ancak bu ibadet kurtarır. Çünkü bu savaşta; fiziksel ve bilgi boyutlarının sağlayabileceğinin ötesinde, çok geniş bir yelpazenin tiyatrosu mevcut. **Bu raporla, NATO açık olarak insana savaş açmış olduğunu gözler önüne seriyor.**

BİLİŞSEL YETENEĞİ OLANLAR TEHLİKEDE

Raporda açıkça; "**Rakiplerin bilişsel yeteneklerine zarar verecek yetenekler geliştirmek bir zorunluluk olacak**" ifadesi geçiyor. Başka bir deyişle, **NATO'nun kendi karar alma sürecini koruma ve düşmanın karar verme sürecini bozma becerisine sahip olması gerekeceğinden bahsediyor.** Her insan bu savaşın hedefi haline gelebilir ve birbirinden farklı operasyonlar ile etkisiz hale gelebilir. Örneğin; tv' de ve ünlü kişiler ile programlara çıkma fırsatı diye önüme konulan birçok teklifi bilerek reddediyor olmamın sebebi budur. Belki çok daha fazla ün veya para imkânı var, ancak imanlı bir yaşam ile hakka hizmet etme niyetimi riske atamam. Bu benim için daha huzurlu. Tanındıkça riskin ve mutsuzluğun arttığını da inkâr edemem. Ancak bu bir dava ise ve kendimizin üstünde tutuyor isek gereği ne ise o yapılmalı.

Raporda, herkesin bu operasyona maruz kalabileceği ve riskli görünen kişilerin potansiyel bir hedef olduğu açıkça geçiyor. Çünkü buradaki bilişsel savaşın bir ülkenin insan sermayesini açıkça hedef aldığı yazıyor ve bunu çok ustaca bir kurgu ve her şeyin üstünde yatırım maliyetleriyle sahaya sürüyorlar. **Bu savaş her ne kadar askeri bir savaş olsa da silahlı kuvvetlerin dışında tamamen bağımsız da yürütülebiliyor. İşin ilginç yanı; bu savaş potansiyel olarak sonsuzdur ve barış anlaşmalarına veya teslim olunmaya ihtiyaç duymaz.**

İNSANA SAVAŞ AÇAN ASKERİ ORDULARI YENMEK

Bilişsel olarak işgal altında olan bir zihin ya da toplumun düşmanı algılaması mümkün değildir. İşgal eşiğini aşma sınırına gelen ve farkına varan her zihin, operasyonu kuran için en büyük tehdittir. Yani av olup yenildiğini anlamayan bir zihin, kendinden parça parça et koparırken, bu eşiği aştığı anda bir avcıya dönüşür. Avcı olduğunu gizleyebildiğin ölçüde güçlüsündür. **Avcıyla oyun oynamak, geleceğe saatli bomba koymaktır. Bu, yeni yalan formatlı savaş tarzının bir zaman sınırı yok. İnternetin olduğu her alan için her dilde küreseldir. Başlangıcı ve bitişi olmayan bu dünya, ahiret sahnesindeki hak edişini net olarak belirleyeceğin yerdir. Zaaflarına ve dürtüne, hırsına ve ihtirasına yenik düştüğün an, seni yere sermeleri kaçınılmazdır. Sonu olmayan fetih yapmışlar, ancak imanı yok.**

Bu araştırmaları ilerleten kurumların başında Pentagon yer alıyor. Birçok ülke ve kurum sinirbilimsel bu araştırmayı, 'geliştirme anlamında' takip etse de en proaktif katkı Pentagon'a aittir. ABD Savunma Bakanlığı ileri araştırma projeleri ajansı DARPA ve İstihbarat İleri Araştırma Projeleri Faaliyeti IARPA tarafından yürütülen en dikkate değer geliştirme alanı, bu savaş.

ZİHİN SAVAŞI SON DERECE ÖLÜMCÜL!

NATO'nun sponsorluğunda olan **bu çalışma, sinirbilim ve teknoloji bileşiminin silah haline getirilmesinin ölümcül olabileceğini açıkça vurguluyor. "Araştırmada saldırganlığı azaltmak ve bağlılık veya pasifliğe ilişkin bilişleri ve duyguları teşvik etmek için kullanılabilir. Hastalık, sakatlık veya acıya neden olmak ve potansiyel rakipleri etkisiz hale getirmek veya ölüme neden olmak, başka bir deyişle; insanları sakatlamak veya öldürmek"**

İnsanlık ne tür bir tehlikenin işgali içinde ve ne yaşadığını bile bilmeden nasıl güdülüyor farkında mısınız? Muhsin Yazıcıoğlu'nun, sistemin zihin işgaliyle baş edemeyip burada bahsedilen bir gizli ölüme sürüklenmediğini bana kim garanti edebilir? Ya da Uğur Mumcu'nun hangi tür terör yapılarını ortaya çıkardıktan sonra öldürüldüğünden haberiniz var mı? Biz bu satırları yazdık ve buraya kadar geldik diye bizleri neler bekliyor bizler biliyor muyuz? Hayır. Rabbim ne yazdıysa, hak için eyvallah.

İÇİNDE OLDUĞUN KÜLTÜR SAHTE BİR SAVAŞ ÜRÜNÜ İSE?

Raporda, NATO'nun yeni savaş felsefesini özetleyen ABD'li Tümgeneral Robert H. Scales: "**Zafer, coğrafi yüksek zeminden ziyade psiko-kültürel zeminin ele geçirilmesi açısından tanımlanacak.**" Aslında demek istediği şey; **insanların tutundukları kültürel idealar ya bu savaşı ortaya atanların tasarımı ise?**

Örneğin; "**Turan'ı kuracağız" diye heves edenlerin bir gün Turan dediği şeyin aslında aynı zamanda bir Roma tanrısı olabileceğini anladığında hissiyatı ne olacak?** Bu sosyokültürel zihnin, onlar tarafından önümüze konup nesillerin beklentilerine bile bir etkisizleştirme silahı olarak yerleştirilir ise, buna inanıp gerçeğin farkında olmayan bir toplum için gerçekten acınası bir durum olmaz mı?

Bilişsel savaşın, silahlar ile değil nüfus ile ilgili bir kavram olduğu vurgulanan raporda, net olarak ifade edilen şudur: **"Zafer; yalnızca bilişsel alanı etkileme, yani bireyi veya toplumu ele geçirme ya da etkileme yeteneğiyle ölçülebilecektir."**

HEDEF, GEZEGEN VE ZİHİNLERİN ŞÜPHESİZ BİR KONTROLÜ

Raporda **"Batı ittifakının bilişsel savaş alanındaki nihai hedefi yalnızca gezegenin kontrolü değil, aynı zamanda insanların zihinlerinin de kontrol altında olduğunu şüpheye yer bırakmayacak şekilde işgal etmek olduğunu açıkça ortaya koyuyor."** diye geçer. Yani yapılan tüm operasyonların '**şüpheye yer bırakmayacak her türlü zihinsel etki faaliyeti, plan dahilinde**.

EŞİKALTI BİR SALDIRI ALTINDAYIZ

Kanada Özel Harekât Eğt. Mrk. Komutanı Andy Bonvie: "Bu yeni bir tür hibrit savaştır. **Geleneksel çatışma eşiklerine yapılan şeylerin, gerçekte bu çatışma eşiklerinin altında olduğuna ve bilişsel saldırılara kinetik olmayan biçimde ve bize yönelik savaş dışı tehditlere bakmamız gerektiği anlamına geliyor. Bunu farklı ortamlarda çalışabilmek için bu saldırıları daha iyi anlamamız ve eylem ve eğitimlerimizi buna göre ayarlamamız gerekiyor."**

Yani diyor ki halka ve insanlığa saldırırken, onu, saldırıyı fark edeceği eşeğin altında tutmalıyız ki bize yönelik savaş dışı tehdide maruz kalmayalım. O tehdit sizin anlayıp vereceğiniz bir uyanış tepkisidir. Eşik altı saldırı; o anda kaybettiklerinizin içinde, bulunduğunuz konforu terk etmeye değmeyecek zannıyla susup beklediğiniz ve geçiştirdiğiniz küçücük anlarda sizden kopan et parçalarıdır. Ancak toplamı ise hayatınızı sizden çalar, niye gittiğini bile anlamazsınız. Bu yüzden *Mahfuz* kitabıyla alışkanlık savaşına, *Kasem* kitabı ile de aklın önündeki engellere savaş açmıştım.

Eşikaltı savaşa en can alıcı örneğiyle bir bakalım. İklim tiyatrosu yasasının denk getirildiği zamanın Filistin'deki İsrail katliamına rastlıyor olması bir tesadüf mü? İklim tiyatrosu, insanlığa karşı yapılan bir saldırı iken, önünüze konma biçimine bir bakın. Sizce, eylemleriniz bunu önlemek için dilekçe doldurma seviyesinde bırakılarak, neredeyse bir milyon kişiyi etkisiz hale getirilen bir karşı saldırı olamaz mı? Siz İklim Yasası'na karşı verdiğiniz haklı tepkinin sosyal medyadan siyasi kire bulaşan bir kurtarıcılığa kurban gidip gitmediğini anlamaya çalışırken, aynı âna denk gelen ve sözü hiç edilmeyen 'Tarım Yönetmeliği" engelinin, topraklara ve ekime engel koyma denemesi olduğunu kaçınız fark edebildi? Yani sevgili halkım; açık, ölümcül ve askeri bir saldırı altındayız, haberiniz olsun. Güvendiğiniz kurtarıcılar, ekranlar, uzmanlar ve kahramanlar, hepsi bu işin baş rolü bile olabilir. Çünkü size ulaşan tüm kanallarda müthiş bir sansür, yalan ve tehdit ile karşı karşıyayız. Hak için gerçeği hangi şartlarda ve ne kadar size ulaştırabileceğimden emin değilim. Ancak elinde yalandan başka bir şeyi olmayanların bu savaşı başlarına geçirebileceğimiz eşiğini de iyi gördüğünü biliyoruz. Siz buna kötüyle iyinin savaşı deyin öbürü ise hak ile batıl.

"Ey iman edenler, Allah'tan korkun. Herkes yarın için (hesap günü için) önden ne amel gönderdiğime baksın! Haşr 18"

YA HER ŞEY SENİ UYUTMAK İÇİN İSE?

Bonvie, **"NATO'nun eylemlerini 'savunma amaçlı' olarak tasvir etmesine ve 'düşmanların karşı bilişsel savaş kullandığını iddia etmesine' rağmen taktik avantaj için bu teknikleri bizim geliştirmemiz önemlidir. Birliklerimiz için öne çıkardığımız taktiksel ve stratejik açıdan sahip olduğumuz bu avantajı kaybedemeyiz.** Keyif aldığımız farklı yeteneklerimiz bize karşı kullanılmak üzere üstümüze döndürülebilir. Bu nedenle, **düşmanın olaya ne kadar uyum sağladığını anlamalı ve gelecekte nereye gideceklerini tahmin edebilmeliyiz. Bu sayede taktiksel savaşı koruyabiliriz."**

Burada, bilişsel yani algısal olarak insanlığın uyanmasının kendi sistemleri açısından tehlike olduğundan bahsediyor. Bu yüzden, avcı olma konumlarını kaybetmeyi riske alamıyorlar.

Ekranlardan size okunan her haber veya siyasi metnin, bu tür askeri bir kontrol ile yazılıp bildik isimler ile size okutulduğunu düşünmek kulağa nasıl geliyor? Sizce böyle bir işgalin altında olamaz mıyız? Halkın tepki ve beklentilerine karşı düşman sürekli kendini güncellemiyor mu sanıyorsunuz?

Türk birliği beklentine buna yönelik bir maske, kahramanlık isteyene savunma sanayi, sen rahat uyu diye ihtiyarlar ve aksakallılar birliği, olanlara kıyamet alameti deyip uykunu bozmayacak bir dinci, sorun yok sen uyu diyen kahramanlık filmleri aynı tornanın tezgahından çıkmış bir savaş ürünü olamaz mı? Sistemin düşman tanımı sen değil miydin? Bunların hepsi var da peki neden gemi sürekli su alıyor? Ve neden, kaybettiğin her şeyi bir daha geri getiremez yerlere doğru iş akarken, sen sürekli ileride daha iyi olacakmışsın gibi bir simülasyonun içinde hissediyorsun? Anlıyor musun bu savaşın niye ölümcül bir rüya olarak sana karşı saldırıda tutulduğunu?

TOPRAK SAVAŞLARI GERİDE KALDI. ŞİMDİ HEDEF SENSİN!

Bu bölümde açtığım bu rapor, açık olarak "Bilişsel savaş bugüne kadar görülen en gelişmiş manipülasyon biçimidir "diyor. Yani insanlık ve halkımız bugüne kadarki en büyük tiyatronun içinde yaşıyor.

Bilişsel savaş raporunda Emekli Yarbay Marie Pierre

Raymond; **"Daha fazla toprak elde etmek için savaşların yapıldığı günler çoktan geride kaldı" dedi. "Artık yeni hedef; beyni insanın ağırlık merkezi haline getiren düşmanların ideolojilerini değiştirmek."**

Vay be... George Orwel'in partiler vurgusu üzerinden neyin içinde olduğumuzu hemen anlayalım. Yıllar önceki sağ sol kavgalarıyla bu günlerin kurgu açısından pek farkı yok.

Bu rapora göre seni öldürme dertleri yok. Seni kendi uydurdukları ideolojinin kuklası yapmadıkça zafer yok.

1984 kitabının distopya yazarı Orwell, edebi bir kitap yazmadı. İstihbarat destekli, bugünleri ve sistemin asıl hedefini yazdı. 1940' larda yazdıklarıyla, bugünlerin tarifinde totaliter rejimlerin tehdidine dikkat çekerken, devletin ekranlar ve gelişmiş algı silahları ile propaganda veya beyin yıkama teknikleriyle kitleleri nasıl mekanik bir sürüye dönüştüreceğinden bahsetmişti. Şimdi aynı film Türkiye'de sanki muhafazakâr bir kesim ile aydın görünen karşı kesim arasında yaşanıyormuş gibi duruyor. Her iki taraf da hep birlikte iklim ve aşı naraları atarak esas kararın kendilerinde olmadığını hissettiriyor. Ya da iki karşı kutup da aynı amaca hizmet ediyor ancak biz kendimize bir yer seçmeye çalışıyoruz.

Roma, bütün zihinleri elinde tutmak için tezi ve anti tezi kendi oluşturuyor. Yani ortaya bugün belayı koyarken kurtarıcıyı peşinen karşısına koyup, ona tutunup etkisizleşmeni ihmal etmiyor. Bilişsel savaş da işte budur.

Bugün ülkemizde olası Roma işgaline sokulduğumuzu en iyi kim saklar? Yüz binlerce insanımızın deprem ile olası katilini kim gizler? Dindar görünümlü Türk milliyetçiliği? Ya da ya dindar kanaat önderleri? Veya Türkçü naralar atan kahramanlar? Seni böylesi bir yenilgiye mağlup ettirmek için ne derler mesela? 'Müslüman Romalılar.' Yok olmadı, 'Müslüman Türk Romalı.' Bu da olmaz ise "Bu topraklarda yaşayan herkes Rum'dur." Bu da mı olmadı? "Hak için, sapkın pagan Roma'yı Türkler kurdu." Beğenmediysen hemen yenisi geliyor, Romalılar da Türk'tü. Tabi bide bunların altını doldurup rolünü çok iyi oynamaları gerekiyor. Enayiye yalan çok.

Başka türlü ilerlemeleri imkânsız. Ne tank ne tüfek ne Coni sökmez bu millete. Ancak zayıf karnı din ise; din, Türk ise; milliyet, kahramanlık ise; istemediğin kadar. Tuzağa hep buradan düşülür. Bu bilişsel işgal savaşının ölümcül olarak tanımlanmasının sırrı da burada yatıyor. Bu vatana böyle yalanlar ile ihanet edenleri bekleyen tehlike, vatan için canını ortaya koyup gerçeğe koşanlar için de geçerli. Şerefsiz olarak ölmektense Allah'ın hakikati ve vatan için bin kere ölünür, daha iyi.

İşte **sen buna 'ihanet' dersin, bu rapor; 'insanı ele geçirme savaşı' der. Altta kalanın canı çıksın.**

ZİHİN SAVAŞININ ORDULARI SENİ ESİR ALMIŞ OLABİLİR

Raymond, bu çalışmanın sadece savunma değil saldırgan bir tutumunun da olduğunun altını çiziyor. **"Bu zorluk, NATO'nun yeni oluşan insan alanını destekleyecek ve ittifak içinde bir biliş ekosisteminin gelişimini hızlı bir şekilde başlatacak bir çözüm çağrısında bulunuyor."** Çözüm dediği; insan zihnini kandırıp işgal edip kendi belirlediği hedef doğrultusunda kullanmak, uydurduğu ideoloji veya planın bir askeri yapmak. Sosyolojik bir soykırım, köleleştirme ve esir alma. Adamlar yememiş, içmemiş yalan üretmek ve insanı kandırmak için ordular kurmuş.

"Somut eyleme yol açan yeni uygulamaların, yeni sistemlerin, yeni araçların ve kavramların geliştirilmesini destekleyecektir." Dediği kısım ise; ekran, telefon, konum, uydu, aşı, parti, din, kişi, ün, para ve her türlü kavramın, insanı işgal etmede kullanılabilir yenilikleri, sisteme dahil etmek de planları doğrultusunda demek. Bu iş için bildiğin ordular kurulmuş ve ayrı ayrı birlikler oluşturulmuş ve zihin savaşında kazanmayı sağlamak için sürekli iş birliğinden bahsediyor. İşi o kadar ilerletmişler ki bu anlamda aklını kullanan, kurnaz ve gelişmiş araştırmacıların ulusal ve uluslararası kapsamda başarı getirebilecek proje sahiplerine ödüller bile vaat ediyorlar. 30 ülkeye pazar ve fayda vurgusu da var. Türkiye'de, İtalya liyakat nişanı alan isimlere ve gelişmelere bir de bu gözle dönüp bakın. Bu anlamda bu askeri çete, şirketlere yine bu bilişsel savaşa yatırım yapma çağrısında bile bulunuyor. İnsanları kandırıp sömüren, toplumların bir endüstriyel komplekse dönüşüp müttefikler arası paylaşıldığı ve ülkelerde yaşayan insanlara hükmetmeyi amaçladığı bir askeri ordu. Üstelik hissedarlar, emperyal hırsızlıktan süper kârlar ettiren bir sömürü örgütü.

ÜRETİLEN BİLGİYLE İNSANI DÜŞMAN GÖRMEK?

Ekran ve uydurma uzmanımsılar üzerinden haberler alıp, yalan tarih ile geldiğimiz günlerin bizi neye doğru itebileceğinin farkında mısınız? Gerçeği arayıp bulma eğiliminizin oluşturacağı riski göze alamayan sistem, size en bela soruların cevabını alacağınızı sandığınız alt yapılar üretir. Buradan hareketle de birçok programın, uzmanın, kanalın ve medya organının size olanı anlatmak için değil, 'gerçeğe ulaşma diye' var olduğunu bilmek zorundasınız. Üstelik, gördüğünü algılamanı düşürmek ve hatta yok etmek için de evlilik programlı rezaletler, kavgalar ve şiddet haberleri, tiktok uygulamaları ve müstehcen içerikli tüm siteler gerçekte, seni 'zihinsel bir etkisizliğe' itmek içindir.

Bu kitap, Allah yolunda bir savaş ise; iyi bilin ki bütün bu orduların anlayan ve aklını kullanan insan karşısında galip gelme şansları yok. Bu satırları anlayan herkesin, başta av iken avcıya dönüştüğü yine bu rapor ile de sabit. Bir de bunun yalnız bireysel olarak değil toplumsal bir uyanışa da hizmet ettiğini düşünürseniz, her türlü işgali söküp atmamız çocuk oyuncağı.

İnananlar, Allah yolunda savaşırlar. Kafir olanlar, şeytan yolunda savaşırlar. Şeytanın dostlarıyla savaşın! Şüphe yok ki Şeytan'ın hilesi zayıftır. Nisa, 76

BİLİŞSEL ORDULARININ ZİHNİ ÜZERİNDEN SORGULAMALAR

Bu bölümün tamamı, insanın ömrü boyunca bilip o şablona göre yaşadığı kurgulanmış ve ele geçirilmiş zihin savaşının orduları üzerinden ele alındı. Şimdi düşmanın silahıyla silahlanıp tam da böyle bir gözle kurgulanmış olabileceği üzerine değineceğim iki üç konuyu ele almak istiyorum.

ŞABLONUN BİRİNCİ ÖRNEĞİ: KIBRIS TÜRK DEVLETİ ELİMİZDEN GİTTİ Mİ?

Yalan üretme sanatı olan bu bilişsel savaş ile yeni bir bakış açısıyla düşünebilmeyi öğrenebildiysek eğer, bir iki örneği, yalan bir tornadan çıkmış varsayarak ele alalım. Burada verdiğim örneği saçma veya komplo olarak görmenizde bir sakınca yok. Varsayım olduğunu en başta söylüyorum zaten. Ancak, bu askeri bilişsel savaşın insanlara sadece inandırmak istedikleri sonuca göre veri ürettiğini ve bu sayede insanların zihinlerini işgal ettiğini söylüyor isek, aşağıdaki örnekleri de bu tezgâh ile hazırlandığını değerlendirmemizde hiçbir sakınca yok. Hatta sağlıklı olan ve insanı avcı yapan düşünce yapısı budur diyebiliriz. Çünkü ABD dahil her ülkenin yetkililerinin metinlerinde böyle bir ordunun görev yaptığını net olarak görebiliyoruz. Yorumcular buna, konuşmalarını danışmanları hazırlıyor diye yorum yapıyor ancak artık askeri tablo netleşti.

Biz ifadeleri bu bölümün şablonuna göre yorumlayan bir zihinle, gelecekte bu satırlar üzerinden durumun önümüze konma şekliyle bir saptırmaya alet olup olmadığını da test etmiş oluruz. Ekranlar, isimler, kitaplar, programcılar, tarih, filmler, din, kehanet ekranlar, kaynak ve ideolojilerin kendisi bile bu tornadan çıkmış bir yalanın etkisizleştirme silahı ise; bu gözlüğün avantajlarını kullanarak niyet okuması yapalım. Devlet Bahçeli'nin 3 Ekim'de Kıbrıs ile ilgili yaptığı konuşma metnine, bu bilişsel savaş ordularının gözüyle bir bakalım ve sözün arkasında başka anlamların olup olamayacağını sorgulayalım.

"Artık Kuzey Kıbrıs Türk Cumhuriyeti' demeye gerek yok. Tamamına 'Kıbrıs Devleti' demek gerek." Bu sözlerden kim ne anladı bilemem, ancak var olan bir sürecin görünür olmasının ilk adımı olarak değerlendirmek de mümkün. İfadelere göre Kıbrıs'tan Türk ibaresi gittiyse bu bir zafer değil ancak kaybedişte olabilirdi. Ancak ekranlar bunu Rum kesimine bir misilleme ve meydan okuma gibi gösterip Kıbrıs'ın tamamını Türkler fethetmiş gibi sundu. Peki adanın tamamını haberin sunum şekline bakarak yorumlarsak, Türkler almış gibi duruyor. Ancak ifadelerde 'Kıbrıs Türk Devleti' yerine neden 'Kıbrıs Devleti' deniyor? Böyle söylediğin anda ülkeyi vermiş mi oluyorsun, almış mı? Ekranlar bize yine oyun mu oynadı, yoksa biz mi komplocuyuz? Yukarıdaki ifadeleri, halkın olası bir aşırılığına ve hesap sorma tehlikesine karşı hazırlanmış kıvrak bir metin olduğu yorumunu çıkarmak mümkün. Ancak bu şablonun, Kıbrıs konusunun sunum şekline şüpheci yaklaşmasını doğrular nitelikte başka bir gelişme oldu.

23 Ekim' deki yeni gelişmeye göre K. K. Türk Cumhuriyeti Cumhurbaşkanı Ersin Tatar: "Kıbrıs Cumhuriyeti'nin garantörü olan Türkiye ve bizim iznimiz ve onayımız olmadan yabancı askeri kuvvetlerin Ada'ya gelmesi uluslararası anlaşmalara aykırıdır. Bunun Almanya veya başka bir ülke olması fark etmez." dedi. Yani görünen o ki, Kıbrıs adasına uluslararası anlaşmalara aykırı olarak Alman özel kuvvet birliklerine bağlı askerler GKRY'nin kontrolündeki bölgelere çıkarılmış.

Bu konunun, tarihteki örneği Lozan anlaşması madde 20'de ve Sevr anlaşması madde 115'te: "Türkiye, 5 Kasım 1914 tarihinde İngiliz Hükümeti tarafından ilan edilen Kıbrıs'ın ilhakını tanımaktadır." Yani medyanın, bu yönüne hiç dikkat çekmediği başka bir özelliğine değinelim. Kuzey Kıbrıs Türk Cumhuriyeti Devleti'ni uluslararası arenada Türkiye dışında tanıyan bir devlet yok. Hatta Uluslararası hukukta adanın tümü Kıbrıs Cumhuriyeti olarak geçer ve Avrupa Birliği üyesidir. Bu bilgilere bakılır ise Kıbrıs 1914'teki işgalinden bu yana hiç bizim olmamış gibi duruyor. Peki o zaman onca yıl neden adına Kuzey Kıbrıs Türk Cumhuriyeti denmiş?

Genelde tüm haber sunumları, olayın oluşunu değil anlaşılmak istendiği şekliyle yorumlanıyor. Bu da tam bir askeri tezgâh ürünü. Haliyle Kıbrıs'ın, Cumhuriyet'in yüzüncü yılında elimizden çıkmış olduğunu görünür yapmak istiyorlar ise, öncesinde bu işgali halkın anlamaması için her şeyi yapmış olabilirler. Bekleyip göreceğiz. Şimdi bilişsel harp bölümü üzerinden bu konuya baktığımızda, ekranlar bize işin hangi tarafındaki gerçeğini ne şekilde yansıtmış, bunu bir düşünün. Şu anki zihinlerinizdeki Kıbrıs nasıl bir yer etmiş? Yukarıdaki satırlardan gerçek ile yalanı ayırt etmek, simülasyonun ardındaki niyeti görmek size kalmış.

ŞABLONUN İKİNCİ ÖRNEĞİ, TEK DÜNYA HÜKÜMETİ VE NUTUK

Bugünün dünyası, iki kutuplu kavgada güncel gelişmeler için Tek Dünya yoluna muhafazakâr çatı eliyle girildiğimizi söylerken, dini tarih iddiaları savunanlar Atatürk'ün Nutuk kitabında geçen Tek Dünya fikrinin, Atatürk'ün de onayladığı bir niyet olduğunu savunuyor. Bugün tek çatı altına sürüklenen sapkın dünyanın Nutuk'taki karşılığına o günler üzerinden bir bakalım: Nutuk, sayfa 520:

"Efendiler, İngiliz tarihçilerinden Wells, iki yıl önce yayınlanan bir tarih yazdı. Eserinin son sayfaları, "Dünya tarihinin gelecekteki safhası" başlığı altında bazı düşünce ve görüşleri içine almaktadır. Bu görüşlerin yönelmiş olduğu hedef 'Un gouvernement fédéral mondial' yani "birleşik bir dünya devleti" dir.

Wells, bu bölümde, birleşik bir dünya devletinin nasıl kurulabileceğini ve böyle bir devletin önemli ayırıcı özellikleri ile ilgili tasavvurlarını belirtiyor; adaletin ve tek bir kanunun hâkimiyeti altında dünyamızın ne durumda bulunacağını tahayyül ediyor.

Wells, *"Bütün hâkimiyetler tek bir hâkimiyet içinde eritilmezse, milliyetlerin üstünde bir kuvvet meydana çıkmazsa, dünya mahvolacaktır,"* diyor ve *"gerçek devlet, çağdaş hayat şartlarının bir zaruret haline getirdiği birleşik dünya devletinden başka bir şey olamaz,"; "hiç şüphe yoktur ki, insanlar kendi icatları altında ezilmek istemezlerse er geç birleşmeye mecbur olacaklardır,"* görüşünü ileri sürüyor." Yemezler!

Bugünün bütün kaosları da insanları bu Tek Dünya birleşmesine mecbur kılmak için tarihte eşi görülmemiş sapkınlıklar ve yalanlar ile yapılmak isteniyor. İngiliz tarihçinin yazdığı bu ifadelerin bugünü kana bulayan eller aracılığı ile yazdırılıp tarihe sokulduğunu düşünmeden edemiyorum.

Bir askeri bilişsel savaş olarak zihinlerin dönüşümü ve işgalini ele alan bu şablon ile oluşturulmuş olabileceğini düşündüğüm kutuplar, birbirine alternatifmiş gibi gösterilse de ezelden ebede aslında hep aynı merkeze bağlanıyor gibi duruyor. Haliyle, bugünün sağ kutbuyla yüz yıl öncenin sol kutbu şimdilerde aynı teklikten bahsediyor.

Bunu anlamak için ise; bugünün dünyasını yorumlarken muhafazakâr bir algıyla seçildiği düşünülen Tek Dünya yolunun, yüz yıl önceki Atatürk'e ait Nutuk'ta nasıl geçtiğine bir bakalım:

"Efendiler, bütün insanlığın görgü, bilgi ve düşüncede yükselip olgunlaşması, Hristiyanlığı, Müslümanlığı, Budizmi bir yana bırakarak basitleştirilmiş ve herkes için anlaşılacak duruma getirilmiş saf ve lekesiz bir dünya dininin kurulması ve insanların, şimdiye kadar kavgalar, çirkeflikler, kaba istek ve iştahlar arasında bir sefalethanede yaşamakta olduklarını kabul ederek, bütün vücutları ve zekâları zehirleyen zararlı tohumları yok etmeye karar vermesi gibi şartların gerçekleşmesini gerektiren "birleşik bir dünya devleti" kurma hayalinin tatlı olduğunu inkâr edecek değiliz."

Burada üzülerek yukarıdaki satırlar ile aynı fikirde olamayacağımı vurgulamak istiyorum. Çünkü bana göre;

"*Şimdiye kadar kavgalar, çirkeflikler, kaba istek ve iştahlar arasında bir sefalethanede yaşamakta olduklarını kabul ederek, bütün vücutları ve zekâları zehirleyen zararlı tohumları yok etmeye karar vermesi gibi şartların gerçekleşmesini gerektiren "birleşik bir dünya devleti*" fikri, bugünün dünyasında tek dünya hükümeti kurmak isteyen eller aracılığıyla gerçekleştiriliyor. Yüz yıl önceki şartlar ile şimdiki durum elbette aynı değil. Ancak tek dünya yolu yüz yıl önceki gibi tatlı bir hayale değil kanlı bir düşe dönüştü.

İnsanlar hasta edilip tedavi adı altında kısırlaştırılıyor, muhtemel ölümlere sürülüyor ve hasta ediliyor. İklim tiyatrosuna maruz kalıp havası zehirleniyor, kaynaklar yetersiz denip aç bırakılıyor. Yerinden yurdundan iklim yalanlı kaoslar, savaşlar ve kıtlık masallarıyla göç ettiriliyor. Hatta Ortadoğu gibi bölgeleri dizayn edebilmek için milyonlarca Müslüman katledilip soy kırıma uğruyor. Haliyle sıkıntıyı gidermek için söylenen tek dünya yolu kanlı kaoslar ile bu düzeni kurmak istiyor.

Paragrafta geçen ve tehlikeli bulduğum ikinci kısım ise *"Hristiyanlığı, Müslümanlığı, Budizmi bir yana bırakarak basitleştirilmiş ve herkes için anlaşılacak duruma getirilmiş saf ve lekesiz bir dünya dini" ifadeleri.*

Bana göre Kur'an-ı Kerim'in anlattığı İslamiyet'in dışında saf ve lekesiz bir dünya dini olamaz. Haliyle yüz yıl önce yazılıp bugün uygulanan bu satırların benim kalbimde hiçbir karşılığı olamaz.

"Din ve kural koymak da sadece O'nun hakkıdır. Nahl, 52

Bu satırlardan bile rahatlıkla 'tek dünya hükümeti' ve 'tek din' söyleminin yeni olmadığını çok net anlayabiliyoruz.

Bu noktada zihnin balatalarını yakıp iyice şüpheci bir yaklaşım ile durumu sorgular isek, yüz yıl önce Nutuk kitabında olan satırlar ile bugün uygulanan yolun insanlar tarafından aynı, ancak başka bir tasarım zihninin ürünü gibi görülebileceğini de gözden kaçırmamak gerekiyor. Yani, Tek Dünya sapkınlığına insanlığı sürükleyen, bana göre Roma tayfası, bu plana yüz yılı aşkın bir süre önce niyetlenmiş, Osmanlı'nın yıkılışıyla birlikte gündemine almış olabilir. Çünkü bugün Lozan'ın bağımsızlık süreci içinde olduğumuzu sanırken, aslında Osmanlı'yı parçalayan ve adına Sevr denilen sürecin, Lozan'ın içine saklandığını görmek tarihin en önemli gelişmelerinden sayılmalıdır.

Bu satırlardan, bugünün dünyasının nasıl olacağının zemini neredeyse yüz yıl önceden belirlenmiş diyebiliriz. İnsanlığı iklim ve sağlık yalanlarıyla ve Ortadoğu'dan yükselen Müslüman soykırımlarıyla buluşturmuş olmaları, bütün bu milletleri mahvedenin kendileri olduğunu bizden saklayamaz. Yeni dünya düzenine Nutuk ile yüz yıl önce bile 'tatlı bir hayal' deniliyor ise, ben neden şimdi bunun yerine "kanlı bir" düş görüyorum? O zamandan bu zamana ne değişti? Neden, insanlık bu kanlı düşten uyanmaz ise öz vatanında köle bir geleceğe sürükleniyor, görebiliyor musunuz?

ŞABLONUN ÜÇÜNCÜ ÖRNEĞİ, NUTUK'TA GEÇEN İNGİLİZ WELLS'TEN HİLAFET TUZAĞI

Filistin üzerinden başlayan kanlı savaşın İslam ülkelerini de içine alacak şekilde daha büyük kaoslara sürükleneceği netleşmeye başladı. Türkiye'de gizlice uygulanan din ile dinsizleştirme ve din ile Türksüzleştirme gibi faaliyetlerin; ebazı kranlar, cemaatler ve isimler tarafından nasıl ustaca kurgulandığını net olarak görebiliyoruz. Bu artık açık olarak görülüyor ki çok yüksek ihtimalle, görünmez bilişsel askeri orduların kontrolünde bir süreç. Peki gizli ancak bilinçli bir el Türk milletini kendi öz vatanında köleştirip kırsala doğru sürüyor ise ve milyonlarca göç ile demografik yapı geri dönülmesi zor hasarlara maruz kalıyor ise bu, plansız bir niyet olabilir mi? Milyonlarca göçün Türkiye'nin bir beka sorunu olabileceğini görmezden gelemeyiz. Bunların üstüne, Ortadoğu'daki neredeyse tüm Müslüman ülkelerin aynı çete tarafından bilinçli bir kaosa sürüklendiğini görmek ve söylemek de mümkün. Peki Yeni

Roma gibi bütün planlarını gizlice ve satın aldığı maşa kişiler üzerinden sürdüren bu çete, ideolojileri bile tasarlıyor ise, Türk topraklarında 'Hilafet' adı altında bir önderlik masalıyla bizi, kendi kurban oluşumuzu kutladığımız bir tuzağın içine çekemez mi? Şu an olan tüm gelişmeler böyle bir zemine doğru hızlıca akmıyor mu?

Normal şartlarda Hilafet'in İslam ülkelerinin birleştirici bir gücü olabilmesi mümkün olabilir. Kalplerde böyle bir beklenti ve ihtiyacın olduğunu da tahmin etmek zor değil.

Onların Vatikan'ı var ise İslam dünyasının da elbette bir Hilafeti olabilirdi denebilir. Ancak Türk tarihi şimdiki kadar bir kıskacın, illüzyonun içerisinde olup da bunu bile kutlar hâle getirilmiş miydi, bilemiyorum. Sadece Lozan'ın içine saklanan Sevr maddelerinin bile zincirlerini söküp atmadığımız sürece boyunduruk altında olabilecek bir hilafetin onların tasarımı olmayacağı ne malum? Böyle bir süreç İslam dünyasına faydadan çok zarar verebilir. Çünkü ulus devletlerin çoğu maalesef gerçek dinden uzak, dine ait duyguların bile sadece insanları kontrol altında tutup etkisizleştirmede aracı olarak kullanıldığını düşünüyorum. Hal böyleyken nasıl olur da din temelli bir oluşumun kumandası Kuran'a bağlı değil iken hayırda kullanılacağı düşünülebilir?

Göçler ile adeta sınırları flulaşmaya başlayan ve başta Suriye olmak üzere, savaş ve deprem temelli göçler ile dizayn edilen bir süreç içine sürülmedik mi? Bütün bu planı üstümüze kuranlar, gelecekte Ortadoğu ülkelerinin İslam adı altındaki haklı beklentilerini kendi kontrollerindeki bir hilafet tuzağıyla daha büyük bir sözde İslam çatısı altına toplayamazlar mı? Çoğu ele geçirilmiş ve kontrollü isimlerin konuşmasına izin verildiğini düşündüğüm bazı medyalarda sürekli Atatürk'ün saklanan vasiyeti vurgusu ne tür bir zihin dönüşümünün zeminini hazırlıyor olabilir? Hatta aynı medya, bütün İslam ülkelerinin ortak acılarından bahsedip İslam ülkeleriyle bir birleşme çağrısını sürekli vurgulamıyor mu? Ekranların çoğu kontrollü bir askeri savaş ürünü ise, bu beklentinin zeminini hazırlayan, bu yalan dolu bilişsel ordular olamaz mı? Bu işin altından böyle bir şey çıkamaz mı?

Herkesin 'Roma tasarımı bir hilafet' masalına ikna olması için Türkiye'de tasarlanan iki temel ayrım olan; birisi muhafazakâr öteki de Atatürkçü kesim olarak adlandırılan kutuplar, olsa olsa Atatürk üzerinden açıklanan bir Hilafet fikri ile ikna edilebilir. Sizden ricam, bu satırları ideolojiyle sakatlanmış bir zihin ile okumayın. Siyaset ve kutuplar üstü bir zihin ile Rabbini tanıyan Müslüman toplumların ve Türk milletinin her türlü esaret üstü bir algıda olması niyetiyle anlayın. Çünkü sosyolojik olarak halkın zihinlerini iki zıt kutba ayırmış bu sistem bir tarafa aydın ve Atatürkçü derken diğer tarafa ise muhafazakâr ve milliyetçi diyor.

Bu yüzyıldan sonra bu tanımların işe yarayacağını sanmam. O yüzden adına 'Büyük Sıfırlanma' diyorlar. Peki yüz yıl önce Nutuk'taki İngiliz Wells hilafet olarak adlandırılabilen ifadeleri nasıl kullandı?

"İnsanlığın dayanışması ile ilgili büyük hayallerin sonunda gerçekleşmesi için ne yapmak ve neyin önüne geçmek gerekeceğinin doğru olarak bilinmediği" ve *"saldırgan bir dış siyaset geleneğine sahip olan devletlerin, birleşik bir dünya devleti tarafından güçlükle temsil edilebileceği"* de bildiriliyor. Wells'in *"Avrupa ve Asya'nın felâketleri ve ortak ihtiyaçları, belki dünyanın bu iki parçasındaki milletlerin bir dereceye kadar birleşmesine yardım edecektir"*, *"olabilir ki, dünya ölçüsünde bir birleşmeye gidilmeden önce, bir sıra bölgesel birleşmeler yapılabilir"* şeklindeki düşüncelerini de kaydedeyim.

Dünya ölçüsünde bir birleşmeye gidilmeden önce, bahsedilen bölgesel birleşmeye sebep olacak felaketler; bugün Filistin'de binlerce insanın olduğu hastanelerin bombalanıp çocuk, hasta, yaşlı, demeden herkesin katledildiği soykırımlar olabilir mi? O birleşme, İslam ülkeleri için tuzak bir hilafet olamaz mı? Bütün bu kaoslar, hesapladıkları bir birleşmenin zemini için yapılıyor gibi görünüyor. Çünkü savaş ve terör gibi olaylar, çoğu zaman geleceğe ayarlı bir algı silahıdır.

Haliyle aynı çete, kendi kontrollerinde bir İslam dünyası için, arka planda kendi kanlı elleri olmak şartıyla, ortaya İngiliz veya Roma usulü bir hilafeti İslam'ın güzelliğiyle süsleyip yem olarak herkese yedirmeye hazırlanıyor olabilir. Bu, İslam algılı tuzağın işe yarayıp yaramayacağını anlamak için şimdiki İslam'ı temsil ettiği zannedilen onlarca ekran ünlüsünün, ülkemizi yıkıma sürükleyen bu bilişsel savaşın en büyük ihanet elemanları olduğunu anlamak gerekir. Toplumun ne kadarı, İslami görünen bazı yapıların gerçek Kur'an ile alakası olmayan ve istihbarat servislerinin emrinde yapılar olduğunun farkında? Toplumun bir kısmı, ele geçirilmiş zihinleriyle bu tuzağı işaret edenleri sözde din düşmanı olarak görüp bir savaş silahı gibi saldırmıyor mu? Böylesi bir oyunu göremeyen bir toplum, hilafet sancağıyla gelen şeytanı neresinden tanıyabilir?

Yüz yıl önce tek dünya hükümeti kurma hayaline girenlerin bugün kan ve göz yaşıyla bu taşları döşemeye başladığını görebiliyoruz.

Filistin üzerinden kana bulayan sapkın yeni dünya düzencileri, İslam ülkelerini kendi tasarımları olan bir hilafet ile hipnoz altına almayı deneyebilir. Bu tuzak en iyi Türkiye üzerinden iş görür. Deprem ile Pagan Roma'ya sürüklenen bölge, İslam aleminin kahramanı kılıfıyla kör edilebilir.

Milletimiz bu büyük esaretin zincirlerini kırıp atmak için bu süreç ile büyük bir fırsat bile yakalamış olabilir. Ancak bu söylediklerimi anlayıp kavramak, saklanılan bir işgalin zincirlerini söküp atmayla mümkün.

Nutuk'ta geçen bu ifadeleri bugünlere gelindiğinde çok daha tehlikeli ve sapkın bir zemine çektiklerini gördüğüm için tarihe not düşmek istedim.

Haliyle, Lozan sandığımız sürecin Sevr olduğunu anladığımız bu günlerde, hiç de o kadar bağımsız ve özgür değil isek, arka planda bize 'Hilafet'i kurduracak akıl, bütün bu kaosları yapanın ta kendisi değil midir? Bizi aşılayıp öldüren, göçler ile süren, depremler ile yok eden yapı, aynı zamanda bize Hilafet mi kuracak? Bu saatten sonra yer mi hâlâ Anadolu çocuğu?

Yani iki kutbun da kavga etmesine gerek kalmadı çünkü yüz yıl öncenin fikirleri bugünün eliyle uygulanıyor.

Ortadoğu'da kan gölüne dönen bu süreci, Atatürk'ün açılmamış vasiyeti gibi toplumda karşılık görebilecek bir zemin ile birleştirseler ve insanlar din tabanlı bu kahramanlık tuzağına balıklama atlayabilir. Olmaz mı dersiniz? Bizim düşünebildiğimiz bu tuzağı şeytan affeder mi? Bu zihinsel yalanın savaş ordularını gördüğümüz bu noktadan sonra, böyle bir hilafet tuzağı önümüze düştüğünde, oradan anlayabiliriz ki bu sahte bir umut. Böyle bir durum denize düşenin yılana alkış tutması meselesi olacaktır. Bu yapılar, kendilerini deşifre eden her aklın karşısına din düşmanlığı masalıyla çıkmaktadır ve oldukça zehirlidir.

Haliyle bu tür yapıların ülkeleri ağ gibi sardığı böyle bir dönemde, din tabanlı birçok oluşum, insanı gerçek Allah'a ulaştırmadığı gibi çözüme de ulaştırması mümkün olmayabilir.

Bana göre Kur'an'ın gerçek bilgisini kalplere ulaştırarak

bireyi şahsiyetli bir güce dönüştürebilirsek, sürü tabanlı değil, algısı yüksek bireylerin oluşturduğu millet tabanlı bir akıl ile çok daha iyi sonuç alabiliriz. Hilafete veya herhangi bir şeye karşı beri olduğumdan değil. Ancak bireyi merkeze koyan akılcı bir yetişme biçimi, Kur'an'ın anlaşılıp uygulanmasıyla sürü olmayı gerektirmeden de harika bir devlet modeli oluşturabilir. Çünkü Kur'an kitlesel değil bireysel bir gücü ve özgürlüğü çok daha fazla destekler. Farklı düşüncelerin sürüler içinde kaybolmadan tek bir devleti büyütüp yüceltebileceğini düşünmek bile mümkün.

Demem o ki böylesi bir süreçte insanlığı kana bulayan çetelerin masumane maskeleri dahilinde kurulabilen bir Hilafet veya İslam İşbirliği, herkes içir kanlı bir düşten öteye gitmeyebilir.

5

DİN İLE ALLAHSIZLAŞTIRMA

"Bizi aldatan, bizden değildir."

Hadisi Şerif

Bu kitap, kitlesel bir duanın fitilini ateşleme niyeti taşır. Çünkü öyle tür olaylar ile karşı karşıyayız ki bireysel olarak sonuç alınması artık çok zor. Kitlesel bir anlayış, toplu bir isyan yani hak arama mücadelesi olmadığı sürece Allah'tan karşılık bulmamız çok zor. Çünkü kendini düzeltmeyen toplumlara Allah yardım etmez.

Bu bölümü, 'Gölge Hançer' adındaki bölümde geçen askeri ve bilişsel zihin savaşları kısmını okumadan incelemeyiniz. Zihninizdeki tüm ele geçirilmiş şablonları kırmak için dinin içine yuvalanmış şeytanın, ordular kurup askeri ve bilişsel savaşta dinin her türlü unsurunu kullanabileceğini anlaman gerekir. O bölümdeki zihin savaşlarının öldürme, davranış değiştirme, yalan ile kandırma, toplumları yönetip bozma, zihinleri işgal edip kişiyi bir savaş silahına dönüştürme gibi taktikleri, en çok din gibi kavramlar ile beraber kullanabileceğini anlamak zorundasın! Bu bölümde İslamiyet'in doğuşundan buyana süre gelen, gerçek dini yok etme üzerine kurulu bir savaşın bugüne yansıyan sapkınlıklarını açmaya çalışacağım.

Din ile dinsizleştirme dediğim kavramın 'dinsizleştiren' kısmı tabi ki gerçek din olamaz. Peki bütün bunlar neden oluyor? Yakın bir tarihten İslam'a ve hatta çok daha fazla, Kur'an'ın gerçek bilgisine kimler hangi sebepler ile savaş açmış bir bakalım. Türkiye'de sosyolojik yapıda din ile dinsizleştirme yapıldığı net olarak ortadadır. Dinden kastım Kur'an'ın gerçek ilminin davranışlardan silinmesi meselesidir. Ülkemizin Osmanlı İmparatorluğu'ndan kalma bir beklentiyle İslam ülkeleri nezdinde potansiyel olarak İslam'ın en güzel öncü ve ruhunu taşımayla temsil edilebilmesi dünyaca bilinmektedir. Gerçek Kur'an ahlakıyla yaşayan ülkelerin vicdanı ve huzuru, adalet ile büyüme ihtimali, düşmanın görmezden geleceği bir durum değildir. Haliyle Osmanlı'nın başına getirilen her şey son kalan vatanımız olan Türkiye için de aynen tekerrürlere gebedir. Bu amaçlar ile Türkiye'nin ruhunu öldürüp tarihe gömmek isteyenler, Hz. Peygamber'in bile İslam ordularıyla birlikte savaştığı, Türk milletinin binlerce yıldır yenip, sürüp tarihe gömdüğü çetedir. Bin yıllık karşı cephe bugünün düşünce kuruluşlarıyla gelecek yıllarda

Müslüman nüfusun artacağı yönünde araştırmalar yapmış, her yerden vatanımızı kıskaca almıştır. Terör, iç karışıklık, deprem gibi karanlık hesaplar, gençliğin ve eğitimin çökertilmesi ve tabi ki Kur'an'ın silinmesi en büyük amaçlarından olmuştur. Son olarak 1968'de kurulan Roma Kulübü, gizli ve açık olarak bu faaliyetlerin merkezi olmuştur. Yeni Dünya Düzeni'ne uygun Hıristiyan, Budizm, Pagan ve Sufizm gibi karışımlar ile operasyonlar ülkemize sokulmuştur. Fetö'cü terör grupları dinler arası diyaloğun en önemli temsilcilerinden olsa da şimdi uzantıları büyüyerek devam etmektedir. Hedefleri; sözde medeniyetler arası hoş görü, dinler arası diyalog gibi tuzaklar ile Kur'an'ın merkez alınmamasıdır. Haliyle 'Tek Dünya Dini' dedikleri bir sapkınlık, en çok Türk topraklarını tehdit etmektedir.

Roma Kulübü'nün 1972'de yayınlanan Büyümenin Sınırları raporunda, salgın ile anılan meşhur 2020'de Müslüman nüfusun Hristiyan nüfusun önüne geçeceği bilgisi; bugünün deprem, yangınlar, salgın ve devasa göçler ile ortaya çıkan kaosun nedenlerini gözler önüne seriyor diye düşünüyorum. Aynı çetenin başka bir çalışması, 2070 yılında Müslüman nüfusun 2 milyar 920 milyona ulaşacağını da tehdit algılamalarına aynen eklenmiştir. Bugün yüz binlerce insanımızı Pagan Roma planına dahil muhtemel bir operasyon ile öldüren, İsrail ve Filistin üzerinden başlayan Büyük Ortadoğu planının sebeplerini çok uzaklarda aramaya gerek yok. Aytunç Altındal'ın 26 Mart 2008'deki bir konuşmasında, Avrupa Birliği'ni kuranın Roma Kulübü olduğunu söylemesi bugünün Yeni Roma planlarıyla birebir örtüşüyor.

Vikipedia web sitesinin Roma Kulübü bölümünde, Tek Dünya sapkınlığını planlayıcılarının başında Roma Kulübü olduğu yazar. İslam'ı, 'Tek Dünya Sapkınlığı' dediğim projelerine engel olarak gördükleri için, kaldırmak istediklerini buradaki ifadeler ile açıkça belirtmektedirler. "**Roma Kulübü**, kendilerini *İnsanlığın geleceği için ortak bilgi paylaşımı yapan* 'dünya vatandaşları' grubu olarak tanımlayan bir düşünce kuruluşu. 1603 yılında kurulan Accademia dei Lincei'nin farklı bir yüzü olan Roma Kulübü, 1968 yılında İtalyan sanayici Aurelio Peccei ve İskoç bilim insanı Alexander King tarafından kurulmuştur." Türkiye de deprem uzmanı olarak Türk ismiyle gezen Prof.lar işte bu kulüplere üyedir ve onların sözcülüğü adına Türk milletine kurnazlık dolu yalanlar uydurmaktadırlar.

Roma Kulübünün bugün ortaya koyduğu 'din ile dinsizleştirme' olarak adlandırdığım, dinler arası diyalog veya Chrislam gibi yapılar, aslında İslam'ın en büyük engel olarak görülmesi yüzünden tasarlanmıştır. Hatta bugünün planları ilk değildir. Örneğin; popüler olan çalışmalarından biri de 1991 yılında 'Birinci Global Devrim' adıyla yayınladıkları kitaptır. Kitaptaki siyasi analizlerden biri, Komünizm'in yok olduğu ve artık yeni bir rakibin ortaya çıkacağıydı. Kastedilen yeni rakibi, İslam olarak yorumlandığı da bilinir.

DİNSİZ BİR TEK DÜNYA, YENİ ROMA ÜRÜNÜDÜR

Yeni Dünya Düzeni denen Tek Dünya Devleti dinini oluşturmak üzere, 1968 yılında 52 ülkeden bir araya gelen ve yüz kişiden oluşan bu Roma Kulübü, Bilderberg gibi tehlikeli oluşumlar ile de kol koladır. Bilderberg toplantılarına Türkiye'den katılan isimlere baktığınız zaman, bizden olmayanların da adını net olarak koymuş olursunuz. İslamiyet'e ve aslında direk Kur'an'ın kendisine savaş açmış bu çetelerin tüm sosyolojik ihanetlerinin şu anda halkımıza uygulandığını size her koldan anlatsak da okuyup uyanık olmak zorundasınız. Eğitim sistemini bile YÖK ve ABD eliyle şekillendirip bir çıkmaza sokan Roma Kulübü, en büyük tehlike olarak gördüğü Kur'an'ın üstüne örgü örüp ulaşılamaz hale getirmeden yakasını bırakmaz.

Weakiliks belgeleriyle ortaya serilen ve İslami cemaatlerin en az 80 tanesinin Mossad veya CIA gibi istihbarat servisleri eliyle fonlandığı bilgisi, planın dışında kalan bir örgü olamaz.

Türkiye'de Kur'an'ın kalplere ulaşmasını engelleyen tehlikeli bir yapının, Allah adına fişini çekip sizi gerçekler ile yüzleştirmeye niyet ediyorum. Çünkü bahsedilen bu tezgâh, Kur'an'ın öğrenildiğinde hiçbir şekilde işe yaramayacağı için Rabbimin ayetlerinin anlaşılmasını direkt olarak gölgeleyen, yollarını kapatan ve sorgulanmasını bile din maskesiyle yasaklayan tehlikeli bir sistemdir. Peki nedir o sistem ve Kur'an'a ulaşmamayı nasıl başarıyor?

'Din' diye uydurulan, Allah adına atıp tutan ve Allah ile bağı kesmek için Allah Resûlünü dahi ilah gibi gösterip onun hadislerine Kur'an muamelesi yaptıran dinci kesim, gerçek anlamda dinin yok edilmesi, kulların Allah ile bağının kesilmesi ve toplumu başlı başına bir kitlesel silah olarak kullanmak için bilerek tasarlanmış bir oluşumdur.

Siyasal İslam'ın temsil ettiği kitlelerin temsilcileri de kendileri gibi, toplumu bu silah ile emperyal bir vesayete sürüklüyor. Bu iş buradan döner mi bilmem. Ama sağlam bir kırılım noktası olmadan da nasıl döner emin değilim. Hakiki dinin kendisi olmadığı için kalplere sinmeyen uydurma din, gerçeğin muazzamlığını insanların kalbinden kazırken, öte yandan bu maskeyle ülkedeki tüm değerleri küresel bir şeytanın emrine veriyor. Aslında o küresel şeytanın planı dahilinde her şey ilerlese de suçu uzakta aramamak lazım. Her şeyin Allah'tan geldiğine inanan veya inandırılan bir kitleye hiçbir şey anlatamazsınız. Allah'ın "Başınıza gelen her şey yaptıklarınız yüzündendir" ayeti sanki bu kesime inmemiş gibi davranırlar. Ekonomi veya kültürel değerlerin tüm çöküşü, işte bu kokuşmuşluktan ileri gelir. Halk belki suçu dışarıda arar, ancak kendi cehaletiyle kavrulduğunu ona yorumlatan sahte din adamları ona açlıktan 'karnına taş bağlayan peygamber masalları' anlatmıştır.

Bu bölümü yazma amacım, bu zorlu dönemlerde bizi Rabbimin lütfuna ve yardımına ulaştıracak ipuçlarını ve yollarımızı kapatan engelleri kaldırmaktır. Çünkü hak etmediğimiz bir şekilde yaşayış, gerçek imandan uzak bir zan içinde olmak, elbette bizi doğru yola iletemez. Allah'ın gücünden de yaşarken yeterince faydalandırmaz.

Cehaletin yeryüzüne hakimiyeti ilk değil elbette, ancak hiç bu kadar kendine güvenir ve örgütlü olmamıştı. Orta Çağ ne ise şimdi sanki daha beter. Şimdi diyelim ki Mossad veya istihbarat servislerinin fonladığı İslami cemaatlerin birçoğu toplumları aslında dinsizleştirdi ve Allah ile bağını kopardı. Hatta göz göre göre bir işgalin maşası yaptı. Ülkemiz de aslında bu yüzden uçuruma sürükleniyor.

Burada suç kime ait?

Toplumsal olarak:

"Şüphesiz ki, bir toplum kendini düzeltmedikçe Allah da onların durumunu değiştirmez. Allah, bir kavme kötülük diledi mi, artık o geri çevrilemez. Onlar için Allah'tan başka hiçbir yardımcı da yoktur." Ra'd, 13/11

Toplumun okuyup, anlayıp, üstüne gitmediği yerde olayları fark etmesi de yetmez. Bu, şeytana boşa atılan bir taşa benzer.

"Kendilerine bir iyilik dokunsa "Bu Allah'tan" derler,

başlarına bir kötülük gelince de "Bu senden" derler. "Hepsi Allah'tandır" de. Ne oldu bu topluluğa ki bir türlü söyleneni anlayamıyorlar!" Nisa, 78

Bireysel olarak:

"Şeytan: Benim yaptığım size çağrıda bulunmaktan ibaretti; siz de benim çağrıma uydunuz. O halde beni kınamayın, kendinizi kınayın. Ne ben sizi kurtarabilirim ne de siz beni kurtarabilirsiniz. Ben daha önce, beni Allah'a ortak koşmanızı kabul etmemiştim." Doğrusu zalimler için elem verici bir azap vardır." İbrahim, 22

Kur'an'a sorulacak en akıllı soru: "Benim zamanımın ötesindeki bir şeyi şimdiki zamanın çok öncesinden gelip içinde nasıl barındırıyor olabilirsin?" olmalıdır. Cevabını idrak ettiğin anda onun Alemlerin Rabbi tarafından indirilmiş, zamanın dışından gelen bir müjde olduğunu da anlayabilirsin.

"Din halkın afyonudur" sözünü Yahudi bir dinsiz olan Karl Marx ve dini kullanan dincilerin Allah ve Peygamber adına uydurduğu bir din için söyleyebilirsiniz. Ancak Kur'an'ı bilen için akıl ve özgürlük dışında bir ifade olamaz.

İnsanları, dini kullanıp ideoloji ve küresel çetelere hizmet eden proje tarikat ve cemaatlerin din anlayışından kurtaramadığımız sürece, gerçek merhamet, sevgi ve paylaşım ruhuyla bilgeliğe ulaşması mümkün değildir. Bu tür bir sistem ile halk bilmeden işte böyle kendi devletini yıkar. Üstüne oturur ve başına neyin neden, hangi ilahi bozukluğa düştü de bunlar geldi, bu denklemini çözemez.

Dünyada kör olan ahirette de kördür ve başkasının gözünden bir şey göreceğini sanan kendi karanlığını bile fark etmez. Sufizm dahil bütün dinimsiler Allah'ın dini karşısında bir hiçtir. Hatta bütün işleri, Peygamber adına din uyduranlar dahil, seni Allah'ın vahyinden koparma görevi görür. Ortaya koyduğu veriler ile hadsizce Allah'a din öğretmeye kalkan bu çete, sorgulayıp akıl edene inkârla, sorgulayanın ise şeytan ile hareket ettiği algısıyla saldırıyor.

Kur'an sana daha ilk indiği andan itibaren okuma ve yazmanın önemini anlatıp kendi aklını muhatap alıyor. Sen araya koyduğun herkes ile aklının buna yetmeyeceğine kendini inandırıp kendi karanlığında hapsoluyorsun. Kur'an seni bireyleştirip özgürleştiriyor. Sen ise bir oluşuma tabi olmazsan yok olacağını sandıran bir tiyatroya yeniliyorsun. Azınlık olmaktan korkma. Çünkü, "İnsanların çoğuna uyacak olursan bunlar seni Allah yolundan saptırırlar." Enam, 116. Çoğunluğun gittiği yol, kaybedenlerin yoludur. Kalarak, ölmeyi değil; savaşarak yaşamayı göze al.

KALK VE ZULÜMLE MÜCADELE ET!

Zulümle mücadele etmiyorsan Kur'an'ın toplumu olamazsın! Hayal satana, kendini ilah gibi görene, tövbe alan ve kitleleri fakirliğe ikna edene Allah dostu diyemezsin! Kendini şefaatçi sandıran, peşinden gelenin ahirette ayrı muamele göreceğini söyleyen, Allah'ın kitabını kendileri olmadan bir işe yaramayacağından bahsedenden din adamı olmaz. Zaten dinin adamı da olmaz. Yolcusu olur, seveni ve inananı olur. Onun için savaşanı ve davranışa yansıtanı olur. Dinin kaynağını koru, sahip çık, yolunda savaş ancak kimseyi din sanma!

Fetö, darbe yapılmaya kalktığı zaman mı terör örgütü oldu? Ondan önce terörist değil miydi? Dini kullanıp insanları kandıran, gerçek dine insanları bir türlü ulaştırmayan bazı cemaat evlerinde bu gibi teröristin kitapları 'din diye' okutulmuyor muydu? Şu an maşa ve algı çipi olarak kullanılan Fetö dışında kaçına terörist diyebiliyoruz? Terör tam da böyle bir şey değil mi? Allah adına konuşup onun kitabına alternatif kitaplara din muamelesi yaptırmak sadece Fetö'nün sapkınlığı mıdır? Cemaat sohbetleri diye gittiğiniz dini ortamların kaçında gerçekten Kur'an ayetlerinin açıklamaları konuşuluyor? Kur'an ayetlerini açıklayanların, açıklamalarını yapanlardan bahsetmiyorum. Yoksa abilerinin veya evliyalarının, ulemalarının ya da her ne ise, yazdıkları kitaplara Kur'an'mış gibi muamele edilmiyor mu? Allah böyle bir dini ne zaman yazmış? Kur'an'ın neresinde buna izin verilmiş de açık kapı bırakılmış?

Daha kaç kere imparatorluklarımızın veya devletlerimizin bu yüzden başımıza yıkılması gerekiyor? Şimdiki tehlikenin biraz da sebebi bu silah değil mi?

Din maskesine büründürülmüş din gibi oluşumların böyle şeytani planlar dahilinde ülkeleri uçuruma sürükleyecek sapkınlıklar aracı olması son mu diyorsunuz? Şu an tam da olan bu değil mi?

Bu yazının sevdalısı olabileceği gibi düşmanı ve saldırganı olacaktır. Bu bölümün, dini kurtardığını düşüneni olduğu gibi dinden çıkardığını düşüneni de olacaktır. Ancak gerçek Kur'an'ı bilmeyenlerin uyduracağı zanları ciddiye almıyorum.

Bu satırlar, ayete inanıp anlayan birinin kavga edeceği türden ifadeler olamaz. Bu satırlar ile kavga edenin kendini muhafazakâr veya ehli sünnet diye tarif etmesi önemli değildir. Ayeti yani vahyi anlamadığı sürece her şey ile savaşır durur.

Allah Resûlü'nün hadisi olduğunu iddia ettikleri ve Kur'an ile asla örtüşmeyen uygulamaları kendi planları dahilinde topluma sokmuyorlar mı? Dolaşıma soktukları tüm dini söylemlerin kitlesel kontrol ve işgalde her türlü savaş silahından beter bir plan dahilinde, aynı merkeze bağlı bir ihanet devrede değil mi? Kaç Kur'an kursu gerçek anlamıyla Kur'an öğretiyor? Alnından öptüğüm hafız veya talebelere mehdiyeler dizenler, bu çocuklarımızın kaçının, anlamını bilerek ışık saçan ve bağımsız bir güç olmasına izin veriyor?

Uyandırmak için inen bir dinin gücü, ters bir aptallık ile en çok uyutmada kullanılmıyor mu?

Din; hareketin, özgürlüğün ve dinamizmin kaynağı iken dini söylemler hileli kullanıldığında bütün zihinleri felç etmiyor mu?

Allah'ın kendini bile sorgulamayı açık ettiği bir güzelliği sorgulayanı münafıklıkmış gibi hissettiren yine bu çete değil mi?

Allah'ı sorguladıkça derinleşen, hayranlığı artan ve yükselen bir ruh ortaya çıkması gerekirken sorgulamayı kesmek, Allah ile aldatmak ve hatta sorgulamanın dinden çıkaracağından dem vurmak, bu çetenin dinsizleştirme silahıdır.

Hangi din adamı Allah'ın kendisine tecelli ettiğini iddia edebilir? Etmiyorlar mı?

Din ile toplumu dinsizleştiren çeteler nasıl oluyor da yaratma dışında Rabbimin tüm özelliklerinin kendinde olduğunu iddia edebiliyor? Güya zuhuratta görüyor, ilham olunuyor, rüyada görüyor veya gayb'tan özel haber alıyorlar, öyle mi?

"Allah size: Bile bile Allah'a eşler koşmayın, demedi mi?" Bakara, 22

Bizi Allah'a daha kolay ulaştırsınlar diye peşine takıldığınız sözde din adamlarının çoğu sizi Allah'a ulaştırmamak ile görevlidir. Başarıları Allah'ın dinini yaymak değil, sizi siyasetten küresel şeytanlara kadar her türlü çetenin emrine vermek ve günü geldiğinde planlarına uymanızı sağlamaktır. Neden böyle bir şey yapsınlar, demeyin. Çünkü Allah'a ulaşanı kimse yenemez ve kontrol edemez! Dünyadaki 200 devletin 57'si Müslüman iken nasıl oluyor da en fakir 30 ülkesi de bunların içinde oluyor? Özellikle Hz. Peygamber'in davası ve savaşları sonrası muhteşem medeniyetler kuran biz, nasıl oluyor da ilim ve bilim gibi konularda şimdilerde bu kadar perişanız? Aklını kullanmayanların üzerine pislik yağdırır ayeti her ne sıfatla olursa olsun, başkasının aklıyla hareket edenin üstüne yağan bir pislik değil mi?

"O, Akıllarını kullanmayanlara pislik yağdırır."

Yunus, 100

Dincilerin ortaya koyduğu din ile insanın kendinden geçmesi beklenirken, Kur'an insanı kendine getirmeyi amaçlar. Onlar abiye, İslam bilgiye çağırır. Din ile kandırılan âtıl olurken İslam ile aydınlanan atıl kurt komutu almış gibidir. Gülme, gördüm seni. Onlar, ümmet adı altında sürü olmayı; Allah, tek başına kral olmayı emreder. Onların dini insanı çobana teslim ederken Allah'ın dini insanı kendi aklına emanet eder. O yüzden ayet, *"Unutma ki her nefis yaptıklarına karşı bir rehindir." Müdessir: 38*, derken onlar ise kendi akıbetlerinden habersiz olarak seni rehin almaya çalışır. Onlar seni kendi yollarında bir kayboluşa hapsederken, Allah ise seni karanlıklardan aydınlığa çıkaracağını vaat eder. Onlar tek tip sürüler, Kur'an ise özgür bireyler yetiştirir.

KÜRESEL SALDIRIDA DİNCİ ROLÜ

Kur'an'ı güzel okuyanı ödüllendirmeyle ilgili programlar yapan bu çete, Kur'an'ı anlayana saldırı düzenler ve deli muamelesi yapar. Hani derler ya nameler uyutur manalar ise uyandırır. Masal işte o masal. Bu bölüme Cemaat veya Tarikat isimlerinden bahsedip zuhurattan çarpılmayı göze almak yerine efendi yerlerden daha düzgün örnekler ile başlamayı seçtim. Örneğin Türkiye'de Diyanet İşleri Başkanlığının içinde kırk bin tane imam vazifesi gören misyoner papaz olduğu söylentisini araştırıp tam bir netliğe kavuşamadım. Tabi 40 bin papaz söylentisi sayıca çok olduğu için itibar etmesem de konu bu değil. Diyanet İşleri Başkanı Ali Erbaş'ın yazdığı kitapların Hristiyanlık, Hristiyanlıkta Reform ve Protestanlık Tarihi, Dinler Tarihi Sözlüğü, Engizisyon gibi konular olması beni şaşırttı. İslam adına olan bir kurumun başındaki isimden Allah katında tek din olarak kabul edilen İslam adına kitaplar görmeyi isterdim. Hele ki ortalıkta cemaat diye gezenlerin çoğunun kitapları evlere şenlik.

Hâl böyleyken, sorum size! Nasıl oluyor da sözde dindarlık arttıkça ülke uçuruma gidiyor ve ateistlik, deistlik, cinsel sapkınlık almış başını gidiyor? Nasıl oluyor da ortalık hacı hoca kaynarken tek bir tanesi bile çıkıp Müslümanlara bunca savaş açmış şeytana tek bir söz etmiyor? Nasıl oluyor da dünya böylesine yalan dolu kirli bir Üçüncü Dünya Savaşı içine sokuluyor da bu din adamlarının hiçbir tanesi bunların yaptığı zulümlerin adını koymuyor? Üstüne gitmiyor ve halkı bilinçlendirmiyor? Zulmün ve her türlü günahın muhatabı Kur'an değil mi! Din sözcüleri kendini Kur'an'ın sözcüleri gibi görmüyorlar mı? Neden yapılan ve anlatılan hiçbir dini söylem zulme karşı bir duruşa veya zalime değmiyor?

Kur'an bu zulümlere karşı yapılacakları tek tek anlatmıyor mu?

"Zulmedenlerin yanında olmayın. Yoksan ateş sizi de yakar." Hûd, 113

O zaman hangi din adamı gerçekte Kur'an'ın hükümlerinden bahsediyor? Din algımız, eteğin boyu ve orucu bozan şeyler, gibi zekanın kıt olduğu çöllerde mi gezmeli? Seviye bu ise Allah'ın üzerimize pislik yağdırması anormal mi duruyor?

Kur'an'ın anlaşılıp uygulanması, sorumlu sandırılan insanların söylentisine mi kaldı, yoksa sorumsuz olan insanların ondan yüz çevirip kendine sorumlu aramasına mı? Din ile kandırılan insana göre onlar sorumlu. Kur'an'a göre ise biz. Suç kimde?

Kur'an insanı muhatap alır ve Allah'a uyulmasını söyler. İnsan ise öteki insandan öteye gidemez. Kur'an insana, sözüyle Allah'a tabi olunmasını söyler. Sahte dinciler ise önce kendisine. Kendileri olmadan bırak Kur'an'ı anlamayı, onlarla olmadıkça, Allah insanı muhatap bile almazmış gibi davranır. Kur'an'a göre bu vahiy insanlık için inmiştir. Dincilere göre ise insanlara değil bir anlamda kendilerine inmiştir ve onlar onu anlamayan insana ancak kendileri anlatabilirler. Kur'an araya adam sokmaz. Riyakâr insan ise araya adam sokmadan duramaz. Kur'an ile insan, araya başka bir insan sokulduğu sürece bir araya gelemez! Haliyle bu da sadece din ile dinsizleştirme değil aynı zamanda din ile Allah'sızlaştırmaya yol açar. Sonunu anlayan ve din ile kandırılan insana göre onu gaflete sahte hocalar sürüklemiştir. Şeytana göre ise insan kendi riyakarlığı yüzünden bu yola girmiştir. Kur'an'a göre; şeytanın söylemi ile din ile kandırıp hesaba çekilen sahte hocanın söylemi aynı. 'Uymasaydınız, ben size sadece tavsiye ettim' Son sözü tabi Allah söylüyor. "Tadın bakalım azabı".

Düşmanın içeri girip iklimi, gıdayı, hayvanı ve doğayı suçlu gösterip saldırdığı yerde sizin sözde din adamları topu kadere ve kıyamet alametlerine atmıyor mu?

Kıyamet saatinin yalnızca Rabbin katında olduğunu söyleyen Kur'an'a karşı hemen her şeyi size kıyamet alameti diye yutturmuyorlar mı? Bu plansız bir cehalet mi yoksa planlı bir etkisizlik mi? Bu kaotik bir düzenin sonucu mu yoksa düzenin kaos çıkarmaya göre programlanması mı? Bu planlı dinsel uydurmalar yüzünden alenen yapılan iklim ve salgın gibi saldırılara karşı derin bir uykuda olan insanlar yok mu? Hocalarınız nerede?

Düşmanın gelişine karşı durman gereken reflekslerin bu tür saçmalıklar ile körelmiyor mu? Böyle 'uydurma bir dinin' sonucunda, olan her şeye karşı boş ve pasif dua savuran bir toplum ortaya çıkmadı mı?

İnsanlığa yapılan bir biyolojik saldırı olan aşıları size tavsiye edip, iklimi insan bozuyor diyerek, küresel çetelerin tarafı olmaları tesadüf mü? Cehalet mi yoksa bir ihanet mi?

Yapay ete geçişin, BM sapkın 2030 takviminin 4. Maddesi "daha az et yiyeceksiniz" iken bazı din adamları çıkıp zehir kusan etler için "helaldir" demedi mi?

Uzaya çıkma yalanlarına din adamlarının da eklenmesi, orayı mübarek mi kılmıştı? Kira öder gibi ev alma hayalleri kuranlara ev alır gibi kira ödeten hatta ödeyemeyeceğini bildiği için onları süren bir sistem günah işlemedi mi?

Dindar yayınlarla tanınan tüm kanallar Allah'ın yaratımına bozuk der gibi iklimin yalan tiyatrosunu sanki gerçekmiş gibi çanak tutmadı mı?

Ekranlarda gördüğünüz din veya bilim adamlarından herhangi birinin iklim kriziyle ülkelerin işgal edildiğine karşı durduğunu gördünüz mü?

Yine aynı muhafazakâr kanallar size ineklerin doğaya zarar verdiğini, böceklerin protein olarak ne kadar besleyici olduğu saçmalığını duyurmadı mı? Bu sapkınlığın helal olmadığına değinen meşhur bir din adamı gördünüz mü?

Dini grupların birçoğu, 'dinin', üzerindeki yıkıcı etkileri kadar siyaset üstünde bile denge belirleyici silah görevi görmüyor mu?

Allah, "Sakın o şeytan sizi Allah ile kandırmasın" derken, bunun dünyada bir karşılığı yok mu? Allah ile kandırılanın Allah adına konuşurken, zannedişiyle uyuduğu bir oyunun içinde olduğundan haberi var mı?

"İçerik olarak inek sütünden yaklaşık dört kat daha besleyici olduğu bilinen ve gelecekte onun yerini alacağı düşünülen süt, hamam böceğine aittir" diyerek bu iğrenç durumu senin dindar ve milli ekranların önüne koymadı mı?

İklim yalanı ihanetiyle, büyükbaş hayvanların doğaya karbon salarak zarar verdiğini iddia ederek dünyayı yapay ete geçirmek isteyen Bill Gates, Klaus Schwab gibi küresel cemaatlerin hain projelerine susup ve hedef saptırıp sessiz kaldıklarını görmedin mi?

Amaç tabi ki sadece seni hamam böceğine ait bir süte ikna etmek değil. Allah'ın yarattığı bereket olan inekten menedip, zehirli ve her türlü teknolojinin insan bedenine sokulup sadece onları zengin eden yapay ete inandırmak. Bu, ihanetin çok küçük bir kısmı. Ekranlarda gezen din adamı kılıklı hocaların kaçı bu ihanete savaş açtı? Göremezsin, çünkü çoğunun görevleri zaten bunları örtmek.

Bir zaman Mûsâ kavmine, "Allah size bir inek kesmenizi emrediyor," demiş; onlar da "Bizimle alay mı ediyorsun!" demişlerdi. Mûsâ, "Cahillerden olmaktan Allah'a sığınırım!" dedi. (Bakara, 67)

Bu ayet, buna susan veya karşı olanı cahil olarak nitelemiyor mu?

Müslüman kitleye yıllardır yayın yapma iddiasında olan birçok kanal, bir savaş silahından beter bir propaganda ile aslında vatanını yıkmaya sürüklemiyor mu?

Kur'an ile yürüyen birinin aklını kullanıp, kullanılmadığı sürece sefalet içinde kalması mümkün mü? Bütün ülken, varlığın, ailen ve değerlerin soyulur iken peşinde koştuğun din kılıklı cellatların sana söylediği bu söze göre hareket edersen, senden büyük bir zalim olabilir mi?

Akıl ve bereket dini olan Müslümanlık, tek kaynağı olan Kur'an'dan koparılıp zikirmatiklere indirgenince, bu sefalete sürgün edilmiş olması normal. Neymiş, fakirler zenginlerden beş yüz sene daha erken cennete girecekmiş. Neymiş efendim, "Bir insan fakir öldüğünde kefeninin cebinden cennetin kapılarını açacak 7 anahtar çıkacak"mış. Hatta, "Zamları yapan Allah'tır" diyerek düşülen sefaletin hırsızlarını ustaca örtüp, suçu Allah'a atmaktan da zerre utanmazlar. Oysa Kur'an'ı bilen;

"Şüphe yok ki Allah, insanlara hiçbir suretle zulmetmez, fakat insanlar, kendi kendilerine zulmederler." Yunus Suresi 44. ayetini bilir ve gerçeği anlar.

Bunları söyleyip, milyonluk evlerde oturup jipler ile gezen meşhur propaganda elemanları, bütün bu savaşın en hain etkisizleştiricisidir. Fakirlik mesele değil de bunlara inanıp Allah'a iftira atandan daha zavallı kim olabilir?

Kur'an'ın onlara müjdesi nedir?

Ey inananlar, din bilginlerinin ve din adamlarının çoğu halkın parasını hakketmeden yerler ve ALLAH'ın yolundan saptırırlar. Altın ve gümüşü yığıp ALLAH yolunda harcamayanlara acı bir azap müjdele. Tevbe, 34

Bu denklemi çözemeyip fakirliğe ikna olan, soyulup aptallaştırıldığını anlamayan bir kişinin nasıl olur da o Kur'an'ı okuyup kandırılmış olduğunu kaynağından anlamasını bekleriz? Kur'an'ı okuyup anlayan ve hatta uygulayan birinin yoksun olması mümkün mü? Bu Allah'a iftira değil mi?

"Bu Kur'an bizim indirdiğimiz bir bereket kaynağı kitaptır. Artık ona uyun ve hükümlerini yerine getirip Allah'a karşı gelmekten sakının ki size merhamet edilsin." *En'am, 155*

Kur'an için Allah, 'bereket kaynağı' derken, o vaaz verenlerin birçoğu niye sizi yoksulluğa ikna etmeye çağırıyor? Çünkü sizi soyanların şahane silahlarıdır kendileri. Ben, bu ayete dayanarak Kur'an'a uyanın yoksunluk çekmesi mümkün değildir, desem buna kim karşı gelebilir? Allah, *Mü'min Suresi 60'ta "isteyin vereyim"* diyor ise istemenin pasif bir fiil olmadığını anlamak, sonra da yoksun olduğumuz her şeyin sebeplerini tekrar sorgulamamız gerekmez mi? İsteme şeklini sayıca tekrarlanan dualar mı, boğazına astığın kağıtlar mı yoksa paylaşımlara yaptığın niyetler mi belirler? Yapmayınca yoksun ve elin boş kalacak biliyorsun di mi?

"Allah'ı bırakıp yakınlık sağlamak için edindikleri ilahlar, sahte hocalar, şefaatçiler onlara yardım etselerdi ya? Bilakis, onlar kendilerinden kaybolup gittiler. Bu sahte ilahlar ve onlara yükledikleri sıfatlar, sadece onların yalanları ve uydurduklarıdır." Ahkaf, 28

Bu ayetin muhatapları kim! Kim bu Allah'ın sahte hocalar ve şefaatçiler dediği kimseler, neredeler? Sana diyor, duyuyor musun? Yoklarmış gibi yapmayı bırakır mısın?

Şeytan, Peygamber'in etrafını öyle bir sarmış ki sözü bir türlü Allah'a getirmiyor! Çünkü orası kendilerini de aşıp toplumların köleliğini ellerinden kaybettirecek bir alan. Çünkü orası değiştirilemeyecek kadar üstüne söz verilmiş Rabbin koruması altında olan alan.

"Şüphe yok ki, Kur'ân'ı biz indirdik ve şüphe yok ki, O'nu her türlü bozulmadan da biz koruyup muhafaza edeceğiz."Hicr,9

O yüzden 'din' diye ne dersen de bir türlü konuyu Allah'ın kendisine ve sözü olan Kur'an'a getiremezler!

Papazların bile peşinden koştuğu dinleri gönderenin son gönderdiği Kur'an'ın hükümlerindeki yalancılar kim? Allah'ın ayetlerini bundan başka nasıl -kendilerince-karartıyorlar?

ALLAH DOSTU KİMDİR?

Ölen veya yaşayan tüm Allah dostları, İslam adına iyi bir şey yapmış olan her kim ise bize sadece örnek olabilir veya yol gösterebilirler. Yapılan her iş Allah'a gider ve onların mükafatları da elbette Allah katındadır.

Ancak varlıkları yolumuzu tıkamaz, tıkayamaz! Onların varlıkları ne bizi kurtarabilir ne de öldükten sonra fikirleri dışında bir etkileri olabilir. Kırklar, yediler, evliya, mesih, mehdi ve hızır gibi tüm beklentiler; 'derin devlet', 'kadim devlet aklı' gibi algılar ile aynı etkisizliğe yol açar. Hatta çok üzgünüm, bunların hepsinin uzun yıllardır işlenip zihinleri zehirlemesi tam da bugünün kaosuna karşı savunmasız kalmanız içindir.

Anadolu'dan kurtarıcı, kayalardan oğul, yıldızlardan görevli, ölülerden dirilme, siyasiden medet, ak saçlı, kadim devlet aklı, kahraman Türk milleti, hızır, evliya, mesih, mehdi veya Süpermen'den 'gelip seni kurtaracağını beklemek' korkak ve riyakâr insanların kendisiz temennileridir. Her şeyini kaybedecek olanlar işte bunlardır.

Her yönden, altı birçok veriyle doldurulabilen bu tür kahramanların gerçekten işe yarayıp yaramaması değil mesele. Her birinin farklı inanç türlerine sahip insanların farklı yapılarına hitap eden etkili yönleri vardır. Ancak sonuçta tek bir etkisizleştirmeye çıkan birçok savaş silahından beter insanı durduran tehlikelerinin olduğunu gizleyemeyiz. Hiçbirinin var olup olmaması veya gerçek olup olmaması mesele değildir. Her birinin psikanaliz olarak kendinden vazgeçiren ve beklentiyi ötekine atan çeşitli aynı uçurumları vardır. Düşünün ki hepsi var, hak ve gerçek, ancak ortada gücü istemen gereken Allah ve gelen emri yapması gereken sen, bir türlü yoksun. Bu riyakarlığı nasıl açıklayacaksın?

Değerli okuyucum, ey Müslümanlar, Türk Milleti, sahte dinciler ve Romalılar. Bu satırları okurken, zehirlenmiş zihinlerin okuduğunu değil, anladığını yorumladığı sapkın hallere düşmeyin. Korkmayın, bu dediklerinizin hiçbirine gelmez veya yok demiyorum. Gelirse, senin veya benim için kimse gelmeyecek, diyorum. Esas olan daima İslam davasıdır, davadır. Sen kimsin? Gelseler bile bu riyakâr tavrı hemen anlarlar. Tebük seferinde Hz. Peygamber 30 bin kişiyle 200 bin kişilik Bizans Roma üstüne baş komutan olarak giderken, korkak bir şekilde geri kaçanların her hâli Tevbe Suresi'nde ayrıntılı olarak geçer. Cehenneme gireceği netleşen 80 küsur kafir, tecrit edilip 55 gün sonra tövbesi kabul olan 3 kişilik insanlar; Allah'tan başka gidecek kapının olmadığını anlayan insanlardır. Tevbe Suresi'ndeki ayetler tavır olarak ne yapmamız gerektiğinin örneğidir. Şimdi, bize Hz. Resûlullah gelse ne yapsın? Bu tür beklentiler, bu savaşa gidenleri Hz. Peygamberi görse bile geri çevirmeye çalışan münafıklar ile aynıdır. Allah'ın emri sanadır. Topu ona buna atıp kurtaramazsın. Uydurma din gözlüğü zehirli ve saldırgan bir tasarımdır.

O yüzden uyandırma vurgularımızı gittikçe sertleştirerek haykırıyoruz.

"Dikkat et, Allah adına birtakım kimseleri evliya, Allah dostu edinenler 'Bunlar bizi Allah'a daha çok yaklaştırsınlar diye biz onların peşinden gidiyoruz,' derler. Kuşkusuz, kendilerinin ayrılığa, anlaşmazlığa düşüp durdukları şeylerde, onların arasında Allah hüküm verecektir. Allah, yalancıları ve Allah'ın ayetlerini karartanları doğruya iletmez." Zümer, 1-3

Bu ayet ile kavga edene şu ayeti yapıştır gitsin:

"Onlar, Allah'ın peşi sıra kendilerine zarar da yarar da sağlamayacak şeylere tapıyorlar ve 'Bunlar, Allah katında bizim şefaatçilerimizdir,' diyorlar. De ki: Siz Allah'a göklerde ve yerde bilemeyeceği bir şeyi mi bildiriyorsunuz! O, onların ortak koştuklarından yüce ve uzaktır." Yunus, 18

Bu durum ile kavga edenin tarifi müşrik olarak geçer. Bu çetenin Kur'an'dan kaçıp rivayetleri kullanması bundandır. Bu iki ayet ile karşılaşıp insan önünde okunması demek, kendi varlıklarını toptan yok edeceği için buraya hiç girmezler.

Güç, sadece iman edip hareket ettiğimiz sürece bizizdir. Bizi ve yaşamı değiştirecek tüm akıl, ayet ve imkân, yaratılmışların, tümüyle yaşayan insanın kendine verilmiştir. Kur'an'ı karartan çeteler öylesine ince bir ihaneti yüzyıllardır işliyor ki adeta dalga geçer gibi dirilere indiği en açık vurgulanan Yâsîn Suresi'ni, cenaze ve ölüler üzerinden bir sektöre bile dönüştürmüş durumdalar.

"Bu Kur'ân ancak aklı, fikri, duygusu, diri; kalbinde hayat ışığı olanları uyarmak ve Allah'tan gelen gerçekleri örtbas edenlerin üzerine de azapla ilgili sözün hak olduğunu bildirmek üzere indirilmiştir." Yasin, 70

Halbuki bu Kur'an, okuyup anlaşılıp yaşansın, kendisiyle cihad edilsin ve diriler uyarılsın diye dirilere indirilen bir nimettir. Kur'an'ın, mezarlıklara indirgenmesi bu çetenin İslam'a en belirgin ihanetlerindendir.

Din oluşumlarının da birçoğu aslında bu gücü sizden almak için vardır. Tövbe ipini bile Allah'tan alıp kendine bağlama sebepleri bundandır. Hz. Peygamber adına iftiralar atıp Kur'an'ın önemini karartan ve O'nu kullanıp sizi saptıran bu çetelerin kumandası planlı mekanizmaların elindedir.

Hesaba çekileceğimiz tek sınav Kur'an'ın hükümleridir! Peygamberler dahil ahirete göç etmiş, ayete göre ölü saymadığımız şehitler dahi bizim kurtuluşumuzda öldükten sonra bir etkileri olamaz. Hatta *Ahkaf Suresi 9*'a göre Hz. Peygamber, "***Benim ve sizin başınıza gelecekleri bilmem,***" Yani hiçbirisinin ne kendi başına ne de bizim başımıza gelecekleri bilmeleri mümkün değildir. Hak eden veya etmeyen, zalim veya hak olan o birey ve o toplum biziz! Karşılaşacağımız sonuçları belirleyen tek şey yaptığımız veya yapacaklarımızdır. Biz yapmayınca ayet inse, Peygamber geri dönse, tüm evliyalar tekrar dirilse, şahsımız için bir şey değişmez! Kandırılıp etkisizleştirildiğimiz açıklar tam da buralardır.

"Başınıza gelen herhangi bir musibet, kendi ellerinizle kazandıklarınız (yaptıklarınız) yüzündendir." Şura, 30

"Sana gelen iyilik Allah'tandır. Başına gelen kötülük ise nefsindendir."Nisa, 79

Size ne oluyor da Allah'a güvenmiyorsunuz? Kırklara, yedilere, evliyalara ve ulemalara ve sözde din adamlarına güveniyorsunuz da neden Allah'a güvenmiyorsunuz? Hepsine güveniyorsun da neden kendine güvenmiyorsun! Neden o kırkta bir veya yedide bir olmanın ne demek olduğunu kendin yaşayarak hissetmeyi denemiyorsun? Onlara, 'yok' mu dedik? Kötüler mi dedik? İman etmediler veya İslam için savaşmadılar mı dedik? Haritanın hiçbir yerinde seni niye göremiyoruz? Bu kadar mı değersiz, aciz, akılsız veya cahilsin? Allah seni bozuk yarattı, öyle mi?

"İnsan, hatırlanmaya değer bir şey değilken üzerinden çokça zaman geçmedi mi?" İnsan, 1

Ayeti seni kimse bilmez ve hatırlamaz iken hatırlayanın ve var edenin, sana kim olduğunu gösteremedi mi? Allah değerini bildi de bir sen bilemedin, öyle mi?

"Eğer Allah, (yaptıklarından dolayı) sana bir zarar dokundurursa, O'ndan başka onu giderecek hiçbir güç yoktur. Ve eğer sana bir hayır dokundurursa (O'ndan başka onu engelleyecek de yoktur). Çünkü O, her şeye gücü yetendir." En'am, 17

Yani sevgili kardeşim, Allah dışında kimden ne istersen iste, elin zuhuratta boş kalır. Baş aşağı dikilirsin ve yuvarlanıp gidersin maazallah.

ALLAH İLE TANIŞMAN İÇİN FİRAVUN VE HZ. MUSA KISSASI

Neden sürekli bir kurtarıcı bekliyorsun? Neden Allah'ın, interaktif hayatın içinde ve her an seninle olan varlığına bu kadar kör oluyorsun da topu sürekli taca atıyorsun? İstediğin an sana hemen cevap verip hayatın tüm labirentlerini isteğin ve tavrın, hatta hak edişin doğrultusunda değiştirebilecek bir Rab, neyine yetmedi?

Hakkedişine göre seni her daim görüp kuşatan bir Rabb'in nasıl bir şey olduğunu hâlâ anlayamadın mı? Hz. Musa'nın kıssasından Taha Suresi'ndeki ayetleri ayrıntılı incele gel ve burayı yeniden oku lütfen. Ama ben sana Allah'ın bugün de nasıl bir şey olduğunu anlaman için o kıssaları kabaca özet geçeyim: Kur'an'ın bu bölümünde, zalim hükümdar Firavun'a karşı Musa, Allah'ın emriyle "Firavuna git, çünkü o azmıştır" denildiği noktada, Musa'nın korkup Rabb'inden, kardeşi Harun'u arkasını sağlamlaştırmak üzere yardımcı olarak vermesini ister. Rabb'i dileğini kabul edip kendisine, "Ben seni daha önce de korumuştum" diye, kendisinin hayatın içindeki interaktif varlığına dair önemli bir hatırlatma yapıyor. Bu; günümüz dünyası içinde Allah'ın varlığının nasıl bir şey olup ne tür beklentiler ile kaderi irademizle değiştiren, duamızı kabul ettiğinde her an yanımızda olan bir güç olduğunu anlamamıza yarar. Din ile kandırılan insanlardan saklanılan Allah, işte böyle bir güçtür. O yüzden kendine acımayı kes ve anla!

Ayette, Allah Musa'ya "Ben senin annene seni bir sandık ile denize bırakmasını vahyettim" diyor. Hatta, "Onu da oradan, sahile vurduğunda 'onu bana ve kendisine düşman' Firavun alacak" diye de ekliyor. Yani Musa'nın bebek iken annesinden alınıp sandık ile denize bırakılması, orada boğulmadan gideceği yerin ve kaderinin önceden bilinmesi ve gelecekte nereye getirileceği, hepsi tam bir plan dahilinde işliyor. Böyle bir gücün her an seni de kuşattığını, duyup anladığını, hayatına müdahale edebilir ve her şeyin üstünde ve şimdi tam da burada olduğun bilmek nasıl bir duygu?

Bu surede Allah, Firavun 'un sarayına bebek olarak götürülen Musa'nın, orada onu korumak için kız kardeşini gönderip 'bakımı için size birini getireyim mi' diyerek Musa'nın annesinin sevgisiyle büyümesini sağladığından açıkça bahsediyor. Firavun 'un sarayında annesinin varlığıyla büyüyen Musa'nın, Peygamber olarak onun karşısına çıkıp bugünün bilim adamları gibi sihirbazlarıyla sınava girip Firavun'a Allah'ın yardımıyla meydan okuduğunu görürsün. Musa'yı Firavun'a karşı restleşmeye hazırlayan Allah, ona, 'elindeki sopayı yere at' der ve sopanın yılan gibi kıvranıp canlandığını gören Musa, korkup geri kaçar. Rabbi ona, "Korkma ve geri gel. Sen artık bu dünyada da öteki alemde de güvenlik içindesin" der.

Kusursuz bir takip, şaşılacak bir gözetim ve engel olunamaz bir koruma. Nasıl Allah ama? Şimdi bu Allah'ın, sana sandırılan Allah ile ilgisi var mı? Sahte dincilerin okuyup üflediği kağıtlarını boğazına asıp seni koruyacağını sandırıp kandırmasıyla bu gücün alakası var mı? Yoksa sen Allah'ı seni yaptıklarına göre değil de boğazına asılmış hemail veya muskalarına göre mi seni kuşattığını zannediyorsun? Sana sandırılan Allah'ın, anlamını bilmediğin bir sureyi kaç adet okuduğunu sayacağını mı düşündün?

Neyse, bunun üstüne hak yolda olan Musa Firavun'a karşı bu meydan okumada Rabb'inin yardımıyla üstün gelir. Musa daha önce mucizesini sınadığı sopasını yere atar ve onun mucizesi yani hakikati, Firavun'un sihirbazlarının ortaya attığı her şeyi bir güzel yutar. Bu mucizeye şahit olan ve Musa'nın Rabbine iman eden sihirbazlar Firavun'dan sıyrılıp Allah'a inandığını duyurur ve teslim olduklarını ilan ederler.

Bunun üzerine Firavun'un, Musa'nın Rabbine inanarak

kendi emrinden çıkan sihirbazlarına ellerinin çapraz olarak kesileceği tehdidiyle 'kimin azabı daha şiddetliymiş şimdi görürsünüz' diyerek Allah'lık tasladığını görürsünüz.

Bunun üzerine Firavun'un, Musa'nın Rabbine inanarak kendi emrinden çıkan sihirbazlarına ellerinin çapraz olarak kesileceği tehdidiyle 'kimin azabı daha şiddetliymiş şimdi görürsünüz' diyerek tanrılık tasladığını görürsünüz.

Buna rağmen Allah, Firavun'dan dönen kullarına karşı da hak ile beraberdir. Firavun, ordularıyla Musa'ya saldırsa da Musa kendi halkıyla beraber, ardından yetişmelerinden ve denizin onları yutmasından korkmaksızın Allah'ın gösterdiği denize doğru halkıyla birlikte yol alır. Allah Musa'yı ve halkını, suya emrederek, denizi yarıp onların elinden kurtarırken Firavunu ve ordularını, ardından geldiği anda bu suda boğar ve anında yok eder. Yani demem o ki, Allah hak eden tüm kullarının içinde bilmediği şekillerde ona merhamet eder. Yollar açar ve onu hayal etmediği topraklara bile mirasçı kılar. Bu, Allah'ın vaadidir ve şüphesiz Allah vaadinden dönmez.

"Görmezler mi ki onlar her yıl bir yahut iki kere musibetlere uğratılırlar da gene ne tövbe ederler ne ibret alırlar." Tevbe, 129

Fitne, aşılması zor bir sınavdır ancak buradaki ifadeyi, her yıl kabuk değiştirip güçlenmen ve bulunduğun kaderi değiştirmen için bir fırsat olarak gör. Çünkü buradaki fitneyi, çekirdeğin içindeki cevherin çıkarılması işi gibi de algılayabilirsin. Fetene kökünden gelir. Taşı kırdı ve altını çıkardı, gibi. Haliyle, zorlukla bile seni dönüştürüp güçlendiren ve yaptıklarını gözetleyen bir gücün, elinden tutmasına izin vermek senin elinde.

HZ. PEYGAMBER DİN DEĞİLDİR!

Size ne oldu ki, Resûl sizi Rabbinize inanmanız için davet ettiği halde Allah'a inanmıyorsunuz? Oysa O, sizden kesin söz almıştı. İnanmışlar iseniz; bu çağrıya koşun. Hadid, 8

Peygamberleri gözünüzde büyütmeyin diyen kim? İnsan onları örnek alıp sevmez de neye değer verir? Peygamberleri de büyütün ve savaştıkları yol için savaşın! Peygamber dahil hiç kimseyi elbette ve tabi ki Allah ile kıyaslama!

Emevilerin, ümmeti Allah'tan koparmak için Hz. Peygamber'i öncelemesi, bugüne ulaşmış bir ihanettir.

"Elçinin görevi ancak Allah'ın ayetlerini size duyurmaktan ibarettir." Maide,99

Hani Hz. Peygamber sizden kendisi için değil, 'Rabbiniz için' söz almıştı, ne oldu? 'Kendisi için değil' sözünden fitne çıkarma, seni görüyorum. Sahi, sen Allah'ı bugün burada olmayan, sadece ahirette karşına çıkacak bir varlık olarak mı görüyorsun? İnanan ve sabreden, onunla hareket eden ve hükümleriyle umutlanan herkesi ilgilendiren şu ayetin senin hayatının içinde nasıl bir belirleyici güç olabileceğini hayal edebiliyor musun? Beni affet din ile kandırılan sevgili kardeşim, Allah seni özgür yarattı sen ise kendine tasma arıyorsun.

HZ. RESÛLULLAH ADINA UYDURULAN DİN GERÇEK DEĞİLDİR

"Şu hâlde Allah'a itaat edin, Peygamber'e itaat edin ve (kötülükten) sakının! Eğer yüz çevirirseniz, iyi bilin ki elçimizin görevi mesajı apaçık tebliğ etmekten ibarettir." Al-i İmran,3; Nisa, 69.

Birileri kendine, bağımsız biriymiş gibi Hz. Peygamber'i elçilikten çıkarıp ilahlaştırma derdinde. Tek argümanları, Allah'a ve Peygamber'e asılsız iftira attıkları sözde hadis kaynaklı rivayetler ve uydurmalardır. Hadisi inkarcılığın kılıfı, hadisi inkâr edenlerin tasarımı değildir. Tam tersine, dinin içine her türlü pisliği 'din' adına hain emeller üreten, insanları dinsizleştiren güruhların, bu işe, uyananları susturması için bilinçli tasarımıdır.

Hadisi ve ayeti sizden öğrenecek değiliz!

"Benden Kur'an dışında hiçbir şey yazmayın. Kim benden Kur'an dışında bir şey yazmışsa imha etsin." (Müslim)

Hadisin ve sünnetin bizde yeri apayrı. Ancak bir de saklanan şu hadis üzerinden olaya bakın:

"Sahabe, Allah'ın elçisinden sözlerini yazmak için izin istediler. Ancak onlara izin verilmedi." (Darimi. Es-Sünen)

Buradaki ayrımı ve sosyolojik tehlikeyi açmama müsaade edin:

Ben, Allah'tan böyle bir emir geldiğine inansaydım, şüphesiz ona da boyun eğerdim. Ancak Allah'ın emirlerinin açıkça bana ulaştırıldığı Kur'an'a baktığımda görüyorum ki bu hainler Hz. Peygamberimiz dahil peygamberler üzerinden toplumları ve İslam'ı büyük bir yıkıma sürükleyecek girdaba sokmuşlar. Kendilerini ise gerçek sufizm veya ehl-i sünnet ile alakası olmayan, ehli sünnet masalıyla kamufle etmiş bir operasyonun maşası yapmışlar. Resûlullah'ın kutlu Kur'an davasının uygulanmasına ehl-i Kur'an veya ehl-i Kitap demene müsaade etmezler mesela. Çünkü Kur'an'a uzak, araya sızmış olan şeytana yakın olman beklenir. Konunun uzmanlarının araştırmalarıyla anlıyoruz ki dolaşımda neredeyse 2,5 milyon hadis bulunuyor. Bu da bir insan yaşamındaki kabaca her beş dakikada bir söz ifade etmesine geliyor. Elbette ki böyle bir şey mümkün değil. Ancak bütün bu hadislerden iki buçuk milyonuncunun uydurma olabileceğini tartmaya kalksan orada bile saçma bir sorguyla karşılaşırsın. Çünkü kendine aralık sağladıkları din kılıflı saldırı silahını ellerinden alman istenmez.

Kur'an'ın davası demek, onun adına oluşumlar kurup o kurumlar ile kurban ve zekât toplamak mıdır? Niye biz Kur'an aklını bu tür gruplardan çıkarıp bir türlü insanlığın aklına, bireyin kalbine ve günlük davranışlarına sokamıyoruz? Niye insanı topluluklardan alıp bireyi özgürleştiremiyoruz? Bu oyunda çete elebaşlarının yalanları mı daha güçlü yoksa insanın bireysel riyakarlığı mı?

Çünkü bu dincilerin çoğu sürekli ve her koldan 'biz olmazsak sen Kur'an'ı anlayamaz ve uygulayamazsın' diyorlar. Anlatıp uygulattıklarından da ise çıkan sonuç ortada.

Bu karanlığı, sadece bir cehaletin, sanrı üzerine inşa edilmiş bir ürünü olarak görmeyin. Tam tersine çok akıllı bir planın psikolojiyle örülmüş, toplum bilimiyle harmanlanmış ve ülkeleri devirebilecek kadar tehlikeli bir silahın ta kendisidir. İstihbarat servislerinin cemaat ve tarikat gibi kurumları fonluyor olmasının nedeni de bu, kitleleri kontrol altında tutmak. Amaç bu ve sonuç ortada. Kendilerine göre güzel de iş çıkarmışlar.

Bize ve insanlığa sahte din operasyonu çekenler, Allah'ın yardımından uzak kalınacağı bir inançsızlığa toplumu sürüklemediler mi? Yani onların eliyle olan kandırılmamız, bugün önceki helak edilen şehirlerin başına gelmişler gibi bizim de başımıza geleceklerin bir anlamda zeminini hazırlayan bir iş olmadı mı?

Peki, diyelim başımıza gelenleri bizim din ile kandırılıp düştüğümüz sapkınlığa bağladık. Tamam da Hz. Peygamber adına din uyduranların peşine gitme konusunda Kur'an ne demiş; sözde din savunuculuğu yapıp saptırdıkları dinin kaynağı, adına iftira attıkları elçisi ve kutlu Peygamberi için bakalım Rabbimiz ne demiş:

"Ey muhataplar hepiniz Rabbinizden size indirilen Kur'an'a uyun. O'ndan başka lider ve önderlerin ardında gitmeyin. Ne kadar da azınız öğüt tutuyor." Araf, 3

Soruyorum şimdi size: Peşinden gitmememiz gereken sözde liderlerin karanlığı altında değil miyiz?

Yukarıdaki uyarının hemen ardından gelen ayete dikkat:

"Nice ülkeler var ki onları helâk ettik. Azabımız onlara geceleyin yahut gündüz istirahat ederlerken geliverdi." Araf 4

Ayetin tehdidi çok açık. Helak edilen ülkelerin başına gelenler muhatapların Kur'an'a uymayanlar olarak mı ifade ediliyor o ayrı. Benim dikkat çekmek istediğim yer ise bizim tam olarak neye uymamız gerektiği yönünde. Bize din olarak Peygamber'in sözüne ve Kur'an'a uy diyenler, onun sözünün sadece Kur'an olabileceğini neden saklıyor? Çünkü toplumları kontrol edebilecekleri tüm tezgâhı tam da bu araya kuruyorlar da ondan.

Hadis zaten bilgisini Kur'an'dan alır ve onun Hz. Peygamber tarafından uygulamaya geçirilmiş halidir. Yani hadisin kaynağı Kur'an iken, 'Kur'an'ı baz alma sadece hadisi dinle' ne demek? Hadise vahiy muamelesi yapmak nasıl bir sapıklıktır? Bu, Peygamber'e iftira, gücünü karartma ve onu ilahlaştırarak şirke düşmek demektir.

Onlara göre kural koyucu hem Peygamber'dir hem Allah. Allah'ın kitabına göre ise durum çok net. Hiçbir peygamberin öyle bir yetkisi olamaz!

Allah sana: "Zira göklerde ve yerde bulunan her şey Allah'ındır. Din ve kural koymak da sadece O'nun hakkıdır. Şimdi siz Allah'tan başkasından mı çekiniyorsunuz?" (Nahl, 52) der.

Din ve kural koymayı Allah kimseye bırakmamış ve konuyu netleştirmiş.

Allah sana, "Ve yine o melekleri ve nebileri (peygamberler) dinde kural koyucu Rabler edinmenizi de emretmez. Zira O size Müslüman olduktan sonra kafir olmayı emreder mi?" (Ali İmran, 80) diyor.

Bu ayette Allah, resmen ve alenen Hz. Peygamber'i dahi dinde kural koyucu olarak görmeyi kafirlik olarak nitelendiriyor. Daha ne desin? Hâl böyle iken, Hz. Peygamber'i kullanıp seni kandırmalarına nasıl izin verirsin?

HZ. RESÛLLULLAH NEYE UYMAK ZORUNDA?

Peki Hz. Peygamber adına din uyduranların bize Peygamber'in sözünü göstermeleri meselesini bir de Rabbimize soralım. Bakalım Hz. Peygamber'in kendisi neye uymak zorunda:

"Ey peygamber, sen de yalnızca sana vahyolunana tabi ol ve Allah hükmünü verinceye kadar sabret." Al-i İmran, 103

Vay canına. Durum heyecanlı bir hâl almaya başladı. Şimdiden, bu sayfa ve ayetler ile kavga eden zihni yıkanmış saldırganları hayal edebiliyorum. Ben sorumluluğu üstümden atmak için anladığımı açıp ortaya gerçeği bıraktım, gerisini Rabbim taktir etsin. Sonucu beni aşar. Ne anlamış olduk yukarıdaki ayetten?

Abdullah'ın oğlu Muhammed de, Hz. Peygamber Muhammed'e yani ona indirilen Kur'an'a tâbi olmak zorunda! Anlamadan okumayı maharet sandıran bazı cemaatlerin, toplumdan gizledikleri bu emirler ile kutlu Peygamber'in yolunda olduğunu nasıl iddia edebilir? Hazreti Peygamber'in kendisi dahil herkes bu kitaba tâbi olmak, buna uymak zorundadır. Arada başka bir din yok! Peki Hz. Peygamber çıksa ve bu aralığa kendi sözünü din olarak koymuş olsa ne olur?

"Eğer Peygamber bize atfen bazı sözler uydurmuş olsaydı, elbette onu kıskıvrak yakalardık. Sonra onun şah damarını koparırdık. Hiçbiriniz de buna mâni olamazdınız." Hâkka, 44-47

Bu şimdi benim sözüm mü Allah'ın sözü mü? Hadis inkarcılığı kılıfıyla bu şebekenin uydurduğu aralık, şeytanın oturduğu yıkıcı bir ayrımdır.

De ki: "Ben peygamberlerin ilki değilim (Öncekiler gibi bir elçiyim); benim ve sizin başınıza gelecekleri bilmem, ben ancak bana vahyolunana uymaktayım; ben sadece apaçık bir uyarıcıyım." Ahkaf, 9

Bu ayetten siz ne anlıyorsunuz? Bu tür bir konunun açıldığı anda ilk saldırdıkları en aşağılık yalan, Resûlullah'ın aşağılanmaya çalışıldığı vurgusudur. Hâşâ!

Öncekiler gibi bir elçi olduğunu söylen Hz. Peygamber'e

yapılan ilahlık yakıştırmaları onu yüceltmeye mi yarar yoksa Allah'a eş koşmaya mı? Bu sapkınlık insanı din ile Allah'sızlaştırmaya, O'nun gücünden ve anlık tüm etkilerinden koparıp atmaya yarar.

Örnek vereyim; "Ortalık karıştı, düzen bozuldu. Yetiş Ya Muhammed yetiş Ya Ali" Peki ya Allah? Cenabı Allah Yahudilerin dediği gibi karaları Hızır'a, denizleri de İlyas'a bırakıp kenara mı çekildi? Allah dışında kimden ne isteyebilirsin sen?

Allah her an bir şandadır!

"Göklerde ve yerde ne varsa, hepsi O'na el açar ve O'ndan isterler. O Allah her an ve her zaman ayrı bir işi yaratmakta ve devam ettirmektedir, yani günah, sevap, hastalık, şifa, yükseltme, alçaltma, zengin, fakir, bahar ve yaz, güz ve kış O'nun işlerinin birer tecellisidirler." Rahman, 29

HZ. İSA ve ÜZERİNE OYNANAN OYUN

Hz. İsa'yı Allah'a ortak koşarak toplumu Allah'tan koparan çetelerin İslami cemaatler eliyle yaptığı da aynıdır. Hz. Muhammed (s.a.v) adına adeta uydurulmuş bir din ile gizli bir tanrı algısı yürütülür. Onun hadislerini Kur'an'ın vahyi önüne koydurup, hadise vahiy gibi davrandıranlar adeta bunu sorgulamayı Allah'a şirk gibi gösterirler. İnsanlarda bu sayede bir türlü Allah'ın sözü olan Kur'an'a ve Rabbin kendi gücüne ulaşamamaları sağlanır.

"Yahudiler, 'Üzeyir Allah'ın oğludur,' dediler, Hristiyanlar da 'Mesîh (Îsâ) Allah'ın oğludur,' dediler. Bunlar, daha önceki inkârcıların söylediklerine benzer biçimde ağızlarından çıkan sözlerdir. Allah onları kahretsin! (Gerçeklerden) nasıl da yüz çeviriyorlar!" Tevbe, 30

Peygamberler arasında bir ayrım yapmak, Hz. Muhammed'i öncekilerden üstün tutmak veya ötekileri yok saymak tehlikeli bir fitnedir. Burada aslında aşağılanan ve insanlıktan uzaklaştırılan, Allah için gelmiş ve geçmiş tüm peygamberlerdir. Örneğin; Hz. İsa her ne kadar Hıristiyanların lideri gibi bilinse de davası Allah'ın indirdiği dinin davasıdır ve o da öncekiler gibi Rabbimin elçisidir. Dinler arası diyalog saçmalığına çanak tutan, hatta ülkemize bu fitneyi sokan ve bir anlamda İslam'a savaş açan kurumların sessiz kalan ve önünü açan Türkiye'deki bazı cemaat veya tarikat oluşumları vardır. Bunların en başında dünyanın kanlı örgütlerini tasarlayan Vatikan'a yani Vatikan Devlet Başkanı Papa'ya bile mektup yazıp sözde yanlış anlaşılmayı düzeltmek isteyen Terörist Fetullah Gülen gelir.

"Paul Cenapları tarafından başlatılan ve devam etmekte olan Dinlerarası Diyalog için Papalık Konseyi (PCID) misyonunun bir parçası olmak üzere burada bulunuyoruz," diyerek başlıyor ve "İslam, yanlış anlaşılan bir din olmuştur ve bunda en çok suçlanacak olan Müslümanlardır. Uygun bir yerdeki vakitli bir gayret bu yanlış anlamanın büyük oranda azalmasına katkı sağlayabilir. Müslüman dünyası, İslam'ın asırlarla ölçülen yanlış algılanmasını silip atacak bir diyalog imkânını bağrına basacaktır." Rabbin Aciz kulu Fetullah Gülen. Hıristiyan jargonunu bilen iyi bilir ki buradaki Rab dedikleri de Hz. İsa'dır.

Allah, Hz. İsa'yı bu çetenin elinden nasıl kurtarıp hepsini lanetlediğini nerede anlatmış bakalım: Hristiyanlar Hz. İsa'nın çarmıha gerilerek öldürüldüğü iddiasındalar. Hâlbuki, Nisa Suresi 157 ve 158.ayetleri bu konuya noktayı koyar. Onların inancına göre Hz. Âdem ile Havva cennetteki yasak meyveden yiyerek insanlık suçu işliyor. (Tekvin 3/24) Bu sebeple Allah onların çocuklarının hepsini ateşe mahkûm etmiştir. Ancak, Hz. İsa insanlığa acıdığı için haç üzerinde bütün insanlığın suçunu kendi üzerine alarak kendini bu uğurda feda etmiş olarak gösterilir. İnsanları ona karşı bağlı hissettiren en önemli detay ise kendilerine miras kalan bu günahtan onun sayesinde kurtulmuş olmalarından ileri gelir. (Romalılara Mektup, 3/23-26) Bu Romalılar, kutsal kitap adına bile sağlam film çevirmekten geri durmamış.

Kur'an-ı Kerim, Fatır: 18'de bu kaynağı anında çürütür ve "Kimsenin günahını bir başkasının istese de alamayacağını" buyurarak adaletiyle meseleyi peşinen yalanlar.

"Hiçbir günahkâr, başkasının günahını yüklenmez ve onunla yargılanmaz. Ağır bir günah yükü altında ezilen kimse, yükünü taşımak için başkasını yardıma çağırsa, bu çağırdığı kimse akrabası bile olsa, onun günahından en küçük bir şey yüklenemez." Fatır, 18

"Hiç kimse başkasının günah yükünü üstüne almaz." İsra, 15

Çünkü Allah, bir kulun günahını diğer kula yüklemez. Böyle diyen bir din olmaz. Atalardan gelen aktarım ile bağ kesme gibi saçmalıkları da toptan çürütür bu ayetler.

Hz. İsa meselesinin gerçeği şu ayet ile gayet nettir:

"Ve Biz, 'Allah'ın peygamberi olan Meryem'in oğlu İsa'yı öldürdük,' demeleri sebebiyle kendilerini lanetledik. Rahmetimizden kovduk. Hâlbuki ki onlar İsa'yı öldürmediler ve asmadılar. Fakat kendilerine bir benzetme yapıldı, onlardan biri İsa şeklinde kendilerine gösterildi ve bu adam öldürüldü. Esasen, İsa'nın katli hakkında kendileri de ihtilafa düşüp, kesin bir şüphe içindedirler. Onların, bu öl-

dürme hadisesine ait bir bilgileri de yoktur. Ancak kuru bir zan peşindeler. Onu gerçekten öldürememişlerdir. Doğrusu Allah, onu yükseltip himayesine almıştır. Allah azizdir, hükmünde hikmet sahibidir" Nisa, 157- 158

"Ey İsa, seni vefat ettirip katıma yükselteceğim. Seni o inkârcılardan arındıracağım ve sana tabi olanları kıyamet gününe kadar inkâr edenlerden üstün kılacağım. Sonra dönüşünüz bana olacaktır. İşte, ayrılığa düşüp durduğunuz hususlarda aranızda hükmü o zaman ben vereceğim." Al-i İmran, 55

Bu ayet ile ne büyük tabuların yerle bir olduğunu ve din adamı diye peşinden koştuklarının sana bundan hiç bahsetmediklerini fark edebildin mi? Sana bu bilgiyi verseler, karşına herhangi bir şekilde 'dinler arası diyalog' masalını koyabilirler mi? Allah katında tek din İslam değil midir?

"Allah katında din, ancak İslam dinidir." Al-i İmran, 19

Evanjelizm'e göre Hz. İsa yeryüzüne gelerek insanlığı kurtaracaktır. İşin enteresan tarafı Mesih beklentisini dünyaya körükleyen istihbarat servisleri, İslam dünyası için de Mehdi beklentisini tasarlar. Her iki beklentiye sahip kişiler zihin olarak kendi gücünden habersiz ve olan her türlü kaosa karşı savunmayı bırakmış bir halde yaşarlar. Evanjelizm ve İsa bekleyenlere göre dünyada kaos, fakirlik, adaletsizlik ve zulüm giderek artar ve düzelmesi de neredeyse imkânsız hale geldiğinde, İncil'e dayandırdıkları bilgiler ile İsa'nın gelmesi beklenir. Bütün bu kaoslardan sonra ancak kıyamet kopacaktır ve kurtuluş da ancak bu kopuş sonrasında gerçekleşir. Haliyle şu anki seller, depremler, yangınlar, kıtlık ve devasa göçler Yeni Dünya Düzeni'nin en sapkın silahlarıdır. Bu yüzden kendilerini kurtarıcı gibi görenler, kaoslar ile insanları korkuya sürükleyip tüm mal varlıklarına iklim yalanıyla çökerken, tanrı kompleksiyle girdikleri kurtarıcılık masalı, gücünün büyük bir bölümünü din ile kandırılan insanlardan alır. Çünkü İslam âlemi Mehdi, Hızır veya evliyaların ölüleri dahil her türlü rivayet ile kurtarılacağı sandırılırken, diğer dinlerin de kurtarıcıları onlara göre çoktan hazırdır. Kendini din ile kandıran insanın da toplumun da kendini düzeltmedikçe en küçük bir umudu ve kurtuluşu olamaz.

TÜM PEYGAMBERLER EŞİTTİR!

Bu tür sapkınlığın herhangi bir diniyle hangi diyaloğunu kurabilirsin? Üstelik bunu 'Medeniyetler Arası Diyalog' yalanıyla sinsice ülkeye sokmuş bulunuyorlar. Peki Allah, Hz. Muhammed'i, kendisini Kur'an ile şereflendirip son Peygamber ayrıcalığını kendisine vermesi dışında elçi veya değer bakımından öncekilerden ayrı tutuyor mu? Allah elçileri arasında ayrım veya üstünlük belirtiyor olabilir mi? Hepsi aynı hak sözün savaşçıları değil mi?

"Allah'a ve elçilerine iman edip onlardan hiçbiri arasında ayrım yapmayanlara (gelince), işte Allah onlara ileride ödüllerini verecektir. Allah çok bağışlayandır, çok merhametlidir." Nisâ 4:152

Bu ayette Rabbim açık bir şekilde, elçiler arasında 'özellikle ayrım yapmayanların' ödüllendirileceğinden bahsediyor.

Deyin ki: "Biz Allah'a; bize indirilene, İbrahim, İsmail, İshak, Yakub ve torunlarına indirilene, Musa ve İsa'ya verilen ile peygamberlere Rabbinden verilene iman ettik. Onlardan hiçbirini diğerinden ayırt etmeyiz ve biz O'na teslim olmuşlarız. Al-i İmran, 84

"O'nun elçileri arasında ayrım yapmayız." ve "İşittik, itaat ettik, bağışlamanı dileriz Rabbimiz, gidiş sanadır." Bakara, 285

Bu ve birçok ayette Allah, Peygamberler arasında hiçbir ayrım gözetmediğinden net olarak bahseder. Bu meselenin Hz. Peygamberi değersizleştirme ile ilgisi olamaz. Her biri, davası bakımından gözümüzün nuru ve baş tacıdır. Hadisleri de sözleri de varlıkları da hepimiz için müthiş değerlerdir. Buradaki öncelikli niyetim, Hz. Peygamber üzerindeki bu karanlık perdeyi indirip insanları gerçek din ile buluşturup gerçekte O'nun nasıl bir büyük komutan, adalet savaşçısı ve güç olduğunu anlamanızdır.

Her bir peygamberi sevme bakımından kendimce farklı bahanelerim olsa da Ulu Önder ve en kutlu komutan olarak Hz. Muhammed'i seviyor olmamda, O'nun Roma'ya 630 yılında Tebük Seferi ile meydan okuması, şahsım için büyük önem taşır. Çünkü bugün, Allah'a ve peygamberine savaş açmış Yeni Roma (BOP) çetesi, kendisini Tek Dünya kılıfı altına saklamakta ve her yere sızmaktadır. Depremler ile yüz binlerce insanımızı öldürüp İstanbul için de algı tetikçileriyle zemin hazırlayan bu çete, dava bakımından bizi Hz. Peygamber'in ordusunda yer aldırır.

Ayrıca, Tek Dünya sapkınlığı, iklim ve kaoslar ile Yeni Dünya Düzeni kurmak isteyen bu çete, Yeni Roma (BOP) adıyla ülkemizin her yeri için ayrı işgal girişimleri içerisinde. Bu algı tetikçilerinin, İstanbul'u boşaltmada kullanılan din adamı görünümlü, dindar bir dil ile konuşan, aslında onlara hizmet eden ihanet elemanları da vardır.

ALLAH'A NEDEN BİR TÜRLÜ ULAŞAMIYORUZ?

Bu kitleye, ayetler ve anlamlarıyla konuşmaya kalktığında karşına konan ilk saçmalık; "Sen âlim misin?" oluyor. O anda sorulması gereken ilk soru: 'Kıt mısın?' olmalı da neyse. Hatta ele geçirilmiş zihinlerin birçoğu daha konuyu bile anlamadan, "Kur'an'da namaz var mı?" dan başlıyor. Kur'an'ın anlattığı tüm konuların direk insanlara indiğini ve her bir insanı sorumlu tutarak birebir muhatap alması konusunu savunmak zorunda kaldığımıza inanamıyorum. Neymiş efendim, Allah'ın peygamberleri varmış. Yok mu dedik? Sonra onların varidatları, onların evliyaları, evliyaların da yansımaları, oradan doğan yansımadan çıkan hocalar ve onların da değip el verdiği kişilerden biz ancak ne yapmamız gerektiğini anlayabilirmişiz. Yahu siz kimsiniz! Onların hepsi var da, sizi çıkaramadım? Kendinizi ve aklınızı ne sanıyorsunuz? Müslümanlığa inen en büyük lanet olduğunuzu bizden nasıl gizleyeceksiniz? İnsanları din ile dinsizleştirdiğiniz gerçeği ülkeyi kaçıncı uçurumun eşiğine itti farkında değil miyiz sanıyorsunuz?

Hâl böyle iken, toplum olarak biz ne yapmalıyız?

"Hep birlikte Allah'ın ipine sımsıkı yapışın; bölünüp parçalanmayın. Allah'ın üzerinizdeki nimetini hatırlayın. Birbirinizin düşmanı idiniz, Allah kalplerinizi uzlaştırıp kaynaştırdı da O'nun nimeti sayesinde kardeşler haline geldiniz. Ateşten bir çukurun kenarında idiniz; sizi oradan kurtardı." Â-li İmran, 103

Ben bu ip meselesini bir yerden hatırlıyorum ama neyse. Yukarıda tutman gereken tek ipi gördün, benden günah gitti.

Kapadokya gezisinde Hacıbektaş-ı Veli türbesine gidelim dediler. Ancak gitmeden önce tarihini ve kendisini araştırıp okumama rağmen göreceğim manzaralar karşısında içim bir huzursuz oldu. Kendisi zamanın müthiş bir âlimi, Müslüman âlemine moral verip halkı sabra ve inanca teşvik eden önemli bir kişi. Hititler, Persler sonrasında olan Kapadokya Krallığı, Roma işgali ve Selçuklu Fetihleri derken, o dönemin Moğol saldırıları sırasında halka çok hizmet ettiği aşikâr bir zat. Ancak kendi amel defteri için Allah adına müthiş işler yaparak bize örnek olması gerekirken, türbesinde görünen manzara neden bir şirk yuvası? Namaz kılsa, Fatiha ile, "Yalnız Sen'den yardım diler yalnız Sana ibadet ederiz" diyen binlerce kişi yerleri öpüyor, geri geri çıkıyor, bozuk paralar atıp dilek tutuyor. Peygamber'in resminin de basılı olduğu kitapları öpüyor ve adeta duayı Rabbine değil ölüye yapıyor. Şimdi, biz âlim yok mu dedik? Kim, yaptıkları hizmetlerin yüce taraflarını inkâr edebilir? Hatta örnek almıyor muyuz? Ancak birtakım katakulliler ve din adına uydurulan yalanlar ile, insanların Allah ile bağının koparılmasına hizmet eder ve sadece kendi aklını kullanıp, Kur'an'a uyup Allah için mücadele eden insanları örnek almak, kendi zamanının aynı savaşını vermeyi denemez ve el etek öpersen, sefil bir şekilde yok olmaya mahkumsun demektir. Örnek olarak verdiğim bu isimleri mücadeleye götüren gücün esas kaynağını muhatap almazsan, Allah seni niye muhatap alsın? Sen, dinin kılıcını ve zekasını, hatta mücadelesini temsil edemezsen hâlin nice olur?

'KUR'AN YETMEZ' DİYEN ZINDIKLAR

Sana, "Bize Kur'an yeter, demek zındıklıktır," diyecekler öyle mi? Hatta sana kendileri olmadan veya sünnet-i seniyye olmadan Kur'an'ı anlayamazsın, anlayamayız" diyecekler. Tamam, "Sen çık aradan, ben sünnet ile anlaşırım, Hz. Peygamberin sözünü baş tacı yaparım" desen, yine olmaz. Onu da "Bizsiz anlayamazsın çünkü o da Arapça." Kamer Suresi ile Allah; "Andolsun ki biz Kur'an'ı düşünmek için kolaylaştırdık. Düşünüp öğüt alan var mı?" diyecek, onlar ise Allah'ın düşünmeye uygun ve kolay dediğine, 'olmaz' diyecekler. Öğüt alan var mı?

Topluma, "Kur'an yeter demek zındıklıktır" fitnesini sokan en meşhur terörist Fetullah Gülen'dir. Şimdi aynı ve çok daha kamufle olmuşları benzer sözün saz arkadaşları dört koldan kendilerini meşrulaştırmak için, 'Kur'an yetmez, beni de al' örgüleri örüyorlar. Bunda da Hz. Peygamber'in kutlu davasını veya savaşlarını anlatmak yerine, sözü yalanıyla bezenmiş muhteşem bir örgüyle, güya yeni bir din uyduracaklar. Kur'an'ı okuyan hiç kimse bu tür tezgahlara gelmez ve gelmeyeceğini bildikleri için sizi ondan koparmak için ellerinden geleni yapıyorlar. Dolayısıyla, zındığın ve kafirin, teröristin ve yalancının ta kendisi bugün toplumu 'din' ile kandırıp dinsizleştirenler, 'Kur'an yetmez' diyen bu çetelerdir.

Kafir; gerçeği örten veya gizleyen, küfür işleyerek dinden çıkan veya hiç Müslüman olmamış kişiye denir. Münafık ise; kendini Müslüman olarak tanıtan fakat içten inanmayan sahte kişilerdir. O zaman bunlar hem kafir hem de münafık. İnsan kötüleşti çünkü önüne konan şey 'din' değildi.

Bu çeteleri, hadisin karşısına ayet koyduğunda, ayet ile kavga ettiklerini görürsün. Önüne koyduğu hadisin aynı Arapçadan çevrilmiş olduğunu saklar ancak Kur'an'ı, sen Arapça bilmiyorsun diye saldırıp o dili bile bilmek zorunda olarak, anlayabileceğine inandırmaya çalışırlar. Ağa babalarının konuşurken Arapça destekli söylemeleri de bundan ileri gelir. Sanki direk Türkçe söylese anlamayacağız. Onu

Arapçayla söylemesi de bir harp taktiği sayılır. 'Ben ne anlarım, Arapça bilen onlar' deyip sorgulamayı ona devretmenin güzel bir silahı. Böylesine kısır ve aşağı seviye tartışmayla anlama seviyesine insan nasıl çıkar?

Biz ayeti esas alıp onunla yalan bir hadisi çürütmeye çalıştıkça, onlar hadisle Rabbimin indirdiği ayete bile savaş açabiliyor. İyi de ikisinin birbiriyle kıyası nasıl mümkün olabilir? Kıyamete karşı Rabbin tarafından korunan ve kendi sözü olan bir ayet ile Peygamber'in sözü olduğu iddia edilen rivayetler nasıl eşit sayılabilir? Biz Hz. Peygamber'in her sözünü, hadisini, davasını ve varlığını başımıza tac ederiz, konu bu değil ki. Hele ki inkâr etmek hiç değil. Zaten ona olan hayranlığımız bizi bu sorguyla mücadeleye itiyor ki gerçeği insan apaçık anlayıp onun gibi ulu bir önder, kutlu bir komutan olmaya heveslensin, anlasın ve de aynı mücadeleye girişsin isteriz.

Yapması gereken, ayete uymayan bir hadisi sorgulayıp ayeti baş tacı etmek iken tam tersine, hadise uyduramadığı ayet ile kavga ediyor. Hatta o konunun açılmasına bile müsaade etmiyor. Çünkü o aralıkta seni boğamaz ise tüm kontrolünün elinden uçup gideceği bir güce seni kaptıramaz. Bunu göze dahi alamaz çünkü tüm tezgâh çöker.

Üstelik aynı çete, hadise de din muamelesi yapılmasını beklerken, Kur'an'ı tek başına din olarak almana zındıklık diyor. "Kur'an sana yetmez" diyerek saldıran sahte dinciye Allah direk soruyor:

"Onlara yetmedi mi bu kitabı sana indirmiş olmamız?" Ankebut, 51

Onlar, Allah'ın 'yeter' dediğine resmen 'yetmez' diyor. Şu kadarcık aklıyla adeta Allah ile tartışıyor ve acımasızca 'O Kur'an'da her şeyi bulamazsın, öğreticiniz olması şart' deniyor.

Allah cevap veriyor:

"Biz aklını kullanan bir topluluk, bilinçli ve bilinçlenmek isteyen bir toplum, halk için ayetlerimizi, buyruklarımızı, ilkeleri en ince ayrıntısına kadar, ayrıntılı bir biçimde açıklıyoruz, uzun uzun anlatıyoruz." A'raf,32

Onlar, 'Yok efendim, Kur'an'ın anlattıkları sana yetmez, ayrıca hadis ve rivayetleri de baz almak zorundasın,' derler. Biz onlara da bakmayalım demiyoruz da sen, 'Kur'an yetmez' diyemezsin! Çünkü Allah; 'Biz bu kitapta hiçbir eksik bırakmadık' diyor. Burayı niye saklıyorsun?

"Biz Kur'an'da-Kitap'ta hiçbir şeyi eksik bırakmadık." En'am,38

Allah, Maide Suresi 3'te, *"Bu kitap ile size olan nimetimi tamamladım'* diyecek. Onlar ise 'eksik' diyecek öyle mi? Allah'ın vahyini kulların anlayamayacağını ve açıklanmaya ihtiyaç duyduğunu söylersin, öyle mi? Bakalım aşağıdaki ayetler senin planını nasıl yerle bir ediyor:

Allah; "Andolsun ki Biz inanmaya gönüllü bir toplum için, gerçekleri bilimsel olarak ve en ince ayrıntısına kadar açıkladığımız-bilgiyle detaylandırdığımız-ilme uygun biçimde, ayrıntılı kıldığımız rahmet-sevgi ve merhamet kaynağı bir Kitap gönderdik." A'raf,52

"Nimetlerin değerini bilen-şükredecek bir toplum için ilkelerimizi-ayetlerimizi örneklerle-ayrıntılı-detaylı bir şekilde açıklıyoruz." A'raf,58

"Belki öğüt alıp doğruya-hakka dönersiniz diye ayetleri-ilkeleri etraflıca açıklıyoruz-uzun uzun anlatıyoruz-ayetlerimizi ayrıntılı kılıyoruz ki, aklınızı başınıza toplayıp, Allah'a ortak koşmadan dönebilesiniz." A'raf,174

Muhakkak ki Biz Kur'an'da insanlara her çeşit örneği türlü biçimlerde-tekrar tekrar anlattık-Kur'an'da her konuyu insanların anlamaları için, değişik açılardan açıklamış bulunuyoruz!" İsra,89

Hadisin veya rivayetin tavsiyesiyle Kur'an'ın emirlerini aynı kefeye koymadığını hissettikleri an, her türlü saldırıya açık bir kitlenin önünde sizi yem etmek için hazırda bekliyorlar. Resûllulah'ın hadisi başımın üstüne tabi, ancak ayet ile kavga eden bu çeteye, Hz. Peygamber cevap veriyor: "*De ki: Mucizeler yalnız Allah'ın katındadır; ben sadece bir uyarıcıyım." Ankebut 50*

Hz. Peygamber'in uyarıcı olduğunu vurguladığı yerde kendisine gizli bir ilahlık yakıştıran bu çete, ülkeyi yıkmada kullanması gereken 'sahte dini' legalleştirmek için Allah'a ve elçisine iftira atarak, 'Kur'an yetmez' diyor. Aynı ayetin devamıyla Allah cevap veriyor:

"Kendilerine okunan bu kitabı sana göndermiş olmamız onlara yetmiyor mu?" Ankebut, 51

Eğer bir insana mucize olarak bu vahiy yetmiyor ise, bana göre, ona hiçbir şey yetmez.

"Bâtıla inanan ve Allah'ı inkâr edenlere gelince, işte hüsrana uğrayacak olanlar onlardır." Ankebut, 52

Din adına konuşan bütün kurum ve kişiler, cemaat ve tarikatlar; insanlar öz vatanında köle yapılıp zulme uğruyor iken neredeler! Din adına konuşanların neleri söylemediğine baktığında, kime hizmet ettiğini daha iyi anlarsınız. Şimdi günümüz dünyasındaki en sapkın meselelerin zulmünde bile neden hiçbirisi yok, bir düşünün. Aşağıdaki uçuruma götüren müthiş bir savaş silahı olarak kullanıldığını anlamanızı sağlamaktır.

Bu bilinçsiz bir cehalet değil, örgütlü bir terördür. Ülkenin zihin, beden ve toprak işgalinin her türlüsü gücünü en çok bu karanlıktan alır. Kur'an'ı ve dini, psikanalizi ve toplum bilimini az buçuk bilen herkes bu yıkımın adını net bir şekilde koyabilir. Bu yüzden bu çeteler siyasetten ticaret kurumlarına, istihbarat servislerinden küresel şeytanlara kadar her alandan büyük destek alır. Bunları fark edip insanları bu karanlıktan kurtarmanın tek yolu ise Kur'an'ı anlayıp uygulamaya geçmek.

Herhangi bir konuda bir suçlu arayacak isek, şeytanın bu sözüne kulak verelim:

"Şeytan, hayır ben onlara herhangi bir zarar vermedim. Onlar bizzat delalette oldukları için onlara yaklaşabildim." Kaf, 21

Bütün bunlardan bir şey anlayıp harekete geçmeyenlere, Müslüm Baba'dan şu dörtlük armağan olsun:

"Hayal yaşarken gerçek dünyada.

Zamanı içmişiz haberimiz yok.

Ömürle yüz yüze geldik aynada.

Harcanıp gitmişiz haberimiz yok."

Bütün dinlerin bozulmak istenmesinin tek amacı vardır; o da insanlara kontrol edemeyecekleri bağımsız gücün kaynağından koparmak. Allah'ı anlayıp kitabıyla hükmeden kimseye boyun eğdirebilmeleri imkânsız. Bunu bildikleri için her türlü kılığa girip dersine iyi çalışmışlar.

Bunu bildikleri için "Gölge Hançer" bölümünde bahsettiğimiz askeri ve bilişsel ordular ile insanlığa olanca gücüyle yalan üretiyorlar. Zihinleri ve davranışları değiştirip insanı Allah'ın rahmetinden uzak, zalim ve cahil, ideolojilerine ve arzularına esir olmuş birer köle yapmaya çalışıyorlar.

Şeytan'ın niyeti: *"De ki, Rabbim! Beni azdırmana yemin ederim ki yeryüzünde onlar için mutlaka süslemeler yapacağım ve onların tümünü kesinlikle azdıracağım. İçlerinden riyaya sapmamış, samimi kulların müstesna."*

Allah'ın vaadi: *"İşte bana varan dosdoğru yol budur. Benim kullarım aleyhinde senin elinde hiçbir güç ve kanıt olmayacak. Azgınlar ve seni izleyenler müstesna. Cehennem onların tümünün şaşmaz mekanıdır."*

Bu umut hepimize yeter.

6

TÜRKSÜZLEŞTİRME

Bin yıllık dönüşüm başladı. Sahip çık!

Uydurma Türklük masallarının basit bir örneğini açıklıyorum: "Ey Dünya İnsanları, hepiniz Türksünüz" Yazar, Gene D. Matlock. Kitabı basan yayınevi, parapsikoloji, metafizik, yoga, fal ve büyü gibi kitaplar basar ve logosu, Roma mitolojisi pagan sembolüdür. Anlamı ise Roma mitolojisinde büyük Olympos tanrılarından biri olarak hayvanların hâkimi, diplomasinin, ticaretin, hırsızlığın, dilin, yazmanın, ikna etmenin, kurnazlığın, yarışmanın, astronomi ve astroloji tanrısıdır. Vallahi şahane!

Bu süreçte en büyük dönüşüm Roma evrimi için olacaktır. Uyuma!

Yazarın sözlerine bir bakalım:

"Öte yandan yakın tarihte köklerin (İrlandalılar, Galiler, İskoçyalılar) DNA'sı incelendi ve geldikleri kanıtlandı; "Vikingler, Finikeliler ve İtalya'nın Roma İmparatorluğu'ndan yıllar önce burada yaşayan ve Roma'nın kurucuları sayılan yerli halkı Etrüskler de Türk'tür." "Kızılderililer Türk'tür, bunu kendileri de söyler."

Bu yazara göre Roma'yı Türkler kurdu. Bu palavra bugün Türkiye'nin BOP yani Yeni Roma sapkınlığı için Deprem ile vurulup tam da Serv'e göre işgalini örtmek için kullanılır.

Çünkü insanların zihnine "Roma'yı Türkler kurdu" demek, deprem ile başlayan sosyolojik değişim ve yıkım ihanetinin anlaşılmaması lazım.

Yazar, Wikipedia'dan güvenilir kaynak olmadığı için silinmiş ve bir sürü şikayetşikâyet almış bir lise öğretmeni. Bu adamın tehlikeli bir saptırıcı olduğunu aşağıdaki ifadesinde Kudüs'e İsrail demesinden anlayabilirsiniz. Türksüzleştirmede psikolojik harp silahı olarak din kadar, sahte Türk Milliyetçiliği de iş görür. Sapkın (BOP), Yeni Roma'yı Türkler kuruyor yalanları da bu tür temellere dayanır. Kapıdan içeri girmiş bir işgali örtmek için düşman kuvvetlerine Türk demen yeterli. Tuzak da budur. Şanlı Türk milleti hiçbir zaman sapkın pagan Roma tarafı olmamıştır. O yüzden kaynak olarak bu tür söylemleri ciddiye almak, yıkıma aracı olmaktır.

Bahsedilen süreç milattan önce 10. yy'e dayanır ve net olarak bilinmesi mümkün değildir. Logosu, Roma mimarisi olan National Library of Medicine, yani ulusal tıp kütüphanesi adlı kurum da "Klasik öncesi İtalya'nın Hint-Avrupalı olmayan bir nüfusu olan Etrüsklerin kökenleri belirsizdir. Kültürlerinin yerel olarak geliştiği konusunda geniş bir fikir birliği var ancak Etrüsklerin evrimsel ve göç ilişkileri büyük ölçüde bilinmiyor." der.

Yani Etrüskler hiçbir zaman hak taraf olamaz. Çünkü en az 3 bin yıl boyunca putperestliğin, paganizm ve satanizmin kalesi olmuştur. Bu yalan, Roma'nın tarihteki tek belası olan Türk milletini şimdiki işgal sürecinde etkisiz bırakabilir en büyük tuzaktır.

Pagan Roma'yı dünyanın başına bela eden Yeni Dünya Düzenini iklim tiyatrosu, cinsiyetsizlik ve dinsizlik, salgın yalanı, mülkiyetlerin kaldırılması, ulus devletlerin yok edilmesi gibi planlar ile dünya nüfusunun 1 milyara indirilme senaryosunun Roma Kulübü tarafından uygulanıyor olmasından anlıyoruz.

Yüz binlerce insanımızın ölümüne sebep olan Kahramanmaraş depremi, Büyük Ortadoğu yani Yeni Roma sapkınlığının, Etrüsklerin izlerini taşıdığını depremin öncesi ve sonrası tüm olanlardan görüp anlamak mümkün. Bu durumu saklamak imkânsız. İp koptu tespih dağıldı.

PAGAN ROMA TÜRK OLAMAZ, KUDÜS DE İSRAİL DEĞİLDİR!

Gene D. Matlock'a göre, sapkın Roma'yı Türkler kurduysa Kudüs'te en baştan İsrail'in. Yani yazar çok eskiden beri Netenyahu ile aynı fikirde. Aynı yazar ne demiş bu kitabında?

"Kudüs, İsa gibi kelimelerin kökenide aslında Türkçe ve dahası bu bahsedilen yerler de aslında İsrail'de değil Türkiye'de, İsa da bu topraklarda yaşadı"

O zaman bu yazara göre Yaruşalem yani Kudüs aslında İsrail'miş. Yani Kudüs'ü yok sayıyor ve yerine "İsa İsrail'de değil" diyor öyle mi? Hz. İsa'nın yaşadığı yer, Kudüs değil

İstanbul'dur demesi ayrı bir mesele. Kudüs olarak bilinen yerin İsrail olarak telaffuz edilmesi çok ayrı bir mesele.

Yukarıdaki ayrıntıya bir daha bak! "İsrail'de değil Türkiye'de" İsrail değil, Kudüs o Kudüs! Ortadoğu'yu kan gölüne çeviren İsrail ne zamandan beri Kudüs olarak sayılır olmuş? Girişilen bu kanlı işgalin yalan zemini meğerse çok öncelerden böyle kitaplar ile de atılmış öyle mi? Meğer Türk'e Roma diyen ihanet elemanları Kudüs'e de İsrail diyormuş öyle mi? Geçmiş olsun.

Roma, Selçuklu yenilgisine uğradığı zamanlarda tanrı olarak komutanlarını gören ve inanmayan milyonlarca Hristiyan'ı bile katletmiş bir medeniyettir. Yeni Roma ise; salgınların, iklim krizi yalanıyla milyonlarca insanı yerinden eden, aç ve mülkiyetsiz bırakan, öz vatanında köle eden Tek Dünya sapkınlığının ön önemli planlayıcısıdır.

Peki bu söylem ile yazarın kime hizmet ettiğini nerden anlıyoruz? Amerikalı olması yetmez.

ABD'Lİ BU YAZARIN KUDÜS YERİNE İSRAİL HAYALİ

Matlock'un Türkleri Roma yapma hayaliyle Kudüs'ü İsrail yapma hayali aynı tehlikeli işgalin zemini için uydurulmuş olabilir. Çünkü bu yazar ile ABD ve İsrail Başbakan'ı Netanyahu aynı fikirde. Netanyahu, İsrail'in 7 Ekim katliamından 2 hafta önce Birleşmiş Milletler Genel Kurulu'nda bir harita gösterdi ve "Yeni Ortadoğu" hayalini özetledi. "Yeni Ortadoğu" haritasında Filistin devleti ya da toprağı tamamen yok. Batı Şeria ve Gazze Şeridi de İsrail'in bir parçası. Sadece buradan bile yazarın İsrail'in amaçlarına uygun bir niyet ile uydurma tarih ürettiğini düşünebiliriz.

Roma'yı Türkler kurdu demek ile Kudüs İsrail'dir demek aynı sapıklığa işaret eder.

Yazar çok önceden Netenyahu gibi çok Kudüs'ü saymayıp orayı İsrail göstermiş. Bu da tezimizi destekliyor.

İsrail'in Roma uzantıları tarafından Ortadoğu'ya kuruluş sebebi bile sadece Büyük İsrail değil, kanlı Büyük Ortadoğu ve Yeni Roma sapkınlığı ile ilgilidir. Şimdi bu tabloya göre Kudüs'ü yok sayan birini nasıl var sayalım? Kudüs'teki Müslümanlara yapılan İsrail katliamları aslında ne için? Kudüs'ün İsrail olduğunu bugün başka kimler iddia ediyor? Taşlar yerine oturdu mu?

Kudüs'ün bu çeteler için önemi ise geçmişte İslamiyet, Musevilik ve Hristiyanlık adına 3 din için de kutsal bir önemi olması. Türkiye'de Fetö'nün başını çektiği dinler arası diyalog projesi bu üç dine 'eşit' diyerek İslamiyet'i yok etme niyeti taşır. Haliyle, yazarın tek cümlelik niyeti Ortadoğu'yu kan gölüne çeviren bir işgalin tarafını ele veriyor.

Ünlü tarihçi Toynbee diyor ki: Dünyada kapsam, şümul, uzun ömür ve güç açısından kıyaslandığında karşınıza iki büyük devlet çıkar: Roma ve Osmanlı İmparatorluğu. Roma'nın sık sık inkıta dönemi yaşadığı hesap edilirse, tarihin en güçlü ve uzun ömürlü devletinin Osmanlı olduğu anlaşılır. Bu üstünlük, pagan asıllı Haçlı dünyasını kahretmiştir. Bu yüzden Osmanlı'ya bitmeyen kinleri vardır. Nitekim Osmanlı'yı yıkan ve ruhuna lanet okuyan mâlum kadronun her yerde Roma figürü kullanması, Paganist Roma'nın, Müslüman Osmanlıya zaferinin sembolüdür. Türk milleti Roma'nın tarihteki en büyük ve neredeyse tek rakibidir. O yüzden kinleri ve yalanları bitmez.

TÜRKLER ON BİN YILDIR ANADOLU'DA

Biz Türkler 1071'de Anadolu'ya gelmedik. Biz on binlerce yıldır hep buradaydık. 1071'de İşgal edilmiş topraklarımızı geri aldık, o kadar.

Türklerin Anadolu'daki binlerce yıllık geçmişi artık arkeolojik kazılarla ortaya çıkmışken hâlâ 1071'de geldiğimizi sanmak üzücü.

Bundan 250 yıl geriye giderseniz Amerikalı, 900 yıl geriye giderseniz de Rus bulamazsın. 1200 yıl geride İngiliz, 1700 yıl geride Fransız, 2000 yıl geride ise Alman bulamazsın. Ama İnsanlık tarihinde ne kadar geriye giderseniz gidin Türk bulursunuz. Kendi Tarihini Bilmeyenlere İthaf Olunur!

"Bu topraklar size ait. Sizler Anadolu'ya Malazgirt Zaferi'yle yerleşmediniz. Çatalhöyük'teki arkeolojik bulgular, sizlerin 10.000 yıldan uzun süredir burada bulunduğunuzu kanıtlamaktadır." Avusturyalı yazar Erich Feigl

Göbeklitepe'de Türkler'in Kün-Ay ve Eb tamgaları şeklindeki dikilitaşların üstünde Türkler'in 12 hayvanlı takviminden 8 tanesi var. Hakasya Türkleri, İskit Hunları ve Türkmenler başta olmak üzere sayısız Türk izi var.

Prof. Dr. Fritz Neumark: "Türkler pek farkında değil ama Avrupalılar şu gerçeğin farkındadır: Tarihten Türkler çıkarılırsa ortada tarih diye bir şey kalmaz."

Doktor Akif Poroy, "1071 Malazgirt Zaferi, Türklerin Anadolu'ya ilk değil, son girişidir," diyor.

Son 30 yılda yeniden yoğunlaşan Ön-Türk araştırmaları, Türklerin Anadolu'daki varlık tarihini kökten değiştiriyor. Yıllar süren okuma ve araştırmaları sonucu yayına hazırladığı 'Ön-Türkler' kitabını okuyucuyla buluşturan Doktor Akif Poroy, Türklerin bilinmeyen tarihine ışık tutuyor.

Hakkari'den İstanbul'a kadar Anadolu'nun dört bir yanında bulunan kaya yazıları, tamgalar, yazıtlar, anıtlar ve dikilitaşlar ışığında, Türklerin Anadolu'da en az 10 bin yıldır yerleşik olduğunu iddia eden Poroy, şu açıklamaları yapıyor: "Türkler on bin yıldır Anadolu'da!

"Buluntulara, DNA ve karbon testlerine göre Türkler 10 bin yıldır Anadolu'da. Ön-Türkler milattan önce 8000'lerden itibaren, iklim şartları ve kuraklık nedeniyle dalgalar halinde Orta Asya'dan Anadolu'ya, oradan da Avrupa'ya göç etmeye başladılar.

Mesela Türk adıyla bilinen ilk devlet Göktürkler'de değil. Milattan önce 4 ila 2 bin yılları arasında Mezopotamya bölgesinde Turukku Krallığı Anadolu'daki kurulan Turki Krallığı'ydı. Türklerin Anadolu'daki tarihi sistemli olarak silinmeye devam edildiği için bu bilgiler çoğu resmi kaynakta geçmez. Anadolu'da Ön Türkçe yazıları okunamadığında Grekçe olarak geçiştiriliyor. Ünlü Fransız Türkolog Jean Paul Roux'da Anadolu'daki Türk varlığını milattan önceki yüzyıllara götürmenin mümkün olduğunu savunur. Prof. Veli Sevin'in Hakkari'de ortaya çıkan ve milattan önce 2 binli yıllara dayanan taşların Orta Asya ve Avrasya uygarlıklarıyla karşılaştırmış ve bu taşların Ön Türk mezar taşları olduğundan da bahsetmiştir.

Bazı kaynaklarda Roma'nın atası olarak Ektrüstler gösterilir ve bu durum milattan çok önceki Türkler ile ilişkilendirilir. Ancak bugün bu bilgileri yorumlayanlar Türkiye'nin sokulduğu bin yılın meydan okuması dedikleri Pagan Roma işgalini örtmek için, sanki biz onlar ile aynı milletmişiz gibi kullanılır. Tarihi bilgilerin çarpıtılmasındaki esas niyet bu vatana delilli ispatlı ihanet etme aracı taşır.

NE YANİ, İŞGAL ALTINDA MIYIZ?

Kandırılıyoruz sevgili milletim. 143 maddelik Lozan'ın 119+5 124 maddesi Sevr ile genel olarak aynı! Geri kalanları ise benzer veya önemsiz. Cümle yapısı, ifade biçimi veya yerleri değiştirilme dışında, bir değişiklik yok.

Bu konu ekranlar ve kontrollü tarihçiler sayesinde de çok iyi gizlenmiş ancak çok tehlikeli bir mesele. Lozan diye destanlar dizen ekranlar ve uzmanımsılar, aslında onca yıl Sevr'in içinde olmamızı mı gizledi? Bu inanılmaz bir gelişme! Bu durum 'Gölge Hançer' bölümünde geçen askeri şablonun ne denli titiz bir kontrolle zihinlere saldırdığını da ispatlamıyor mu?

Eğer diğer bölümde sözünü ettiğim askeri bilişsel bir savaş gözetimi altında bunlar gerçekleşiyor ise ve bu konudaki gözlemim doğru ise; bu kitap sonrası benimle ilgili alışık olduğunuz mecralar ile birbirimize ulaşmamız zor.

Ancak hakikatin kendisi ve vatanın her meselesi, varlığımız ve çıkarlarımızın tabi ki üstünde olacağı için bu konunun üstüne gitmek, Rab'den gelen bir emir ve Hakk'a verilen sözdür.

Bu yalanın ortaya çıkışı ise 100. yıl! Demek ki bir yalanı en fazla yüz yıl sürdürebiliyorlar.

Lozan, 'Türkiye'nin bağımsızlık tapusu' diye bilinirken, Sevr ise 'hezimet veya ihanet' olarak bilinirdi. 100 yıldır bu topraklarda bildiğiniz birçok isim Lozan'a; Sevr hainliğini gömen ihanet belgesi derdi. Sevr'in Lozan'ın içine ustaca saklanmış olması, büyük bir sirkin içinde olduğumuza da işaret eder. Belli ki bu dananın kuyruğu herkesin elinde kalacak. '*Metal Fırtına*' ve '*1909 Hakikati*' isimli kitapların yazarı Burak Turna'nın ortaya koyduğu 'Lozan Sevr karşılaştırması' verileri alıp incelediğimizde şaşkınlığımı gizleyemedim. Bu konudaki

"Lozan Sevr karşılaştırması" yazısını ve 1909 hakikati kitabını mutlaka okuyun! Kendisinden konuyu inceleme ve bahsetme adına izin istedim ve tablo artık size ait.

Lozan'ın aslında Sevr ile iç içe olma meselesi, içinde bulunduğumuz gizli bir işgalden çıkışımızın da önemli bir anahtarı olabilir. Bizi aslında bağlayan ve ekranların 'mış' gibi yapmadan öteye gidemediği görünmez duvar, görünür oldu.

Bu gerçek öylece ortada dururken, akılsız dedikodulara mahal yok. Bu konuya saldıracakların arkasını dönüp kaçıp gitmekten başka çaresi de yok. Çünkü kavga edilmesi gereken biz değil, bu anlaşmaların ta kendisidir.

Görünen o ki Lozan'ın yüzüncü yılında geminin neden sürekli olarak su alarak batırıldığı bu aralıktan çok daha iyi görünüyor. Özellikle bilişsel savaş ile zihinleri işgal eden askeri orduların birkaç yıllık bir mesele değil, neredeyse Osmanlı'nın çöküşünden beri bizi sürekli kontrol altında tuttuğunu hissediyorum. Yoksa bu mesele bu kadar uzun yıllar, ekranlardaki birçok yalancı tarihçi veya uzman kılıklı ihanet şövalyeleri eliyle bu günlere gelemezdi.

Lozan Sevr meselesini kendiniz araştırıp görmek isterseniz şu sayılar ile doğrudan aynı maddelere ulaşabilirsiniz:

Lozan 4, Sevr 28 ile aynı. Lozan 5 Sevr 29 - Lozan 6 Sevr 39 - Lozan 7 Sevr 31 - Lozan 8 Sevr 32 - Lozan 9, 10, 11 Sevr 33, 34, 35 – Lozan 15 Sevr 122 - Lozan 17, 18, 19 Sevr 101, 112 - Lozan 20, 21 Sevr 115, 116, 117 - Lozan 22 Sevr 121 - Lozan 23 Sevr 38 - Lozan 25 Sevr 133 - Lozan 26 Sevr 134 - Lozan 27 Sevr 139 - Lozan 30, 31 Sevr 123, 124 - Lozan 32 Sevr 125 - Lozan 33 Sevr 126 - Lozan 29 Sevr 118, 119, 120 - Lozan 34 Sevr 125 - Lozan 36. Sevr 130 - Lozan 37, 38 - Sevr 140, 141 - Lozan 39 Sevr 145 - Lozan 40 Sevr 147 - Lozan 41 Sevr 148 - Lozan 43 Sevr 150 - Lozan 44

Sevr 151 - Lozan 46, 63 arası 18 madde Sevr 231 257 arası 25 madde - Lozan 48 Sevr 252 - Lozan 50 Sevr 242 - Lozan 51 Sevr 243 - Lozan 53 Sevr 241, 245 - Lozan 60 Sevr 240 - Lozan 63 Sevr 256 - Lozan 65 ile 84, 20 madde Sevr 287 309 - Lozan 65, 66 Sevr 287, 293 -Lozan 72 Sevr 296 - Lozan 80 Sevr 306 - Lozan 82, 83 Sevr 308 - Lozan 86 Sevr 281 - Lozan 87 Sevr 282 - Lozan 88 Sevr 283 - Lozan 89 Sevr 284 - Lozan 90 Sevr 285 - Lozan 92, 93 - Lozan 99, 100 Sevr 26, 99, 70, 71, 72, 73 ? - Lozan 105 Sevr 354- Lozan 106 Sevr 361- Lozan 108 Sevr 359- Lozan 109 Sevr 363 - Lozan 110 Sevr 366 - Lozan 111 Sevr 367 - Lozan 112 Sevr 365 - Lozan 114, 115, 116, 117, 118, Sevr 428 - Lozan 117, 118 Sevr 428 - Lozan119, 120, 121, 122, 123 Sevr 208, 209, 211, 212, 213, 216 217 - Lozan 124, 125, 128, 129, 130, 132, 133, 135 Sevr 218, 225 - Lozan 137, 138 Sevr 417 418 - Lozan 139 Sevr 424, 425, 426

Anlamanız açısından birkaç örnek bırakıyorum:

ADALARIN İTALYA'YA DEVRİ

Lozan 15, Sevr'de 122. Madde

Türkiye, aşağıdaki adalar üzerindeki tüm hak ve sıfatlarından İtalya lehine feragat eder: Stampalia (Astrapalia), Rodos (Rhodos), Calki (Kharki), Scarpanto, Casos (Casso), Piscopis (Tilos), Misiros (Nisyros), Calimnos (Kalimnos), Leros, Patmos, Lipsos (Lipso), Simi (Symi) ve Cos (Kos), şimdi İtalya tarafından işgal edilen adalar ve bunlara bağlı adacıklar ve ayrıca Castellorizzo adası.

Sevr 122 Lozan'da 15.Madde

Türkiye, Ege Denizi'ndeki aşağıdaki adalar üzerindeki tüm hak ve sıfatlarından İtalya lehine feragat eder; Stampalia

(Astropalia), Rodos (Rhodos), Calki (Kharki), Scar- panto, Casos (Casso), Pscopis (Tilos), Misiros (Nisyros), Calymnos (Kalimnos), Leros, Patmos, Lipsos (Lipso), Sini (Symi) ve Cos (Kos), şimdi İtalya tarafından işgal edilmiş olan adalar ve bunlara bağlı adacıklar ve ayrıca Castellorizzo adası.

Yorum: Akdeniz'deki pek çok ada üzerindeki hakların İtalya'ya devredildiğine dair madde her iki anlaşmada da birebir aynı...

KIBRIS'IN İNGİLİZLERE VERİLİŞİ

Lozan 20 ve 21, Sevr 115, 116, 117 ile aynı.

LOZAN 20:

Türkiye, 5 Kasım 1914 tarihinde İngiliz Hükümeti tarafından ilan edilen Kıbrıs'ın ilhakını tanımaktadır.

LOZAN 21:

Normal olarak 5 Kasım 1914 tarihinde Kıbrıs'ta ikamet etmekte olan Türk uyrukları, yerel yasalarda öngörülen koşullara bağlı olarak İngiliz uyrukluğunu kazanacaklar ve bunun üzerine Türk uyrukluklarını kaybedeceklerdir. Bununla birlikte, bu Antlaşma'nın yürürlüğe girmesinden itibaren iki yıl içinde Türk vatandaşlığını seçme hakkına sahip olacaklar, ancak bu tercihi yaptıktan sonra on iki ay içinde Kıbrıs'ı terk etmeleri şartıyla.

Antlaşma'nın yürürlüğe girdiği tarihte Kıbrıs'ta normal olarak ikamet eden Türk vatandaşları bu Antlaşma'nın yürürlüğe girdiği tarihte ya da İngiliz vatandaşlığını kazanma sürecinde olan kişiler, sonuç olarak yerel yasalara uygun olarak yapılan bir talebin de bunun üzerine Türk vatandaşlıklarını kaybedeceklerdir. Kıbrıs Hükümeti'nin, Türk vatandaşı olup da daha önce Türk Hükümeti'nin rızası olmaksızın başka bir vatandaşlık edinmiş olan ada sakinlerine İngiliz vatandaşlığını vermeme hakkına sahip olacağı anlaşılmaktadır.

SEVR 115:

Yüksek Akit Taraflar, 5 Kasım 1914 tarihinde İngiliz Hükümeti tarafından ilan edilen Kıbrıs'ın ilhakını tanırlar.

SEVR 116:

Türkiye, daha önce bu ada tarafından Sultan'a ödenen haraç hakkı da dahil olmak üzere, Kıbrıs üzerindeki veya Kıbrıs'la ilgili tüm hak ve sıfatlarından vazgeçer.

SEVR 117:

Kıbrıs'ta doğan veya ikamet eden Türk vatandaşları İngiliz vatandaşlığına geçecektir.

Belirtilen koşullara tabi olarak Türk vatandaşlığını kaybedebilirler.

Yorum: İngilizler bu anlaşmalara göre Kıbrıs'ı 1914'te ilhak etmiş yani zorla idaresine almış görünüyor. Sevr'de "Türkiye, Kıbrıs üzerindeki veya Kıbrıs'la ilgili tüm hak ve sıfatlarından vazgeçer." İfadesi Lozan'da yumuşatılarak "Türkiye, Kıbrıs'ın ilhakını tanır" olarak eklenmiş ve aynı sonuca bağlanmış.

Kıbrıs'ın tamamı bu maddeler üzerinden istenirse oradaki Türk vatandaşlarına ya İngiliz olacaksın ya da adayı terk edeceksin deme hakları doğurmuş oluyor.

Sevr'de ve Lozan'da bunu onaylatmış, İngiltere'nin dediği olmuş. Sultan'a ödenen vergi de iptal edilmiş. Kıbrıs'taki Türk vatandaşları İngiliz yapılmış. Kıbrıs elimizden Lozan'la çıkmış.

Bizim de çalışmalarımıza dahil olan bu konuyla birlikte, artık yeni bir dil belirleme zamanı gelmiştir. Bütün bunların ne anlama gelip geleceği çok yakında belli olacak. Ancak BOP ve Yeni Roma sapkınlığıyla yüz binlerce canımıza mal olan bir deprem saldırısı, bu gizli işgal ile eşleşiyor. Çünkü 24 Temmuz Lozan/Sevr yıl dönümünde dünyanın en büyük tatbikatı 'Bin yılın Meydan Okuması' adıyla bir deprem üzerine kuruluydu ve bu deprem 100. yılda oldu. Bu meydan okuma ve işgal tehdidi, ABD'nin Büyük Ortadoğu ve Yeni Roma adına Türk milletine verdiği bir göz dağıydı. Deprem ise, Yunanistan'ın 19 Haziran 2022'de bununla Türkiye'yi tehdit edip her yere sızdıkları belli olduktan sonra ve biz de bunu yapacaklarını duyurduktan hemen sonra gerçekleşti. İnsanlar bizi en çok bu sayede tanıdı. *Kasem* kitabımın küçük bir yerinde, bildik 'sözde' tarihçilere de güvenerek Lozan'ı Türkiye'nin bağımsızlık tapusu olarak vurguladığım için üzgünüm. Çünkü bu tabloya göre işler değişir. Gereken güncellemeyi burada yapıp bu vatan için hakikatli bir kalem olmak ve Hz. Peygamber'in yolundan gitmek birinci duamızdır. Bu bilgilerin üstüne daha doğrusunu getiremeyip dedikodudan öteye gidemeyenleri aranızdan çıkarın. En büyük Roma uşakları onlardır. Ancak kalb-i selim bir niyet ile araştırın, size göre de doğru ise üstüne gidin ve durumun ne olduğuna kendiniz karar verin. Cumhuriyet ve tüm İmparatorluk dahil bütün devlet biçimlerimizi kutlamak ve anmak elbette her şeyden değerli. Ancak içinde bulunduğumuz duruma bir de bu gözle bakın.

İSTİKLAL MARŞI İLE ROMA İÇERİDE

Adına gizli bir Roma işgali dediğim süreci örtmek için sanki bir el tüm değerlerimizi kullanıyor. 27 Eylül 2023 tarihinde Oğuzhan Uğur'un Mevzular Açık Mikrofon100. Yıl özel programında Gülşen'in İstiklal marşımızı Roma kostümü ile okumasından biz ne anlamalıyız? Ne vardı o kıyafette? Gizli elitlerin dini Mitra tanrısı güneş... O kostüm Antik Yunan'a göre Helios, Antik Roma'ya göre Apollon veya Mitras olarak bilinir. Perslerde de durum farklı sayılmaz. Yani hepsine Allah'sız güneşe tapan sapkın Paganizm diyebiliriz. Lusifer, Satanizm, Babil, 66, Güneş tanrısı gibi tüm ayrıntılar ile adeta Roma'nın doğuşu kutlanıyor. İstiklal marşı gibi kutsalımız olan kavramlar bu tür sosyolojik katliamların içerisine yedirildiğinde, bu tam da askeri ve bilişsel bir savaş silahı dediğimiz saldırı ile zihinlerin işgal edilmesine yol açar.

Anladınız mı şimdi sapkın Yeni Roma'yı? Bu mu hak taraf! Bu mu 'Müslüman Roma' diye sizi kandırmaya çalıştıkları kültür? Sizi sıvı ve iklim ile oyalayan kahramanlar neden Roma'ya dokunmuyor? Oysa iklim ve salgın tezgahını kuranlar da Roma Kulübü!

Bana göre bu durum İstiklal marşımızın manevi ruhuna, kan ile vatan olmuş bu toprakların aslına asla yakışmayan bir gösteridir. Bu 'Bin Yılın Meydan Okuması' adıyla tehdit edilen ülkemin, kadim vatan hatırasına hakarettir. Aslında bu sadece örnek. Yüzüncü yıl ismiyle yapılan birçok program bilinçli bir etkisizleştirme silahıdır ve gerçek ile uzaktan yakından ilgisi yoktur. Yüz binlerce insanımızı Roma diriltme için deprem ile öldürülebilir dedik, onca insanımız ve 10 il haritadan silindi, ne anladık? Yeni Roma haritası Büyük Ortadoğu'ya veya Büyük İsrail işgal haritalarını içine alan bir tehlike iken, bu gizli bir el nasıl oluyor da İstiklal marşımız ile sahnede kendini gösterebiliyor?

Bütün illerde Roma kazıları başlatıldı, neden? Ekran kahramanı profesörler 'insan eliyle deprem olur' dedi de Yeni Roma için bu depremi yapmaya hazırlandıklarını neden diyemedi? O tatbikat, deprem ile Türkiye değil miydi? İstiklal marşı ve Türk bayrağı gibi değerlerimizin arkasına bu sosyolojik işgalin sembolleri sokuldu, direnişçiler nerede? "Bu topraklarda yaşayan herkes Rum'dur," neden dendi, kaçınız anladı? Pagan ve sapkın Roma'ya neden "Müslüman Roma" diyorlar şimdi, görüyor musunuz? Bu gizli bir işgalin zeminidir, bir Türksüzleştirmedir ve sözde Türk milliyetçileri eliyle ve sözde dindarlar ile beraber yapılıyor. Ekranlar ve etraf onların adamlarıyla dolu. Size ulaşan her doğru bilgi neredeyse işgal altında. Türkiye Cumhuriyeti gizli bir Roma işgaline sokuldu diye düşünürken, adamlar açık açık her yerden görünmek istiyorlar gibi.

Bütün bu yeni Roma gelişmeleri, Kudüs'teki katliamlar ile birebir bağlantılıdır ve saklanan budur.

"Zulmedenlerin yanında olmayın. Yoksan ateş sizi de yakar." Hûd, 113

7

İKLİM ve ÖLÜM

"Tabakalar halinde yedi göğü yaratan O'dur. Rahman'ın yaratmasında bir kusur göremezsin! Mülk, 3

Ülkelere ve bize dayatılan İklim Kanunu, büyük tehlikeleri içerisinde barındırıyor. Tek Dünya sapkınlığı yolundaki emperyal Siyonist ve Roma'cı odaklar, 'İklim Krizi veya Küresel Isınma' tiyatrosu olarak sahnelediği nüfusu azaltma, cinsiyetleri kaldırma, inançları silip süpürme ve insanın köleleştirilip vatansız bir tam kontrolü amaçlıyor.

İklim Kanunu, isim olarak iklim adını taşısa da söz konusu kanunun köpürtücülerinin arasında bir ekonomist de yer alıyor. Dünya Ekonomik Forumu'nun kurucusu ve yönetim kurulu başkanı olan Alman Klaus Schwab, İklim Kanunu'nun en ateşli savunucularından biri olarak göze çarpıyor. Dünyanın daha bütünleşik bir yapıya kavuşturulması gerektiğini dile getiren Schwab, "Daha yeşil bir dünya için iklim ve karbon salınımının kontrol altına alınması gerekli" diyor. Hatta karbon vergisiyle insanları tam kontrole sokmak istedikleri 2016'da yayınlanan Ajanda 2030'daki 6. Madde, "Kirleticilerin karbondioksit için daha fazla ödeme yapmaları gerekecek" diyor. Ayrıca Klaus Schwab, 2023'te yaptığı bir konuşmada "25 yıldır iklim değişikliği üzerine çalışıyorum. Roma Kulübü'ne Küresel İklim Değişikliği projesini 1973 yılında ilk veren bendim." diyerek en büyük itirafı da yapmış oluyor.

KÜRESEL SOĞUMA TUTMADI

Küresel soğuma, özellikle 1970'lerde, aerosollerin veya yörüngesel zorlamanın soğutma etkileri nedeniyle, Dünya'nın yakında soğumaya başlayacağı ve bunun sonucunda yoğun bir buzullaşma dönemine girileceği varsayımıydı. Ancak hiçbir şeyin soğumadığı fazlaca ortaya çıkınca bu sefer bu masal rafa kalktı. 1970'lerde basına soktukları raporlarda, soğumanın devam ettiği yönünde haberler her yeri kapladı. Beklentiye göre, yükselen soğuma spekülasyonlarının tabi ki o zamanda da bilimsel bir literatür ile alakası yoktu. Ancak kılıf her zamanki gibi bilim idi. Bu senaryonun tutmayacağı anlaşılınca büyük sıfırlanma dedikleri şimdiki sürecin de planı dahilinde o yıllardan bu yıllara dünya sözde artan sera gazı etkileriyle ortaya çıkan ısınma zeminini oluşturmaya başladı. Sonrasında iş döndü dolaştı normalinde artan sıcaklık etkilerinin iklim kriziyle ilişkilendirilen bu günlere döndü.

ROMA KULÜBÜ, "BİRLEŞTİRİCİ DÜŞMAN: İKLİM"

Roma Kulübü, 1991 yılında ikinci raporu olan "İlk Küresel Devrim" (The First Global Revolution) yayınladı. Rapora göre, "Bizi birleştirecek yeni bir düşman ararken, kirlilik, küresel ısınma tehdidi, su kıtlığı, açlık ve benzerlerinin bu amaca uygun olacağı fikrini bulduk," denildi. Bu bahaneyle, küresel bir kahramanlığın başrolüne kurtarıcı olarak geçebilmelerinin zemini hazırlanacak, ancak olmayan bir şeyin kahramanı olmak için önce kaosların düğmesine bir şekilde basmaları gerekecekti ve süreç başladı. Önündeki oyunun tiyatro olduğunu bil, gerisi kolay.

CNN Kurucusu Ted Turner, verdiği bir röportajda; "Nüfusu dengelemek zorundayız. Demek istediğim, çok fazla insan var. Küresel ısınma bu yüzden var. Küresel ısınma var, çünkü çok fazla insan çok fazla şey kullanıyor." Bu ifadelerden de rahatlıkla 'iklim' tiyatrosunun, başta nüfusu azaltmak için, sonra da Tek Dünya kılıflı bir Roma işgalini legal hâle getirmek için gerekli olduğundan bahsediyor.

KARBON HAYATTIR

Goebbels; "Yeterince büyük bir yalan söyler ve sürekli tekrar ederseniz, sonunda halk buna inanır" demişti. Tabii ki yalanın inandırıcılığı için yalanın sürdürülmesi de önemliydi. Onun için de "Devletin, halkını yalanın siyasî, ekonomik ve askerî sonuçlarından koruması gerekir." "Devlet bütün güçlerini kullanarak aykırı sesleri bastırmalıdır. Çünkü gerçek, yalanın ölümcül düşmanıdır" diye bağlamıştı sözlerini. Ancak "Gölge Hançer" bölümünden de anladığımız üzere büyük bir sirkin içerisindeyiz. Gerçek ara ki bulasın.

Karbon, yaşamın temel taşıdır. İnsanlardan hayvanlara bitkilere varıncaya kadar canlı cansız bütün döngünün sağlıklı olabilmesi için karbon, olmazsa olmazdır. Hâl böyle iken, nedir bu karbon düşmanlığı?

Karbona düşmanlar, çünkü Allah'ın kurmuş olduğu muazzam dengeye düşmanlar. Karbon her şeyin temel yapı taşı olduğu gibi bir taraftan da her şeyin ürettiği ve aslında bir diğerinin yaşamının devam etmesine katkı sunduğu bir sistemdir.

Dünyanın artan nüfusu, hayvan sayısındaki kontrolsüz çoğalma gibi bahanelerle iklimlerin değişmeye başladığını, bu durumun tarıma yansıdığını, dolayısıyla verimin azaldığını ve gıda kıtlığı oluştuğunu söyleyen 'iklim' yalancıları, canlı sayısı arttıkça karbonun arttığını, karbon arttıkça bitkilerin ve mahsulün arttığı gerçeğini dile getiremezler.

Nüfus çoğaldıkça gıda azalmaz. Hayvanlar arttıkça gıda azalmaz.

Allah öyle muazzam bir denge kurmuştur ki her yeni doğan canlı, anında karbon sistemine dahil olduğu için doğaya kendi rızkını hazırlaması için de yeni bir güç vermiş olur.

İşte bu yüzden Allah her yarattığı canlının rızkına kefildir.

"Yeryüzünde yürüyen her canlının rızkı Allah'a aittir." Hud,6

Dünya nüfusunun gereğinden fazla olduğunu, dolayısıyla böyle devam edilemeyeceğini söyleyen ve nüfusun azaltılması gerektiğini söyleyenlere, bu sebeple yeni doğumların önüne geçilmesi gerektiğini öne sürenlere yine Allah gerekli cevabı veriyor:

"Geçim korkusuyla çocuklarınızı öldürmeyin. Biz, onların da sizin de rızkınızı veririz. Onları öldürmek gerçekten büyük bir suçtur." İsrâ, 17/31

İşte bütün bu yaratım ve rızık dengesinin tam merkezinde karbon vardır.

Karbon varsa yaratım var, karbon varsa yaşam var, karbon varsa rızık var.

"Meşhur iktisatçı Dr. Colin Clark, 'Dünyanın besin kaynakları, yirmi sekiz milyar insanı rahat besleyecek durumdadır.' demektedir.

Hâl böyle iken, dünyadaki kıtlık, iklim sebebiyle, kaynakların yetersizliği sebebiyle ya da nüfusun fazla olması sebebiyle mi oluyor yoksa bu kavramlar kullanılarak bilinçli kıtlık mı çıkarılıyor?

"Nankörlere, 'Allah'ın size lütfettiği rızıklardan dağıtın' dendiğinde, Allah'ın doyuracağı kişiyi biz mi doyuracağız, derler." Yasin,47

PROF. IAN PLİMER'DEN İKLİM VE KARBON YALANI

Prof. Dr. Ian Rutherford Plimer, Avustralyalı bir jeolog ve Melbourne Üniversitesinde fahri profesördür. İklim değişikliği konusundaki küresel işgalin zeminini hazırlayan bilimsel fikir birliğini reddeden bir uzmandır. Bu yüzden kendisi 'iklim tiyatrosu' tekerine çomak soktuğu için eleştiriliyor. Peki ne diyor hocamız?

"Sadece fikirlerim yok, kanıtlanabilir gerçeklerim var. Gerçekler doğrulanmıştır ve bu gerçekler tekrarlanabilir. Bir numaralı gerçek; şimdiye kadar hiç kimse insan kaynaklı karbondioksit emisyonlarının küresel ısınmayı tetiklediğini gösteremedi. Asla gösterilemedi. Ve eğer gösterilebilseydi, o zaman doğal olan emisyonların %97'sinin küresel ısınmayı tetiklemediğini göstermeniz gerekirdi.

Oyun bitti! Bir sahtekarlıkla uğraşıyoruz. Bu, bilimsel bir sahtekarlık. Atmosferdeki eser miktardaki yaşam gazının artmasının felaket getireceği ve küresel ısınmayı kontrolden çıkaracağımız propagandasını ilk günden itibaren duyuyoruz.

Üzgünüm millet, bunun tam tersi olduğunu kimya bize tam 200 yıldır bildiriyor. Şimdi eminim ki bazılarımız dün akşam yemekte şampanya ya da birayla bunu denedi ve onu içmeyi unuttu.

Ve ısındı ve köpürmeye, köpürmeye, köpürmeye devam etti. İşte bu karbondioksitin ters çözünürlülüğüdür. Örneğin; bira ısındıkça içindeki karbondioksit daha hızlı salınıyor. Yani karbondioksitin çıkması onu ısıtmıyor, ısınması karbondioksitin çıkmasını tetikliyor. Oyun tam da burada. Bunu 200 yıldır biliyoruz. Buzu deldiğimizde, buz çekirdeklerinden görüyoruz.

Bize sıcaklığın ne olduğunu söyleyen kimyasal parmak izleri ve az miktar hapsolmuş havamız var.

650 ila 6000 yıl sonra karbondioksitte bir artış olmuş. Doğal ısınmaya sahip olmamızın bu aralığa denk geldiğini biliyoruz.

Karbondioksit ısıyı kontrol etmez. Grafiklerdeki zikzaklar ters yönde.

SALGINDA İKLİM TEŞHİSİ YALANI

Dünyayı, iklim değişikliği ve hastalık bileşimiyle başlayacak yeni bir bela bekliyor. Sıvı sorunu, kalp krizi gibi her türlü hastalığa 'iklim değişikliği teşhisi' konulup yeni kapanmalar ve izleme tedbirleri dayatılmak istenecek. Bu vahşete inanıp oltaya gelen herkes yem olur.

YAKLAŞAN YAPAY GIDA FELAKETİ

Yaklaşan gıda felaketi iklim ile ilgili değil, bilinçli bir operasyondur. Bunun yapay bir operasyon olduğunu bilerek hareket edin. Time dergisi küresel sermayenin algı tetikçiliğini yapan karanlık ellere uzanır. Haliyle, olacak bir haberin öngörüsünü değil, bizzat planlarının zeminini hazırlar. 2022 Mayıs kapağında, 'Yaklaşan Gıda Felaketi'nin sebebini Rusya ve Ukrayna savaşına bağlasa da tüm dünya bu tür bir kıtlığın haberlerini iklim krizi yalanıyla çoktan vermeye başladı bile.

Aşağıdaki sabotajların, dünyadaki 30 küsur milyon yer ile aynı anda çıkan yangınlar ile eş zamanlı olanlardan değil, birbirini takip eden ancak aynı karar mekanizması tarafından düğmeye basıldığı belli olan bir sabotajdır. Ekranlar size bir iki suçlu, mercek mekanizması, terörist ya da aşırı sıcakların iklimle ilişkisinden bahsetse de bunlar tamamen tiyatro.

Bütün bu kaos süreçlerinden anlıyoruz ki izlediğimiz kanalların çok azı hariç neredeyse tamamı tüm bu kaoslar ile ilgili bilinçli ve yalan haberler yayıyor. Savaş silahlarından beter bu tavırlarıyla net bir şekilde; Tek Dünya sapkınlığının insanları soktuğu bilinçli kaosları örttükleri ve yangından suya, gıdadan her türlü algıya kadar işleri güçleri insanları bir iklim krizinin var olduğu yalanına inandırmaya çalışmaktır.

Aşağıda ortaya koyduğum tüm sabotajların, uydu sistemlerine bağlı lazer alt yapılı yangınlar ile yapıldığına dair çokça ispat ve belge bulsam da dikkati buraya çekmeyeceğim. Planlı depremlerde medya, algıyı haarp'e çekse de petrol kuyularıyla yapılanları çok daha beterdi. Buradaki mesele, bütün bunların 'niyete bağlı bir plan dahilinde' ve Tek Dünya sapkınlığının takvimine insanlığı yalanlarla sokmak için yapıldığını anlamak!

İster 30 milyon insan bu adetteki bölgede kibrit ile yaksın, isterse mercek tutsun. Önemli olan bütün bu felaketlerin söylendiği gibi iklim kriziyle ilgili değil, planlı yangınlar neticesinde olduğunu anlamaktır. Çünkü bütün bu yanan buğday tarlaları, ambarlar ve üretim tesisleri gelecekte gerçek bir belayı kapıdan içeri sokabilir. Ancak bunun adına o gün geldiğinde 'iklim yüzünden oldu' diyecekleri için, bu yalanı şimdiden kayıtlara geçelim.

Aşağıdaki tarih ve verileri eşleştirdiğinizde, önümüzdeki yıllarda bunların üstünün kapatılıp yangınların sonucunda ortaya çıkacak bir kıtlığın sanki toprağın üretiminin iklime dayalı bir duraksamayla ilgili olduğunu söyleyecekler. Bu yüzden bu satırları gözünüzün önünden bir yere ayırmayın. İklim kanunu gibi zorbalıklar, tarıma gelen yasaklar ve hayvancılığın bilinçli bir kıyıma sokulması tam da bu planın doğuracağı bilinçli bir kıtlık ile ilişkilidir. Çiftçi ekemezse, ektiğini satamazsa, mahsulünün tamamı yanarsa ve biriktirilen buğday ambarları bilerek patlatılırsa sonuç ne olur?

Çok az örneği eklesem de tamamının nasıl sonuçlar doğuracağını varın siz düşünün.

2022 YILINDA TÜRKİYE'DEKİ BUĞDAY SABOTAJLARI:

17 Haziran: Mardin'in Kızıltepe ilçesinde 100 dönümlük buğday tarlası küle döndü.

18 Haziran: Osmaniye'nin Düziçi ilçesinde yaklaşık 10 dönüm ekili buğday tarlası yandı.

19 Haziran: Adıyaman'ın Sincik ilçesinde 10 dönümlük buğday tarlası yandı.

21 Haziran: Balıkesir'in Bandırma ilçesinde çıkan yangında 100 dönümlük buğday ve arpa tarlası kül oldu.

22 Haziran: Batman'ın Beşiri ilçesindeki buğday tarlalarında çıkan yangın 200 dönüm ekili buğdayı küle çevirdi.

22 Haziran: Manisa'nın Saruhanlı ilçesinde entegre bir

tesisin saman ve buğday deposunda çıkan yangında 350 tondan fazla saman ve tonlarca buğday kül oldu.

23 Haziran: Balıkesir'in Gönen ilçesinde çıkan yangında 40 dönüm buğday tarlası kül oldu.

29 Haziran: Tekirdağ'ın Ergene ilçesinde çıkan yangında 80 dönüm buğday ekili alan yandı.

30 Haziran: Batman ovasına su sağlayan Batman Barajı sol sahil sulama kanalındaki sifonun patlaması sonucu Yaylıca köyüne bağlı Şerbetli mezrasındaki buğday harman yeri ile sebze ve meyve bahçelerini su bastı. 120 ton buğday suya kapıldı.

30 Haziran: Tekirdağ Çorlu ilçesinde çıkan yangında 400 hektar buğday tarlası yandı.

6 Temmuz: Silivri'de bir buğday tarlasında çıkan yangın sonucu 150 dönümlük arazi tamamen yandı.

5 Temmuz: Tekirdağ'ın Süleymanpaşa ve Malkara ilçelerinde çıkan tarla yangınlarında yaklaşık 100 dönüm buğday yandı.

25 Temmuz: Tokat'ın Zile İlçesinde çıkan yangında 30 dönüm ekili buğday tarlası küle döndü. Yangının elektrik direğinden sıçrayan kıvılcımla çıktığı açıklandı.

2022 YILINDA DÜNYADAKİ BUĞDAY SABOTAJLARI

Haziran: Hindistan aşırı sıcaklar ve küresel piyasalardaki dengesizlikler nedeniyle buğday ihracatını yasakladı. Bu haberle birlikte piyasa daha da bozulurken, buğday ithal eden ülkelerde kıtlık sıkıntısı oluşma ihtimali arttı.

7 Temmuz: Rusya yangın çıkarıcı mühimmatlar atarak Ukrayna'nın buğday tarlalarını yaktı.

1 Ağustos: Ukrayna'nın en büyük tahıl ihracatçısı Rusya

tarafından öldürüldü.

Ağustos: Ukrayna ile Rusya arasında 4 ayda bir yenilenmek üzere Tahıl Koridoru Anlaşması yapıldı.

2023 YILINDA TÜRKİYE'DEKİ BUĞDAY SABOTAJLARI

24 Şubat: Kahramanmaraş merkezli yaşanan büyük depremde Gaziantep'te bulunan 22 adet buğday ve mısır silolarından 15 tanesi yerle bir oldu. Yapılan açıklamada 15 bin ton civarında ürünün zarar gördüğü açıklandı.

18 Nisan: Ankara'nın Polatlı ilçesinde 50 ton buğday boş araziye dökülerek kullanılamaz hale getirildi. Yetkililer bunu yapanları bulmak için inceleme başlattı.

9 Mayıs: Nevşehir Çardak köyünde çıkan yangında 1.000 balya saman yandı.

4 Haziran: Diyarbakır'ın Çınar İlçesinde biçerdöver sebebiyle çıkan yangında 100 dönüm buğday ve arpa ekili arazi küle döndü.

8 Haziran: Adıyaman'da piknik ateşinden çıktığı tahmin edilen yangında 70 dönümlük buğday tarlası tamamen yandı.

9 Haziran: Mardin'in Derik ilçesine bağlı Boyaklı köyünde çıkan yangın sebebiyle 120 dönümlük buğday arazisi yandı.

10 Haziran: Diyarbakır'ın Bismil ve Sur ilçeleri arasında kalan arazide çıkan yangın sebebiyle 700 dönümlük buğday arazisi küle döndü. Yangına yoldan geçen araçlardan atılan sigara izmaritinin sebep olduğu açıklandı.

12 Haziran: Siirt'in merkeze bağlı Aktaş köyünde sebebi belirlenemeyen yangın çıktı. 65 dönüm buğday yandı.

12 Haziran: Diyarbakır'ın Sur ilçesine bağlı Eğince köyünde elektrik tellerinin koparak tarlaya düşmesi sonucunda 201 dönüm buğday küle döndü.

15 Haziran: Mardin'in Derik ilçesinde belirlenemeyen bir sebeple çıkan yangında 200 dönüm buğday yandı.

22 Haziran: Adıyaman'ın Gölbaşı ilçesinde yıldırım düşmesi sonucu çıkan yangında 40 dönümlük buğday tarlası küle döndü.

29 Haziran: Tekirdağ'da avlanmaya çıkan atmacaların elektrik kablolarına kısa devre yaptırması sebebiyle çıkan yangında yaklaşık 70 ton buğday küle döndü.

30 Haziran: Kütahya'nın Gediz ilçesinde çıkan tarla yangınında 8 dönümlük buğday tarlası yandı.

1 Temmuz: Tekirdağ'ın Malkara ilçesinde biçilmesine 3 gün kalan 47 dönümlük buğday arazisi çıkan yangın sonucunda tamamen yandı.

1 Temmuz: Şanlıurfa'nın Hilvan ilçesinde çıkan yangın sebebiyle 60 dönüm buğday arazisi yandı. İddialara göre yangın biçerdöverden çıkan kıvılcım sebebiyle başladı.

2 Temmuz: Çatalca ilçesinin Muratbey mahallesinde sebebi belirlenemeyen yangında 200 dönüm buğday tarlası yandı.

3 Temmuz: Edirne'de anız yangınının tarlaya sıçraması sonucu 30 dönüm buğday ekili arazi yandı.

4 Temmuz: Son 20 gün içerisinde Edirne'de 380, Kırklareli'nde 400, Tekirdağ'da 150 dönüm olmak üzere Trakya bölgesinde 930 dönüm buğday arazisi küle döndü. Yapılan açıklamalarda yangın sebeplerinin insan kaynaklı olduğu söylendi ancak hiçbirisi için yeterli bir açıklama yapılmadı.

7 Temmuz: Diyarbakır'ın Çınar ilçesine bağlı Alabaş köyünde sebebi belirlenemeyen yangında 200 dönüm buğday ekili arazi küle döndü.

15 Temmuz: Edirne Yeniimaret mahallesinde çıkan yangında 40 dönüm buğday ekili arazi tamamen yandı.

17 Temmuz: Tokat'ın Sulusaray ilçesinde çıkan yangında 20 dönüm buğday ekili arazi yandı.

18 Temmuz: Tekirdağ'ın Hayrabolu ilçesinde çıkan yangında 40 dönüm buğday arazisi yandı.

18 Temmuz: Van'ın Tuşba ilçesinde çıkan yangın kısa sürede çok geniş bir alana yayıldı ve buğday ekili araziyi küle çevirdi. Yetkililer yangının sebebiyle ilgili ve ne kadar buğdayın zarar gördüğüyle ilgili açıklama yapmadı.

20 Temmuz: Kastamonu'nun Tosya ilçesinde çıkan yangında 5 dönümlük buğday arazisi yandı.

21 Temmuz: Amasya'nın Gümüşhacıköy İlçesinde çıkan yangında 4 dönüm buğday ekili arazi yandı. Yangının kuşların elektrik tellerine konması ve tel kopması sebebiyle olabileceği açıklandı.

23 Temmuz: Burdur merkezde sebebi belirlenemeyen yangında 40 dönüm buğday ekili arazi küle döndü.

28 Temmuz: Isparta'nın Gönen ilçesinde çıkan yangında 150 dönümlük buğday arazisi yandı. Yetkililer yangın sebebinin insan kaynaklı olabileceğini açıkladılar.

30 Temmuz: Sivas'ın Gemerek ilçesinde çıkan yangın sonucunda 25 dönüm buğday ekili arazi yandı.

1 Ağustos: Çorum'un Sungurlu ilçesinde sebebi belirlenemeyen yangında 60 dönüm buğday arazisi küle döndü.

5 Ağustos: Karabük'ün Eflani ilçesinde çıkan yangın sebebiyle 20 dönüm buğday arazisi yandı.

7 **Ağustos:** Kocaeli'nin Derince ilçesinde bulunan Türkiye'nin en büyük buğday silolarından biri olan Toprak Mahsulleri Ofisi'nde patlama meydana geldi. 60 silodan 13'ü zarar gördü. Silolarda 50 bin ton buğday olduğu, ne kadarının zarar gördüğünün henüz belli olmadığı açıklan-

dı. Patlamanın buğday tozu sıkışması sebebiyle olduğu söylense de bu bir sabotaj.

Eş zamanlı olarak Adana'da geri dönüşüm fabrikaları, Tekirdağ'da ise kimyasal ürünler üreten bir fabrikada büyük çaplı yangınlar çıktı.

9 Ağustos: Gaziantep'in Nizip ilçesinde bulunan ekmek fabrikasında yangın çıktı. Fabrika tamamen kullanılmaz hale geldi.

10 Ağustos: Adana'nın Tufanbeyli ilçesinde çıkan yangında 8 dönümlük buğday hasat edilemeden yandı. Yangına çevredeki anız yangının sebep olduğu açıklandı.

12 Ağustos: Sivas'ın Kangal ilçesi Karataş mevkiinde sebebi belirlenemeyen yangında 3 bin dönümlük buğday arazisi küle döndü. Yetkililer 10 bin tondan fazla buğdayın zayi olduğunu açıkladı.

13 Ağustos: Yozgat'ın Sorgun ilçesinde bulunan bir buğday tarlasında çıkan yangın, rüzgârın da etkisiyle kısa süre içerisinde büyüdü ve kısa süre içerisinde 500 dönümlük buğday arazisini küle çevirdi.

13 Ağustos: Antalya Organize Sanayii'nde bulunan ve mısır gevreği üreten bir gıda fabrikasında sebebi belli olmayan yangın çıktı. 9 dönüm üzerine kurulu fabrika tamamen kullanılmaz hale geldi.

15 Ağustos: Bolu'nun Dörtdivan ilçesinde çıkan yangında 24 dönümlük buğday tarlası küle döndü.

16 Ağustos: Kütahya'nın Altıntaş ilçesi Osmaniye köyünde çıkan yangında 500 dönüm ekili arazi tamamen yandı. Yangının elektrik direğinden çıkmış olabileceği açıklandı.

17 Ağustos: Uşak'ın Banaz ilçesinde çıkan yangın rüzgarında etkisiyle kısa sürede büyüdü. 100 dönüm buğday arazisi yandı.

18 Ağustos: Niğde'nin Altunhisar ilçesinde çıkan yangında 500 dönümlük mera alanı tamamen yandı. Yangının çıkış sebebi bilinmiyor.

2023 YILINDA DÜNYADAKİ BUĞDAY SABOTAJLARI

12 Haziran: Çin'de 2 haftalık aşırı yağışlar sebebiyle 30 milyon ton buğdayın zarar göreceği açıklandı.

17 Temmuz: Rusya, isteklerinin karşılanmadığını ileri sürerek Tahıl Koridoru Anlaşmasından çekildi.

18 Temmuz: Anlaşmadan çekilen Rusya, Ukrayna'nın Odesa Limanı'nı insansız hava araçları ile vurdu. Buğday siloları zarar gördü. Ukrayna tarafından yapılan açıklamada 60 bin ton buğdayın zarar gördüğü ve 350 milyon insanın bu sebeple gıda sıkıntısı çekebileceği söylendi.

20 Temmuz: İngiltere'nin Tilbury bölgesinde çıkan yangında 100 dönümden fazla buğday tarlasının yandığı açıklandı.

23 Temmuz: ABD'nin Bayfield Ont yakınlarında çıkan bir yangında 100 dönümden fazla buğday tarlası zarar gördü.

27 Temmuz: Brezilya'nın en büyük tahıl üretim merkezi olan Parana'da bulunan C.Vole Kooperatifi'nin tahıl silosunda henüz sebebi belli olmayan büyük bir patlama oldu. 8 kişi öldü 12 kişi yaralandı. Ne kadar tahılın zarar gördüğü henüz açıklanmadı. Patlama sebebiyle ilgili hiçbir resmî açıklama yapılmadığı halde Kocaeli'deki patlamadan sonra TV ekranlarına çıkan yerli bilim adamlarımız Brezilya'daki patlamanın da buğday tozu sıkışmasından kaynaklı olduğunu söylediler. (Habertürk ekranlarında Yangın Risk Uzmanı Cemal Kozacı)

10 Ağustos: Fransa'nın en büyük ticaret limanlarından La Rochalle'de bulunan ve içinde binlerce ton buğdayın olduğu silolarda yangın çıktı. Yangın sebebi belli değil. Fransa, Avrupa'nın en büyük tahıl üreticisi.

13 Ağustos: İngiltere'nin Shropshire bölgesinde bir buğday tarlasında çıkan yangında 40 bin poundluk buğdayın zarar gördüğü açıklandı.

15 Ağustos: ABD'nin Houstan şehrinde bulunan bir peyzaj fabrikasında yangın çıktı. Kısa sürede büyüyen yangın çok büyük bir alana yayıldı. Yetkililer yangının sabotaj sebebiyle çıkmış olabileceğini ve yangının söndürülmesinin 1 haftayı bulabileceğini söylediler.

16 Ağustos: ABD Florida eyaletinin Pensacola bölgesinde büyük bir geri dönüşüm fabrikasında yangın çıktı. 1 gün süren söndürme çalışmaları sonucunda fabrika tamamen yandı.

17 Ağustos: İngiltere'nin Shropshire bölgesinde bir tahıl deposunda çıkan yangında 1 ton buğday zarar gördü.

17 Ağustos: ABD'nin Washington eyaletinde yer alan Walla Walla bölgesinde çıkan yangında 600 dönümlük buğday tarlası tamamen yandı. Henüz resmî bir açıklama yapılmadı.

ROMA KULÜBÜ BM İLE İŞİN İÇİNDE

2023 yılı Eylül ayında ABD'de yapılan BM Genel Kurulu toplantısından sonra Çevre Şehircilik ve İklim Değişikliği Bakanımızın yaptığı açıklama göre, BM Habitat Türkiye ofisi açılacak.

BM Habitat'ın görev alanları: İnsani yerleşim alanlarını düzenlemek, Yerleşim ve iskân programları konusunda bilgilendirme yapmak, kentlerde karşılaşılan sorunların çözümü için ülkelere yönlendirme sunmak, Bütün bu çalışmalar için ülkelere finansman desteği ve teknik yardım sunmak.

Allah'tan özgür bir ülkeyiz de başka kurumlar gelip ülkemizde iklim ameliyatı yapacak. Yerleşim alanlarını düzenleyecek ve sözde çözümler sunacak. Kaosların düğmesine basıp insanları felakete sürükleyenlerin ürettiği hiçbir çözümü inandırıcı bulmuyorum.

TARIM VE HAYVANCILIĞI BİTİRME PLANI

Bu haber, yukarıdaki tüm komploların sonucunda oluşacak bilinçli bir kıtlığın yapı taşlarını hazırlayan bir adımdır. Gıdaya ve hayvancılığa, tarıma ve çiftçiye, rızka ve ülkeye çok büyük bir darbedir. Nedir o haber? "Tarım ve Orman Bakanlığı tarafından hazırlanan, 'Tarımsal Üretimin Planlanması Hakkında Yönetmelik' 14 Eylül 2023 yılında Resmî Gazete 'de yayımlanarak yürürlüğe girdi. Bitkisel üretim, hayvansal üretim ve su ürünleri üretiminde tarım havzası veya işletme bazında üretimin planlanmasını kapsayan yönetmelikle, tarımda izin almadan üretim yapma dönemi resmen sona erdi. Çiftçi, yeni yönetmeliğe göre artık izin almadan tarımsal üretim gerçekleştiremeyecek.

Üzülerek söylüyorum ki insanlık yapay ete ve gıdada dışa bağımlı bir bataklığa bilinçli eller ile sürükleniyor. Bu yüzden önümüze konan ne olursa olsun ki bu bir kanun değil, yönetmelik. Kanun bile olsa insanlığa ve topluma hizmet etmiyor ise adaletli tarafı yoktur ve uygulamaya konulmasına müsaade edilmemelidir. Örnek olarak, bu tür zalim yaptırımların kısa bir sonucunu vereyim, siz böyle giderse işin nereye evrileceğini tahmin edin: 2023 sonu itibariyle sığır ve koyun sayısında korkunç düşüş yaşandı. 6 ayda koyun ve keçi sayısı 3 milyon, sığır sayısı ise 330 bin azaldı. Bu da demek oluyor ki et, süt ve ürünlerinin tümünde yüksek fiyat ve ulaşılamaz bir zemine bu iş hızla sürükleniyor. Bu durum tanklı tüfekli bir işgal ile bile yapılamaz iken, gözlerimizin önünde oluyor olması ekranların ve güvendiğiniz birçok ismin size oyun oynamasıyla kaleye gol olarak giriyor.

Çözüm:

Aşağıdaki satırları, yapabileceklerini göstermek veya endişe etmeniz için paylaşmıyorum. Tam tersine, şeytanın niyeti bu, ona göre ne tür bir kötücül oluşum ile karşı karşıyayız, görün istiyorum. En nihayetinde şeytan şeytanlığını yapacak ve biz de onu kıyamete kadar kovalayacağız. Bize düşen bu. Bela kapıdan içeriye girdi giriyor. Korkup pes eden veya vazgeçen herkes elenir.

Önümüze konan tüm kaos planları her zaman halkın refleksleriyle sonuçlanır. Bu yüzden ekranlar ve uzmanlar çok büyük oranda sizi zaten istenen plana sürükler.

Varlıkları kanaat önderi olup çözüm üretmek değil, sizi tuzağa çekmektir. Ancak Rabbim rızka kefil ise bize de savaşmak düşüyor. Bütün bu planlı kıtlıktan anlıyoruz ki tarım arazileri hiç olmadığı kadar önemli bir değere ulaşacak. Haliyle şehirlerdeki varlığınızdan asla vazgeçmeden, ulaşabileceğiniz uzaklıktaki illerden alacağınız büyük tarım arazilerini gelecekte böyle bir zemin için hazır bulundurun ve köylerinizi terk etmeyin. Yapabiliyorsanız üzerinde temel yaşam fonksiyonlarına yetecek kadar bir ev bulunsun. Mümkün ise Rabbiniz ile aranıza kimse girmesin. Çünkü ellerinde yalandan başka bir şey olmayan çeteler ister kanun ister yönetmelikle gelsin, toplum Kur'an'ın adaletini ve emrini kalbine koyarsa, kimse bunu delemez. Kimse bize topraktan alacağımız rızka, gökten indirilen suya yasak koyamaz. Onlar deneyecek ve sonuçlarını görecek. Biz de tabi ki hepsine esas söz sahibinin biz olduğunu göstereceğiz.

Küresel elitlerin Birleşmiş Milletler öncülüğünde dünya halklarına dayatmak istediği İklim Kanunu, Türkiye'ye de geliyor. Dünya nüfusunun azaltılması ve insanların hayatlarının kontrol altına alınması doğrultusunda iklim hassasiyeti bahane edilerek oluşturulan plan hayata geçerse, insanlığı büyük bir tehlike bekliyor. Küresel emperyalist ve Siyonist odakların "Küresel Isınma ve İklim Krizi" adı altında ortaya koydukları ifsat projesi, dünya nüfusunu azaltma, tüm inançları yok etme, insanlığı tam kontrol ve köleleştirme gayesini taşırken, söz konusu plan ülkemize de dayatılıyor.

ROMA KULÜBÜ, 'KAYNAKLAR YETMEZ' DİYOR!

Roma Kulübü genel olarak tüm dünyayı Tek Dünya işgali altına sokmak istediği için tüm kaosları kaynakların yenilenemeyeceği yalanına dayandırıyor. Bu aslında, hâşâ, bir anlamda Allah'a ve onun sınırsız nimet anlayışına savaş açmaktır.

Çünkü Allah, yarattığı her şeyin rızkına kefil ve sürekli kendini yenileyen bir dünya vaat edip bizi bunlarla şükredelim diye sınadığını açıklıyor.

Roma Kulübü ve sapkın Tek Dünya Devleti projeleri ise, tam tersini söylüyor. Hatta bunu sadece şimdi değil 1972'de yayınladıkları Jay Forester'in 'Büyümenin Sınırları' adlı kitaptaki raporda geçiyor. Bu rapor, "Medeniyetimizin yenilenemeyecek doğal kaynaklarının artan nüfus ile yetmeyeceğini ve sosyal ve ekonomik olarak medeniyetin çökeceğini öngörüyor."

Bilgisayar ortamında kurulmuş modellerle nüfus, gıda üretimi, sanayileşme, çevre kirlenmesi, sınırlı doğal kaynakların tüketimi gibi konuları inceleyip, bunların üstsel bir şekilde arttığını ve bu şekilde artmaya devam etmesinin imkânsız olduğunu söylüyor. Mesela doğal gaz, yağ, gümüş, kalay, çinko, altın, kurşun, bakır gibi hayati minerallerin tükenmesinin 50 ila 100 yılı bulmayacağından bahsederek bugünün Yeni Dünya Düzeni'ni bu çöküşün kurtarıcılığıyla ilişkilendiriyorlar.

Raporda, tüketim toplumu olmanın altın dönemlerindeyken bu durumun böyle devam etmesinin mümkün olmadığını ön görerek sözde sebeplerini de açıklıyor.

"Büyümenin Sınırları" (The Limits to Growth, LTG) isimli makalesi, dünyaya dayatılmak istenen iklim tiyatrolu sistemin alt yapısını oluşturuyor. Yani diğer bir değişle, İklim Tiyatrosu Kanunu adı altında insanlığı köleleştirmek isteyen küresel sistemin ortaya koymak istediği sistemin dayanağını, bu raporun tezleri teşkil ediyor.

Aynı zamanda MIT (Massachusetts Institute of Technology)'e bağlı Jay Forester, 1971'de yayınlanan *World Dynamics* adlı kitabında, dünya nüfusu, endüstriyel dünya üretimi, gıda arzı, kirlilik ve hâlâ dünyada kalan doğal kaynaklar gibi yüksek düzeyde kümelenmiş değişkenlerin etkileşimini araştıran bir model tasarlayarak bugün ülkemize de sunulmak istenen "Küresel Isınma ve İklim Krizi"nin temellerini atıyor.

Peki bu konuda Rabbimiz ne diyor?

"Göklerde ve yerde bulunanların hepsi O'ndan ister (O'na muhtaçtır). O her an yaratma halindedir." Rahman Suresi, 29

Buradan da net olarak anlıyoruz ki; bu tiyatroyu insanlığa gerçekmiş gibi dayatanlar tam bir işgalin zalim alt yapılarını hazırlıyor. Bütün olanların kimlerin eliyle ve hangi amaçlar için yapıldığını görünce, çözüm olarak bize de asla zulmün tarafı olmamak ve zalime boyun eğmemek düşer.

AJANDA 2030 4. Senaryo: *"Daha az et yiyeceksiniz. Çevre ve sağlığımız için yararlı olacak bu."*

Bu konuda uzmanlardan din adamlarına kadar ekran üzerinden size ulaşan bütün sapkınlar, bu tezgâha zemin hazırlıyor olacak. Sağlık adı altında aşılanan ve kısırlaştırılıp yok edilen, yem fiyatlarıyla ve yasaklar ile kısıtlanan hayvancılık, ülkemizi ve dünyayı yapay bir zehre sürüklüyor. İstihbarat servislerinin elinde sahte din hocaları bu olanlara helal derken, büyükbaş hayvanların iklime zarar verdiği propagandası yapılıyor. Araştırmacı William Engdahl; "Bu adamlar geleceğin sağlıklı beslenme formülü adı altında korkunç bir plana imza atıyorlar. Brüksel Üniversitesinden Profesör Frederic Leroy; "Hedefledikleri diyette gerçek et ve süt %90 oranında kesilmiş. Bunların yerine sahte laboratuvar ürünleri konulmuş! Bize dayatacakları gıda sentetik ve ölümcül olacak. Ya yiyip öleceğiz ya da açlıktan öleceğiz!" diyor. Hayvanlarınıza, hastalık adı altında bile olsa dokundurmayın, vazgeçmeyin.

AJANDA 2030 5. Senaryo: *"İklim değişikliğiyle 1 milyar insan yerinden olacak. Uluslararası mültecileri karşılamak için daha iyi bir iş yapmalıyız."*

Kahramanmaraş depremiyle kaç milyon kişi göç etti ve kaç yüz bin kişi öldü? Bitti mi dersiniz? Filistin ile başlayan katliamlar kaç milyon kişiyi etkiliyor? Ortadoğu, Yeni roma ve Büyük İsrail denen sapkınlıklar Türkiye dahil hangi ülkelerin demografik yapısını yerle bir edecek? İklim ve ekonomik çöküntüyle tetiklenecek göçler, milyonlarca insanı büyük şehirlerden kırsala doğru ne tür bir açlığa sürüklüyor? Planlı yangınlar, depremler, seller, afetler, açlık ve savaşlar iklim yüzünden mi oluyor yoksa şeytanın derdi mi başka?

Bütün çözümlerin kaynağı olarak gördüğüm Kur'an ne diyor ise ben de çözüm olarak onu tavsiye ederim:

"O halde kafirlere boyun eğme ve Kur'an ile onlara karşı olanca gücünle büyük bir savaş ver!" Furkan, 52

ÖLMEMİZİ KİM İSTER?

Roma Kulübü, Dennis Meadows: Dünya nüfusu 1 milyara düşürülmeli.

Dünyanın en zengin ailelerinden olan Rockefeller'in üyesi David Rockefeller'in bağlantılı olduğu 'Roma Kulübü'nde yer alan ve 1972 yılında, "Büyümenin Sınırları" raporunu yazarlarından Dennis Meadows, 2016 yılında bir demeçte; "Öyle ya da böyle küresel olarak şimdiye kadar bu gezegen tarafından desteklenebilecek nüfus ve tüketim seviyelerinin o kadar üstündesiniz ki, bir şekilde geri geleceğini biliyorum. Bu yüzden bundan kaçınabileceğimizi umuyorum.

Küresel nüfus barışçıl yollarla 1 milyara düşürülmeli. Dünya nüfusunun düşüşü şiddetle değil başka yollarla çözülmeli. *Umarım bu medeni bir yolla gerçekleşir. Demek istediğim; özel bir yolla.*

Huzurlu bir yolla, ancak huzur, herkesin mutlu olduğu anlamına gelmez. Ancak bu yolun şiddetle değil başka yollarla çözüldüğü anlamına gelir ki demek istediğim bu. Yani şu anda 7 milyar insan var ama 1 milyar insanımız olacak. Geri inmemiz gerekiyor. Umarım bu yavaş bir şekilde olur ve eşit bir şekilde."

"Yeryüzünde hiçbir canlı yoktur ki rızkı yalnızca Allah'a ait olmasın."

En'am, 98

Jay Forester: Kaynaklar Sınırlı, Üreme Tutumları Değişmeli

Roma Kulübü, "Büyümenin Sınırları" raporunun yazarlarından Jay Forester: "Kaynaklar sınırlı olup 50 ila 100 yıl içinde tükeneceğinden, insanlar dünyayı çöküşten kurtarmak için kaynakların kullanımına, üremelerine ve kirlilik seviyelerine yönelik tutumlarını değiştirmelidir."

ABD Başkanlığı İklim Özel Temsilcisi Jhon Kerry:

"İskoçya küresel iklim toplantısında yaptığı açıklamada "Dünya gezegenini kurtarmak için milyarlarca nüfusu azaltmak zorundayız." 28 Ocak 2021

Dünya'yı mahvedenlerin, Roma mimarisi önünde poz verip bu sözleri söylemeleri şeytana şapka çıkartacak türden.

Jacques Attali: "Aptallar Mezbahaya Kendileri Gidecek"

Fransız yazar Michel Solomon'un 1981 yılında yayınladığı *L'Avenir de la* adlı kitabında Jacques Attali ile yaptığı söyleşi de yer alıyor. Sözleri söyleyen, Fransa'nın eski Cumhurbaşkanı François Mitterrand'ın danışmanıydı ve 1981 yılında şöyle söylemişti: "Gelecekteki sorun, nüfusu azaltmanın bir yolunu bulmak olacak. Önce yaşlılarla başlayacağız.

Çünkü 60-65 yaşını aşar aşmaz, ürettiklerinden daha uzun yaşıyorlar ve bu da topluma bir maliyet getiriyor. Sonra zayıf olanlar, sonra topluma hiçbir katkısı bulunmayan, işe yaramazlar; çünkü sayıları gittikçe artıyor ve özellikle aptal olanlar. Bu grupları hedef alan ötenazi; gelecekteki toplumlarımızın vazgeçilmez bir aracı olmak zorunda kalacak. Her durumda. Tabi ki insanları infaz edemeyiz, toplama kampları kuramayız. Kendi iyilikleri için olduğuna inandırarak onlardan kurtulacağız.

Çok büyük bir nüfus var ve büyük çoğunluğu gereksiz. Ekonomik olarak çok pahalı bir şeydir. Sosyal olarak, insan makinesinin kademeli olarak bozulmasındansa aniden durması çok daha iyidir. Milyonlarca ve milyonlarca insan üzerinde zekâ testleri yapamayız tahmin edebileceğiniz gibi. Bir şeyler bulacağız ve sebep olacağız.

Belirli insanları hedef alan bir salgın. Gerçek bir ekonomik kriz ya da değil. Yaşlı ve şişmanları etkileyen bir virüs, ne fark eder? Zayıf ve korkaklar ona boyun eğecek, aptal olan buna inanacak ve tedavi edilmeyi isteyecek. Çözüm olacak tedavinin planlamasını sağlamış olacağız. Aptalların seçilimi böylece kendi kendine gerçekleşecek. Mezbahaya kendi kendilerine gidecekler."

Ha şöyle! Böyle delikanlı ol, canımı ye. Lafı dolandırmadan anlat ki açık konuşalım.

Zerre kadar vicdanı olmayan ve kibirden ne yapacağını şaşırmış siz gibi sapkınların, insanları hayvandan aşağı görmeleri, o mezbahaya kimin sokulması gerektiğinin net bir göstergesidir.

Norveçli Filozof Arne Naess:
"Kültürlerin Gelişimi İnsan Nüfusunun Azaltılması ile Mümkün"

Naess ve Sessions'un formüle ettiği ve bu akımın "manifestosu" olarak kabul edilebilecek olan 8 ilke bulunmaktadır. Nüfus ile ilgili en önemli madde: "İnsan hayatı ve kültürlerinin gelişimi, insan nüfusunun ciddi ölçüde azaltılması ile mümkün olabilir."

Nasıl sapkın bir kültür hayalleri var ise, bunu; insanları öldürüp, kısırlaştırıp göç ettirip ve aç bırakıp yaptıklarını eklemiyor.

Prof. Dr. Oktay Sinanoğlu: "Bu En Büyük İhanettir"

"Daha 1700'lerde yazmışlar dünya nüfusunun çoğu işe yaramaz, bu kadar kalabalık ne olacak falan diye bunlar. Dünya nüfusunun %20' si köle olarak yeter bize, gerisini yok edelim. Nasıl yok edelim? İşte, birbirlerine düşürelim falan. Sonra baktık ki şimdi bunların gayelerinden biri dünya nüfusunu azaltmak, doğum kontrolleriyle bir sürü numara çekiliyor. Tokat'ın köylerinde, 'doğum kontrolü öğreteceğiz' diye aslında gerçeği gizleyerek insanları kısırlaştırdılar. Aynısını Orta Amerika'da yaptılar. Moleküler biyolojide gelişme olunca bunu kullanarak nüfusu azaltmayı denediler. Kendileri de diyor, bir iki tanesi mesela. Bir atom bombası yüz milyar dolara mâl oluyorsa yüz bin kişiyi öldürüyor hem de çok patırtılı oluyor. Başkaları da zarar görüyor. Dediler ki ya biz de yüz bin dolara gen kalıtımı değiştirilmiş gıdalarla, sahte ilaçlarla, sahte virüslerle hem satarız hem de nüfusu sessiz sedasız... Kimsenin kuyruğuna takılmayacaksın. Hele böyle insanlık düşmanı bu kadar sabıkası olan, bu kadar insanlığa zarar veren birilerinin peşine takılmak en büyük ahmaklıktır. Demin söylediğimin ötesinde bilerek takılıyorsun, bu en büyük ihanettir. Hem bu millete hem bu insanlığa. Oysa herkes aklını başına alsın." (2010)

CNN Kurucusu Ted Turner: "Çok fazla insan var"

Ted Turner verdiği bir röportajda "Nüfusu dengelemek zorundayız. Demek istediğim çok fazla insan var. Küresel ısınma bu yüzden var. Küresel ısınma var çünkü çok fazla insan çok fazla şey kullanıyor."

Açık açık nüfusun fazlalığını azaltma yöntemi olarak küresel ısınma denen tiyatronun en can alıcı yaptırımlar ile dayatılacağından bahsediyor. Yersen.

Gazeteci Works:
"Dünya Nüfusu Haddini Aşmıştır ve Nüfusun Azaltılması Gereklidir"

Gazeteci Woks, 1970 yılına ait Henry Kissenger Milli Güvenlik ve Morandamı Belgesi (gizli belgesinden de söz ediyor. 10 Kasım 1970 tarihli ve 200 numaraları bu belgede altı çizilen cümle şu: "Dünya nüfusu haddini aşmıştır. Nüfusun azaltılması gereklidir."

Doğum kontrolü veya çocuk yapmamak, sınırlı sayıda doğum demiyor. Nüfusun azaltılması diyor direk olarak. Turbo ölümler ile bu ifadeler arasında bağlantı kurabiliyorsan uyanmışsın demektir.

Bill Gates: Yeni Aşılar ile Nüfusu %15'e Kadar Düşürebiliriz

2010 yılındaki Ted konuşmasında, "Önce nüfustan başlayalım. Dünya nüfusu bugün 6,8 milyar insan. Bu rakam 9 milyara doğru gidebilir. Eğer yeni aşılar, sağlık ve doğum hizmetleriyle şimdiden harika bir iş çıkarırsak bu rakamı %10 ila 15 arası düşürebiliriz."

Bu konuşmanın tamamını internetten dinleyip izleyebilirsiniz. Bill Gates'i yaşanan tüm kaosların ortasındaki suçlulardan gösteren sadece bu konuşması değil. Bu kadar maddi ve akıl gücüyle tüm işinin aşı ve tohumlar olduğunu söyleyerek bugün insanların şifa olarak koştuğu Dünya Sağlık Örgütü'ne en büyük fonlamayı yapan isimlerden olması da önem arz etmektedir. Bu isim yeni dünya düzeni denen kanlı düşün görünen kadrolarının başında gelir.

"Yoksa Sen, onların çoğunu Hakk sözü işitir ya da aklını kullanır, gerçeği dinleyip anlar ve vicdanına uyar mı sanıyorsun? Oysa onlar ancak hayvanlar gibidirler; hayır, onlar tuttukları yol bakımından daha şaşkın ve aşağıdırlar." Furkan, 44

CEHENNEM FİLMİNDEKİ MESAJ

2016 da yayınlanan Cehennem (Interno) filminden: "Dünyanın 1 milyar nüfusa ulaşması için tam yüz bin yıl gerekmişti. 2 milyara ulaşması 100 yılda oldu. Ve sadece 50 yılda ikiye katlanarak 1970'te 4 milyara ulaştı. Şu anda neredeyse 8 milyar kişiyiz. Bartlett's Beaker bize değer kabı örneğini veriyor: İçine her dakika bölünen ve çoğalan tek bakteri konuyor. İlk bakteriyi kaba saat 11 de koyarsanız saat 12 de tamamen dolacaktır. Peki saat kaçta kap yarı yarıya doludur? 11.59'da. İşte bizim için zaman tam burada! 40 yıl içinde tam 32 milyar insan yaşamak için savaşacak. Yenilecekler. Gece yarısına bir dakika. Dünyayı saran her yok edici küresel hastalık insan nüfusunun fazlalığıyla ilişkilendirilebiliyor. Ya ciddi doğum kontrol yöntemleri? Onların hiç şansı yok. 'Bu çok aşırı.' 'Haklarım ihlal ediliyor.' 'Mahremiyetime tecavüz ediyorsunuz.' 'Bana ne yapacağımı söyleyemezsiniz.' Ve hâlâ çevremize saldırmaya devam ediyoruz. Dünya tarihinde beş büyük nüfus imhası gerçekleşmiştir. Eğer sert ve hızlı bir önlem almazsak altıncı imhayı biz yaşayacağız. Gece yarısına bir dakika..."

Bu sözleri o yıllarda bir kenara not almıştım çünkü nüfus imhası zaten üzerinde düşünülen bir kavramdı. Bütün cümlelerin hem matematiksel hem de gerçekle bağlantısını bir bir hesaplamıştım. Beş büyük nüfus imhasının tamamıyla ilgili anlatılan, sadece insan değil tüm canlı türleri için olduğudur. Ancak insanlık tarihindeki nüfus artışı verileri birebir tutuyor. Yani dünya hiç olmadığı kadar hızlı bir yükseliş ile nüfus üretiyor. Bu, Yaratıcı için kolay bir mesele olsa da Tek Dünya Devleti kurma niyetinde olup insanlığı sıfırlamak isteyenler için işlerine geldiği gibi kullanılan bir argüman. Onların oyununda her şey birer piyon ve isterlerse nüfusun azlığını, isterlerse de fazlalığını tehdit olarak duyururlar ve seni de inandırmak isterler.

Sonuç?

Kalan herkes için eğer bir saldırı olacaksa ilk önce ve tabi ki inançlarımıza saldıracaklar.

Bizi kullanmak, çalıştırmak, sömürmek, inandırmak,

seçimlere ve ideolojilere alet etmek isteyecekler. Kamuoyu dedikleri şey bizleriz ve ideolojik bir oluşum dışında bir araya gelmeyi henüz bilmiyoruz. Bizi bir araya getirebilecek her türlü alışkanlığımızı onlar tasarlayıp önümüze koyduğu için yine aynı etkileşimimiz aynı akıl tarafından engelleniyor.

Bu yüzden hem gücümüzün farkında olamıyoruz hem de değiliz. Sistem bizi kutuplaştırmak, köleleştirmek, bağımlı, mürit, işçi, sayı, veri, oy, rant, tüketim, cinsellik, savaş, kaos gibi unsurlar ile iliklerimize kadar kullanmak isteyecek. Yeni kurulacak küresel sisteme, alt yapıya herkesi önce inandırıp sonra da mecbur bırakmayı deneyecekler. Ulus devletler ve yönetimler bu güçlere karşı borç batağındaysa, var olan son güçlerini de kaybetmemek için az bir baskıyla birer birer bu sistemin inancına uymak için kendini güncelleyecek. Tek bir dünya devletine giden, yeni, kontrol edilebilir, kullanılabilir, düşünceleri yönetilebilir, tüm canlıların ellerinin altında olduğu, sürdürülebilir bu sisteme herkesi ve her canlıyı bağlamayı deneyecekler. Bu gemi buraya doğru gidiyor ve sonuç almaları sizin uyumanıza bağlı.

Bana, insanı ele geçirmek için yapılacak saldırıların sağlık, uydu, tohum ya da ekranlar üzerinden mi geleceğini sorsanız, 'herhangi birinden gelmez' diyemezdim. Çünkü teknik olarak tamamı mümkün ve hiç birisi yaşanmadı veya yaşanmayacak diyemeyiz. Buradan hareketle bile rahatlıkla söyleyebilirim ki ister bir serum ile damardan girsinler, ister de ekrandan size türlü mühendislikler ile savaş açsınlar... Fıtratınızı bozmak için her şeyi yapsalar, Allah ile irtibatınız bütün oyunları yerle bir edebilir ve sizi her şeyden koruyabilir.

Hangi tür bir belanın içerisine sürüklendiğimizi ve uyanışımız ile ne kadarına karşı koyacağımızı yaşayarak göreceğiz. Bu savaşta ne varlığınızı ne fikirlerinizi ne de tepkinizi hafife almayın. Fikrimiz ve niyetimiz her şeyi değiştiriyor olmasaydı bütün teknolojileriyle aklımızı ve kontrolümüzü ele geçirmeyi denemezlerdi. O yüzden gün, uyanma, anlama ve harekete geçme günüdür.

"Sakın, Allah'ın zalimlerin yaptıklarından habersiz olduğunu sanma. Çünkü O, korkudan gözlerin dönüp bakakalacağı bir güne kadar onlara süre veriyor. İbrahim, 42

Kayıp toplumların kendilerini düzeltmedikleri sürece bilinci olmaz. Kur'an'ın özü insanı bir başına özgür kılmak olduğu gibi, bilincin kendisi de varlıkların tek başına kalmasıyla olgunlaşır. Olgunlaşmak ve kendi olmaktan korkan her kimse gerçeğini kavrayamadığı ideolojilerin sürüsü olur. Kayıp kitleler bu yüzden yalnız sürülerin ahırı gibidir.

Firavun'un sihirbazları bu kadar oyun oynamadı ve halkı zalim yapmadı.

"Firavun, halkını ahmaklaştırdı ve onlar da sonunda boyun eğdiler: çünkü onlar, aldatılmış, ayartılmış bir halktı! Çünkü onlar doğru düşünme melekelerini kaybetmiş, yoldan çıkmış bir kavimdi." Zuhruf, 54

Burada çok önemli bir ayrıntı var. Kandırılmış kişi veya kitlelerin kötü olduğundan bahsediyor Rabbimiz. Kötü demek Rabbinin korumasından sıyrılmış ve gerçek anlamda pisliğe ve cehenneme sürüklenme tehdidiyle karşı karşıya olandır. Kandırılmanın bir açıklaması veya masumiyeti olamaz. Yani bilseydi yapmazdı durumu kandırılmış bir kitle için söz konusu değildir. Çünkü kandırılmanın mekanizması kişinin bilinçli seçimiyle örülüdür.

Bu yüzden "*Allah; Aklını kullanmayanın üstüne Allah pislik yağdırır.*" *(Yunus, 10)* der.

Artık söylediklerimizin komplo ile ilgisi olmadığını anladığınıza göre kurtarıcı bekleme dönemi bitti. Sürece ister Armageddon de ister Arz-ı Mevud. Ancak Türkiyemizin de içerisinde olduğu büyük bir kaosun tam ortasındayız. Her zaman olduğu gibi finali yazmak yine halkın uyanışının elinde. Kafaya yani aklına darbe alma ve gözlerini düşmandan kaçırma.

Bu saatten sonra görüp ve içinde olacağınız her olayı gölge hançer bölümünün şablonuyla değerlendirin. Ne gördüğünüze değil hangi amaç için oluyor olduğuna odaklanın. Olan her olayın ardındaki niyeti algılayamazsan yem olursun.

İnsanı ele geçirme savaşında akıllı insan, daima sistem dışı kalır. Onlara tehlike, bize ise güç olan budur. Sap ile samanın birbirinden ayrılacağı zaman geldi çattı.

Rabbim ülkemizin, Müslümanların ve milletimizin yanında olsun.

Kaynaklar

- https://www.robottopub.com/product-page/sevr-lozan-kar%C5%9Fil%C5%9Ftirmasi
- https://sonmucid.wordpress.com/2018/08/26/1071-turklerin-anadoluya-ilk-degil-son-girisidir/
- https://www.fatihhaber.com/yazarlar/abdullah-gozaydin/gizli-acik-bizans-oyunlari-hizlandirildi/684/
- https://tr.wikipedia.org/wiki/Roma_Kul%C3%BCb%C3%BC
- https://seas.yale.edu/news-events/news/mrna-covid-vaccine-and-potentially-more-nanoparticles-no-shot-needed
- https://bilimvegelecek.com.tr/index.php/2017/10/01/insan-marifetiyle-deprem-tetiklenir-mi-3-yeraltina-kutle-yigma-ve-nukleer-denemeler/
- https://bilimpro.com/2018/10/01/arastirma-turkler-10-bin-yildir-anadoluda/
- https://www.trthaber.com/haber/turkiye/ayasofyanin-her-noktasina-detayli-bakim-ve-onarim-yapiliyor-788222.html
- https://www.trthaber.com/foto-galeri/ayasofya-i-kebir-camii-serifinde-restorasyon-basladi/58781/sayfa-2.html
- https://simonmercieca.com/2022/09/18/who-are-the-globalist-elite-an-analysis-of-the-resilient-cities-program-and-its-connection-to-the-club-of-rome-part-1/
- https://tr.wikipedia.org/wiki/K%C3%BCresel_so%C4%9Fuma
- http://ds.iris.edu/ieb/index.html?format=text&nodata=404&starttime=2022-08-06&endtime=2023-08-06&minmag=0&maxmag=10&mindepth=0&maxdepth=900&orderby=time-desc&src=&limit=800&maxlat=39.166&minlat=35.166&maxlon=39.042&minlon=35.042&sbl=1&caller=evpage&evid=11654089&name=Within%202%20deg%20of%20Lat%2037%2C%20Lon%2037&zm=7&mt=ter
- https://en.wikipedia.org/wiki/Wikipedia:Articles_for_deletion/Gene_Matlock
- https://www.rockefellerfoundation.org/news/the-rockefeller-foundation-and-world-health-organization-announce-partnership-to-expand-global-pandemic-preparedness-in-era-of-climate-change/
- https://www.haaretz.com/israel-news/2023-10-09/ty-article/.premium/another-concept-implodes-israel-cant-be-managed-by-a-criminal-defendant/0000018b-1382-d2fc-a59f-d39b5dbf0000
- https://www.sondakika.com/haber/haber-mardin-de-100-donumluk-bugday-tarlasi-kul-oldu-15021685/
- https://www.haberturk.com/osmaniye-haberleri/98096155-osmaniyede-10-donum-bugday-tarlasi-yandi
- https://www.yeniakit.com.tr/haber/10-donumluk-bugday-tarlasi-yandi-ilginc-iddia-1666793.html
- https://furkannews.com/balikesir-bandirma-ilcesinde-100-donumluk-bugday-tarlasi-kule-dondu-yanginin-cikis-sebebi-bilinmiyor/
- https://www.trthaber.com/haber/guncel/batmanda-200-donum-bugday-tarlasi-kule-dondu-689902.html#:~:text=Edinilen%20bilgiye%20g%C3%B6re%20olay%20Be%C5%9Firi,say%C4%B1da%20itfaiye%20ekipleri%20sevk%20edildi.
- https://www.manisadagundem.com/asayis/manisada-saman-ve-bugday-deposunda-yangin-cikti-h40159.html

- https://www.haberturk.com/balikesir-haberleri/98157220-40-donum-bugday-tarlasi-kul-oldu
- https://www.dha.com.tr/yerel-haberler/tekirdag/ergene/tekirdagda-80-donum-bugday-tarlasi-yandi-2093475
- https://www.yenisafak.com/foto-galeri/gundem/batmanda-sulama-kanalinin-sifonu-patladi-120-ton-bugday-suya-kapildi-2066355/1
- https://www.haberler.com/guncel/tekirdag-da-400-dekar-bugday-tarlasi-yandi-15049095-haberi/
- https://www.diken.com.tr/silivride-150-donum-bugday-ekili-alan-yandi/
- https://www.dha.com.tr/gundem/tekirdagda-100-donum-bugday-tarlasi-yandi-2095311#:~:text=%C4%B0L%20MERKEZ%C4%B0NDE%20B%C4%B0N%20D%C3%96N%C3%9CM%20TARLADAK%C4%B0,k%C4%B1sa%20s%C3%BCrede%20itfaiye%20ekiplerine%20bildirdi.
- https://www.ensonhaber.com/3-sayfa/tokatta-30-donum-bugday-tarlasi-kul-oldu#:~:text=Zile%20il%C3%A7esinde%20%C3%A7%C4%B1kan%20yang%C4%B1nda%2030,s%C4%B1%C3%A7rayan%20k%C4%B1v%C4%B1lc%C4%B1mdan%20%C3%A7%C4%B1kt%C4%B1%C4%9F%C4%B1%20ileri%20s%C3%BCr%C3%BCld%C3%BC.&text=Tokat%27%C4%B1n%20Zile%20il%C3%A7esi%20istasyon,ye%20ait%20tarlada%20yang%C4%B1n%20%C3%A7%C4%B1kt%C4%B1.
- https://www.aa.com.tr/tr/dunya/hindistan-bugday-ihracatini-yasakladi/2588244
- https://www.bloomberght.com/ukraynali-tahil-patronu-rus-saldirisinda-hayatini-kaybetti-2311946
- https://medyascope.tv/2022/07/22/rusya-ve-ukrayna-heyetleri-ayni-masada-tahil-koridoru-anlasmasi-istanbulda-imzalandi/
- https://www.gidahatti.com/foto/14081789/asrin-felaketi-dev-silolari-yerle-bir-etti-tonlarca-bugday-ve-misir-etrafa-sacildi
- https://www.sondakika.com/haber/haber-ankara-nin-polatli-ilcesine-bagli-sentepe-15775125/
- https://www.fibhaber.com/nevsehirin-cardak-koyunde-1000-balya-saman-yandi#:~:text=Odaba%C5%9F%C4%B1%27na%20ait%20mand%C4%B1radaki%20samanl%C4%B1kta,%C4%B0tfaiye%20ekipleri%20alevlere%20m%C3%BCdahale%20etti.
- https://www.trthaber.com/haber/turkiye/bicerdoverden-cikan-yangin-100-donumluk-bugday-tarlasini-kule-cevirdi-772455.html#:~:text=Ball%C4%B1baba%20k%C3%B6y%C3%BCnde%2C%20bi%C3%A7erd%C3%B6verden%20kaynakl%C4%B1%20%C3%A7%C4%B1kan,bu%C4%9Fday%20ve%20arpa%20k%C3%BCle%20d%C3%B6nd%C3%BC.
- https://www.iha.com.tr/haber-adiyamanda-bugday-tarlasi-yandi-1176186
- https://www.turkiyegazetesi.com.tr/gundem/derikte-yangin-120-donum-bugday-tarlasi-kule-dondu-970116
- https://www.mucadelegazetesi.com.tr/diyarbakirda-700-donumluk-tarla-kule-dondu
- https://www.ntv.com.tr/turkiye/siirtte-65-donum-bugday-ekili-alan-yanginda-kule-dondu,J6_Se6T3K06Kv2ohVrYiew#
- https://www.rudaw.net/turkish/middleeast/turkey/1206202315
- https://www.haberturk.com/mardin-haberleri/103302808-mardinde-200-donum-ekili-bugday-yandi

- https://www.trthaber.com/haber/turkiye/adiyamanda-yildirimin-dustugu-bugday-tarlasi-yandi-776686.html
- https://www.anadolugazete.com.tr/guncel/tekirdagda-70-ton-bugday-yandi-sebebi-gorenleri-sasirtti-121502h.htm
- https://www.iha.com.tr/kutahya-haberleri/-4411406
- https://www.mynet.com/47-donum-bugday-tarlasi-10-dakikada-kul-oldu-3-gun-icinde-bicecektik-110107138984
- https://www.urfasesver.com/haber/15595809/hilvanda-ekili-arazide-cikan-yanginda-60-donum-bugday-kul-oldu
- https://www.ensonhaber.com/ic-haber/catalcada-200-donum-tarla-kul-oldu
- https://www.haberturk.com/edirne-de-30-donum-ekili-bugday-kule-dondu-3604562
- https://www.ntv.com.tr/galeri/turkiye/trakyada-son-20-gunde-930-donum-bugday-tarlasi-yandi,5KDF8Wkr-kuUU3_vRhGZEw/q2GHc07F5kGlGuGiOZqs1Q
- https://haberglobal.com.tr/gundem/yanginin-cikis-nedeni-bilinmiyor-200-donum-ekili-arazi-kule-dondu-262072
- https://www.yenimesaj.com.tr/edirnede-40-donum-bugday-tarlasi-yandi-H1490713.htm
- https://www.haberler.com/guncel/tokat-in-sulusaray-ilcesinde-cikan-yanginda-20-donum-bugday-ekili-arazide-zarar-olustu-16125163-haberi/
- https://artigercek.com/cevre/tekirdagda-bugday-tarlasi-yandi-40-donum-ekili-alan-kul-oldu-258151h
- https://www.sondakika.com/haber/haber-van-in-tusba-ilcesinde-cikan-yanginda-bugday-tarla-16128959/
- https://www.trthaber.com/haber/guncel/kastamonuda-cikan-yanginda-5-dekar-ekili-arazi-ile-bicerdover-zarar-gordu-783074.html
- https://www.aa.com.tr/tr/gundem/amasyada-cikan-yanginda-4-donum-bugday-ekili-alan-yandi/2951123#:~:text=Alevleri%20fark%20edenlerin%20haber%20vermesi,k%C4%B1v%C4%B1lc%C4%B1mlar%C4%B1n%20neden%20oldu%C4%9Fu%20tahmin%20ediliyor.
- https://www.trthaber.com/haber/guncel/burdurda-cikan-yanginda-40-donumluk-bugday-tarlasi-zarar-gordu-783684.html
- https://www.yandas.com.tr/isparta-da-150-dekar-bugday-tarlasi-ve-1-hektar-ormanlik-alan-kul-oldu/85432/
- https://www.aa.com.tr/tr/gundem/sivasta-tarla-yangininda-25-donum-ekili-alan-zarar-gordu/2957789#:~:text=Bu%C4%9Fday%20ekili%20tarlada%20%C3%A7%C4%B1kan%20yang%C4%B1n,Komutanl%C4%B1%C4%9F%C4%B1%2C%20yang%C4%B1nla%20ilgili%20soru%C5%9Fturma%20ba%C5%9Flatt%C4%B1.
- https://www.trthaber.com/haber/guncel/corumda-60-donumluk-bugday-tarlasi-kul-oldu-785502.html
- https://www.nnchaber.com/karabuk-te-bugday-tarlasinda-cikan-yangin-kontrol-altina-alindi#:~:text=Karab%C3%BCk%27%C3%BCn%20Eflani%20il%C3%A7esinde%20bu%C4%9Fday,olu%C5%9Fan%20k%C4%B1v%C4%B1lc%C4%B1m%20sonras%C4%B1%20yang%C4%B1n%20%C3%A7%C4%B1kt%C4%B1.
- https://artigercek.com/guncel/kocaelide-derince-limaninda-patlama-cok-sayida-ekip-sevk-edildi-260707h#:~:text=12%20ki%C5%9Fi%20yaraland%C4%B1-

,Kocaeli%27nin%20Derince%20il%C3%A7esinde%20TMO%20silosunda%20patlama%3A%202%27,si%20a%C4%9F%C4%B1r%2012%20ki%C5%9Fi%20yaraland%C4%B1&text=Kocaeli%27nin%20Derince%20Liman%C4%B1%20mevkiinde,say%C4%B1s%C4%B1n%C4%B1n%2012%27ye%20y%C3%BCkseldi%C4%9Fini%20s%C3%B6yledi.

- https://www.sondakika.com/haber/haber-nizip-ekmek-fabrikasinda-yangin-alevler-fabrikayi--16212592/
- https://antalyaningundemi.com/hasat-yapilamadan-yandi/
- https://www.trthaber.com/haber/turkiye/3-bin-donumluk-bugday-tarlasi-kul-oldu-788004.html
- https://www.sondakika.com/haber/haber-yozgat-ta-ruzgarin-etkisiyle-bugday-tarlasinda-yan-16225320/#:~:text=Yozgat%27%C4%B1n%20Sorgun%20il%C3%A7esinde%20bulunan,olay%20yerine%20gelerek%20m%C3%BCdahalede%20bulunuyor.
- https://www.iha.com.tr/antalya-haberleri/misir-gevregi-fabrikasi-yanginda-kule-dondu-28205988
- https://www.boluolay.com/bolu/dortdivanda-24-donumluk-bugday-tarlasi-yanginda-yok-oldu-h91315.html
- https://www.sondakika.com/haber/haber-kutahya-da-cikan-yanginda-500-dekar-ekili-alan-zar-16233340/#:~:text=ilgili%20inceleme%20ba%C5%9Flat%C4%B1ld%C4%B1.-,K%C3%BCtahya%27n%C4%B1n%20Alt%C4%B1nta%C5%9F%20il%C3%A7esi%20Osmaniye%20k%C3%B6y%C3%BCnde%20%C3%A7%C4%B1kan%20yang%C4%B1nda%20yakla%C5%9F%C4%B1k%20500,%C4%B0tfaiye%20ekiplerinin%20m%C3%BCdahalesi%20sonucu%20s%C3%B6nd%C3%BCr%C3%BCld%C3%BC.
- https://www.sondakika.com/haber/haber-usak-in-banaz-ilcesinde-cikan-yanginda-100-donum-b-16237903/
- https://www.sondakika.com/dunya/haber-nigde-nin-altunhisar-ilcesinde-cikan-yanginda-500--16239021/
- https://www.yenimesaj.com.tr/cinde-cok-yagmur-yagdi-faturayi-dunya-odeyecek-H1486195.htmhttps://www.bbc.com/turkce/articles/c281rnz1xmwo
- https://artigercek.com/dunya/tahil-anlasmasindan-cekilen-rusya-odessa-limanini-vurdu-258059h
- https://cknewstoday.ca/news/2023/07/20/combine-sparks-wheat-field-fire-near-tilbury
- https://bnn.network/fire/fanning-the-flames-an-in-depth-look-at-the-rising-incidence-of-wheat-field-fires-in-midwestern-ontario/
- https://www.reuters.com/world/americas/least-eight-dead-after-silo-explosion-southern-brazil-2023-07-27/
- https://youtu.be/NDgjFFbD7Y4?si=poFI0TS6Jdydk9v2
- https://www.aa.com.tr/tr/dunya/fransanin-la-rochelle-kentindeki-bugday-silolarinda-yangin-cikti/2965158#:~:text=Ankara,yak%C4%B1n%20itfaiye%20eri%20m%C3%BCdahale%20ediyor.
- https://www.shropshirestar.com/news/local-hubs/shrewsbury/2023/08/12/police-appeal-after-33000-of-wheat-destroyed-in-fire-near-shrewsbury/
- https://www.haberler.com/guncel/houston-da-peyzaj-tesisinde-cikan-yangin-kontrol-altina-alindi-16231147-haberi/

- https://crisis24.garda.com/alerts/2023/08/us-firefighters-responding-to-fire-at-recycling-plant-in-pensacola-fla-early-aug-16
- https://www.shropshirestar.com/news/local-hubs/shrewsbury/2023/08/17/firefighters-called-to-shrewsbury-following-reports-of-a-fire-involving-five-tonnes-of-wheat/
- https://www.union-bulletin.com/news/local/fire-burns-about-600-acres-in-north-walla-walla-county/article_0d99b132-3c8a-11ee-aa97-0b293ea8468c.html#:~:text=A%20wheat%20fire%20in%20Walla,County%20Fire%20Chief%20Jim%20Ruffcorn.
- https://www.tarimdanhaber.com/sigir-ve-koyun-sayisinda-korkunc-dusus-6-ayda-koyun-ve-keci-sayisi-3-milyon-sigir-sayisi-ise-330-bin-azaldi
- https://www.resmigazete.gov.tr/eskiler/2023/09/20230914-2.htm
- https://www.ntv.com.tr/galeri/turkiye/istanbulun-39-ilcesine-39-vali,r2otKe3YF0CI2qPwCnYQPw
- https://www.aa.com.tr/tr/gundem/bakan-ozhaseki-bm-habitatin-turkiyede-ofis-acacagini-duyurdu/2995078
- https://www.5gvirusnews.com/yazarlar/turkiyenin-genc-kuresel-liderleri-h796.html
- https://www.iyibilgi.com/?haber,60019
- https://www.mhp.org.tr/htmldocs/mhp/4593/mhp/Milliyetci_Hareket_Partisi_Genel_Baskani_Sayin_Devlet_BAHCELI__nin_Parti_Genel_Merkezinde_duzenledikleri_Basin_Toplantisi_8_Ag.html
- https://www.alevalatli.com.tr/bilkentte-neler-donuyor/
- https://www.milliyet.com.tr/gundem/komana-antik-kentinde-calismalar-devam-ediyor-6866240
- http://www.burdur.gov.tr/kibyra-antik-kentinin-gorkemli-cesmesi-ayaga-kaldirildi
- https://www.ntv.com.tr/galeri/sanat/tekirdagda-2600-yillik-perinthos-antik-kentindeki-tiyatro-alani-gun-yuzune-cikarilacak,4wzi8Oq-lE-o6HPnY7dCjQ/jSpFoAZ0bk2GL2ET3UDQKw
- https://www.aydinlik.com.tr/fotogaleri/patara-deniz-feneri-600-yil-sonra-yeniden-ayaga-kaldirildi-arkeoloji-haberleripatara-antik-kentihavva-iskan-isik-kimdir-antalyakaspataradeniz-feneri-392120
- https://www.aa.com.tr/tr/kultur/antakyadaki-sakli-roma-sehri-icin-arkeolojik-kazi-cagrisi/2845951
- https://www.milliyet.com.tr/gundem/tbmmden-hatay-icin-roma-sehri-hamlesi-6920751#:~:text=Samimi%20s%C3%B6yl%C3%BCyorum%20Asi%20Nehri'nin,%C5%9Fehri%2C%20m%C3%BCkemmel%20bir%20%C5%9Fehir.%E2%80%9D&text=Deprem%20sonras%C4%B1nda%20b%C3%B6lgedeki%20yap%C4%B1lar%C4%B1n%20y%C4%B1k%C4%B1ld%C4%B1%C4%9F%C4%B1na,yeniden%20yap%C4%B1la%C5%9Fma%20izninin%20verilmemesini%20istedi.
- https://twitter.com/iktm09/status/1667062708418519040
- https://www.milligazete.com.tr/haber/896128/olum-arenasi-kayseride
- https://www.ensonhaber.com/kultur-sanat/pagan-tapinaklarinin-merkezi-kremna-antik-kenti
- https://www.aa.com.tr/tr/kultur/olimposta-16-yillik-kazilarda-kent-dokusunu-tanimlayabilecek-bulgulara-ulasildi/2691842
- https://twitter.com/mansuryavas06/status/1588223469891764224
- https://www.sabah.com.tr/gundem/2022/09/26/ibbye-antik-roma-hipodromu-

tepkisi-bazi-hayallerin-kurulmasi-ihanettir

- https://www.aa.com.tr/tr/kultur-sanat/satala-antik-kentindeki-kazida-tarih-gun-yuzune-cikiyor/2378888
- https://www.aa.com.tr/tr/kultur/gazianteptekі-duluk-antik-kenti-turizme-kazandirilacak/2870306
- https://www.milliyet.com.tr/gundem/antik-dunyanin-cosku-mekani-1438877
- https://www.aydinlik.com.tr/fotogaleri/magnesia-antik-kentinde-zeus-tapinagi-tamamiyla-ortaya-cikarildi-magnesia-antik-kenti-nerede-nasil-gidilir-arkeoloji-haberleri-aydin-haberleri-germencik-349164
- https://www.aa.com.tr/tr/asrin-felaketi/kahramanmaras-depremleri-italyada-da-calisiliyor/2875104
- https://www.trthaber.com/foto-galeri/abdde-ele-gecirilip-antalyaya-getirilen-12-tarihi-eser-tanitildi/55336.html
- https://www.cumhuriyet.com.tr/kultur-sanat/antalyada-festivalin-simgesi-59-venus-heykeli-sehirle-bulusmaya-hazir-1981785
- https://twitter.com/ibbhabercomtr/status/1664313305828130818
- https://www.ekonomim.com/ekonomi/81-italyan-ticaret-odasi-hatay-icin-harekete-geciyor-haberi-691111
- https://www.milliyet.com.tr/gundem/tarihte-yolculuk-6951423
- https://www.bibliotecapleyades.net/sociopolitica/esp_sociopol_clubrome09.htm
- https://vergialgi.com/butun-insanlari-insanliga-karsi-birlestirmek-yeni-dunya-duzeninin-ilk-yili-2023
- https://www.innovationhub-act.org/www.evrensel.net/haber/477393/prof-naci-gorur-gaz-depolama-alanlari-depremleri-tetikleyebil
- https://www.instagram.com/reel/CxnnOgOOQdc/?utm_source=ig_web_copy_link&igshid=MzRlODBiNWFlZA==
- https://tr.wikipedia.org/wiki/Kanal_%C4%B0stanbul
- https://www.milligazete.com.tr/haber/16537984/iklim-kanunu
- https://www.youtube.com/watch?v=mf2oIR4vO18
- https://www.banuavar.com.tr/23-davos-ve-buyuk-sifirlanma/
- Nutuk kitabı sayfa 519-521
- https://www.atam.gov.tr/nutuk/hilafet-konusunda-halkin-suphe-ve-endisesini-gidermek-icin-yaptigim-aciklamalar
- https://www.innovationhub-act.org/sites/default/files/2021-01/20210113_CW%20Final%20v2%20.pdf
- https://www.instagram.com/reel/CxnnOgOOQdc/?utm_source=ig_web_copy_link&igshid=MzRlODBiNWFlZA%3D%3D
- https://simonmercieca.com/2022/09/18/who-are-the-globalist-elite-an-analysis-of-the-resilient-cities-program-and-its-connection-to-the-club-of-rome-part-1/
- https://www.weforum.org/agenda/2018/08/how-hawaii-plans-to-be-the-first-us-state-to-run-entirely-on-clean-energy/
- https://en.wikipedia.org/wiki/Wikipedia:Articles_for_deletion/Gene_Matlock
- https://dergipark.org.tr/tr/pub/kausbed/issue/71439/1080533
- https://www.ncbi.nlm.nih.gov/pmc/articles/PMC1181945/#!po=70.1220
- https://bilimpro.com/2018/10/01/arastirma-turkler-10-bin-yildir-anadoluda/
- Nutuk Kitabı Yazar Mustafa Kemal Atatürk
- Evanjelizm Yazar Ramazan Kurtoğlu
- Tevrat, İncil, Kuran'ı Kerim